U0110174

我們一家不炮灰 2

風文創 1259

白梨 著

目錄

第二十七章

王晴嵐因為擔心二伯和四叔，一晚上都沒有睡好。起床後，沒見到兩人，就跑到王英卓跟前。

「小叔，二伯和四叔呢？」

「還在睡覺。」王英卓低頭看著小姪女。「嵐丫頭，過小年的時候，我會抽查妳的功課。」

「小叔……」

王英卓笑了。「還有事？」

原本打算求他多寬限幾天的王晴嵐，看著小叔這個笑容，直接將頭搖成撥浪鼓。

「沒事的話就去後院，和妳大哥、二哥練練。我估計，這一段日子妳已經差他們不少了。」王英卓建議道。

王晴嵐不以為然，不就是四個月嗎？大哥他們能練出什麼來？

好吧，雖然她有一個女俠夢，但面對家裡這些十分接地氣的人，她實在是無法將大俠二字套在他們身上，哪怕是最聰明的小叔，也沒有半點大俠的風範。

「妳確定？」王偉業看著面前的堂妹，笑著問道。

「嗯。」王晴嵐點頭。

「行吧，嵐妹妹，妳是姑娘家，又比我小，我讓妳三招。」王偉業笑著道。

她就比他小兩個月而已，還有，姑娘家怎麼了，誰說姑娘家就差了？覺得被輕視的王晴嵐，拿起她的木劍。

「不用讓，大哥，要是輸了，你可別傷心哦。」

王偉業和一邊站著旁觀的王偉義同時笑出聲，嘲諷意味十足。

王晴嵐緊握著手中的木劍，直接朝著王偉業握劍的手臂刺去，然後，就沒有然後了，她的木劍甚至連王偉業的袖子都沒有挨到，而她的脖子上，已經橫著一把木劍。

在這一刻，王晴嵐的腦海裡就想到兩個字：秒殺！而她身為被秒殺的人，心情就只剩下四個字：難受想哭。

接著，她就真的哭了。

以前的打擊算得了什麼，被一個小屁孩秒殺的她，覺得此時所受的打擊最重，她承受不住。

原本笑著的王偉業和王偉義看著飆淚的妹妹，一個立刻收回了木劍，另一個跑了過來。

「嵐妹妹，妳別哭，這個多練練，以後一定能趕上來的。」

「對啊！」王偉業跟著點頭，雖然心裡並不這麼認為。

聽著兩個小屁孩的安慰，王晴嵐用袖子抹掉眼淚，只是新的又流了出來。「我沒哭……」她又不是輸不起的人，怎麼會哭呢？

「沒哭，沒哭。」兄弟倆同時說道。

「怎麼回事？」收拾好東西過來的王英卓，有些詫異地看著掉眼淚的小姪女。對於他來說，這事還挺稀奇的。

「沒打贏大哥。」王偉義回答小叔。

王英卓挑眉。「這不是正常的嗎？妳哭什麼？」

「輸得太難看。」王偉義接著回答。「一招就被劍架脖子了。」

王偉業有些尷尬地摸了摸頭，他不知道嵐妹妹會這麼弱。原本看著她氣勢洶洶地攻過來，覺得她這些日子應該有些長進，哪裡能想到，四個月過去了，她也就比原來好一丁點。

王晴嵐此時想找個地縫鑽進去，這樣就不用面對小叔戲謔的目光和現在尷尬的場景。

「行了，多大點事，這不是很正常嗎？偉業和偉義他們這些日子每天上午都在練習，下雨天也沒有停過。嵐丫頭，妳呢？」王英卓問王晴嵐。

王晴嵐低頭不語，想著這些日子的事情，也沒有那麼難受了。就像小叔說的那樣，她偷懶了，一招就輸也不奇怪。

「行了，不服輸的話，以後多努力一點就是了。」王英卓摸了摸王晴嵐的腦袋。「把眼淚擦了，該吃早飯了。」

雖然四人都沒有說，可王晴嵐紅紅的眼睛，其他人看了也是要問的。

「比劍比輸了。」

眾人笑了笑，沒有再多說，怕小姑娘面子過不去。只是，對於已經哭過了的王晴嵐來說，厚臉皮又出來了，即使被笑，她也不會在意的。

「嵐兒，該繡花了。」

有了夏雨霖的監督，王晴嵐的女紅進步是非常的大，現在已經能繡出漂亮的花朵了。

午休後，聽到奶奶這麼說，王晴嵐已經學會不再找藉口，認命地拿起小凳子，開始繡花。一個時辰結束，又飛快進了房間開始啃書。

日子過得很忙碌，所有的時間都被安排得緊緊的。

和兩位哥哥練劍的時候，她還曾抱怨，她是小孩子，怎麼一點空閒玩耍的時間都沒有。

結果，兩位哥哥是這麼回答她的。

「我們都一樣啊，嵐妹妹，現在荒廢多少時間，長大以後都會成倍地還給妳的，到時候會更辛苦。」

「就是，妳看看我爹還有四叔，他們小時候也跟我們一樣，現在的日子過得多逍遙自在。」雖然王偉義不覺得以後的人生會像他們那般，但不得不說，他們的日子比村子裡的其他人都輕鬆。

被兩個堂哥教訓，王晴嵐已經從最開始的不適應、不服氣，變成現在的無所謂。而她實際上也就是嘴上說說，該努力的時候一點也沒有偷懶。

在她看來，都被打擊得哭了還不知道上進，以後也不會有什麼出息的。卯足了勁要追趕兩位哥哥的王晴嵐，刻苦的勁頭讓夏雨霖欣慰。

「紅梅，這些日子多做些好吃的，幾個孩子這麼累，不好好補補怎麼行。」當然，她不僅是說說而已，也給了宋氏足夠的銀子。

宋氏想著這些日子的伙食比之前好，三弟妹也沒有再摳門，兒子每頓飯都多吃了一碗，身上卻依舊沒見長肉，更覺得婆婆說得不錯，太累是主要的原因，再來可能是補得不夠。

練功有兩位哥哥激勵，女紅有奶奶守著，功課有小叔時不時地抽查，再加上王晴嵐自己的努力，即使不明顯，但每天都有進步。

當然，家裡除了支持她的人，還有扯後腿的人。

親娘趙氏就不用說了，左一口女子無才便是德，右一句身為姑娘家太凶悍不好嫁人。但除了偶爾會影響她的心情之外，王小姑娘表示，她完全不在意；不過，趙氏是孕婦，她得忍著。

另一個來自她的親爹，只是這位完全是好心。

「嵐兒，姑娘家在練功的事情上比不上男子，爹也沒想妳練成高手，別太勉強自己，能防身就行。」王英傑完全是擔心自家女兒這麼努力，結果還是比不上偉業他們會傷心難過，想著提前多給她說說，免得以後受不了打擊。當然，還有一點，王英傑覺得女兒的好勝心有些強。「妳也沒必要跟妳兩個哥哥比，他們腦子聰明。」

「爹，我知道了。」

每到這個時候，王晴嵐就乖巧地點頭，回頭依舊繼續努力，能不能比得過，總得努力過後才知道。

來到這個社會的第一個新年，王晴嵐過得十分開心。美味的飯菜、嶄新喜慶的衣裳、豐厚的紅包，迎來送往的走動，從小年開始，一直到次年的元宵，幾乎就沒有停過。

「知道嗎？今天是元宵節，街上可熱鬧了。」王英文看著山洞裡已經瘦得不成人樣的紫蘇，輕聲說道。

「你們不會有好下場的。」紫蘇微微睜開眼睛，看著面前的兩個黑衣人，說話聲音比王英文的還弱，整個人精神都有些恍惚，有氣無力的樣子彷彿隨時都會暈過去一般。

「已經快一個月了，我們的耐心也到此為止了。」王英奇的聲音很平靜，如果這位紫蘇姑娘不是對他們家的人圖謀不軌的話，或許他會佩服她的意志力。

他們從最初的兩天給一個饅頭，每來一次就再加一天。在這個夜裡漆黑、白天也不見得明亮的山洞裡，這位紫蘇姑娘能夠堅持這麼久，可見她對自家主子忠心得很。

紫蘇聽了這話，冷笑出聲。終於結束了嗎？

「想得美，在將妳綁起來的時候，妳就只有一種死法，那就是活活餓死。」王英奇看著面前的人毫不在意的樣子，也冷笑一聲。「紫蘇，妳以為妳不說，我們就不知道妳的目的嗎？王英卓就是妳的目標吧？」

突如其來的試探，在紫蘇精神萎靡覺得要解脫的時候出現，原本閉目等死的她突然睜開眼睛看著面前的人。「我不知道你們在說什麼。」

「妳否認也沒用，妳剛才的表情已經告訴我們了；再說，妳來到富陽縣，接觸王英卓的手段實在是太可笑了，有眼睛的人都能看出來。」王英文鬆了一口氣。他們的猜想果然沒錯。「不過，雖然可笑，但妳這樣的美人計，對於王英卓這樣沒有見過大世面，一心只想著讀書考功名的窮酸秀才來說，照常理應該是管用的，會失敗，只說明王英卓不是簡單的書生，不然怎麼會引起你們主子的注意。」

紫蘇心裡因為這些話而產生了一些慌亂，不過，想到主子在她臨行前所說的話，又鎮定下來。

「我只是好奇，第二姑娘那麼高貴的人，怎麼會知道王英卓這麼個小人物？還是說，你們家主子能掐會算？」王英奇開口問道。

冷靜下來的紫蘇閉上眼睛。「你們別白費心機了，我什麼都不知道。」

得到了答案，王英文兄弟倆也不再多說，直接上前，再一次將紫蘇敲暈。等紫蘇再次睜開眼睛的時候，她已經回到了富陽縣娛樂城的房間裡。

「二伯，就這麼放過她了？」王晴嵐開口問道。

「不然怎麼樣？殺了她？嵐丫頭，妳可不能有這樣的想法，殺人是犯法的，有些事情無論如何都不能破例，否則有第一次，就會有第二次。」

因為王晴嵐的特殊之處，王英文時不時地就會教導她幾句，不想小姪女太單純，希望她有能守住自己秘密的本事。當然，他們也從沒有想過把她往歪路上帶。

王晴嵐對於這話無言以對。她有說要殺人嗎？

正月下旬的一個深夜，趙氏痛苦的叫聲驚醒了王家所有的人。王英武舉著火把去請村子裡的穩婆和大夫。

直到第二天，天都亮了，趙氏的叫聲已經沙啞，可孩子依舊沒有生出來。

這讓等在堂屋裡的王家人心裡都有種不好的預感。

果然，沒一會兒，穩婆就匆匆地跑出來。「老大哥，大嫂子，老三媳婦情況很不好，孩子還沒出來，她已經沒有力氣了！」

「楊大夫。」楊瑞明一點頭，宋氏妯娌三個就進了產房，準備幫趙氏收拾一下。

「你們幹什麼！」趙氏瞪大眼睛惡狠狠地看著她們三個。「你們想害我和孩子！」

「胡說什麼呢，穩婆說妳沒力氣生孩子，娘讓楊大夫進來看看，我們——」宋氏的「進來收拾一下」還沒說出口，就被趙氏打斷。

「好啊，我就知道妳們恨我，怎麼這麼狠毒，讓男人進來，是想毀了我的清白吧，妳們想都不要想！」趙氏著急地說道，聲音很大，完全沒有平日裡的細聲細語。

宋氏妯娌三個的臉都黑了，同時回頭看著穩婆，眼裡的意思很明顯，這叫做沒有力氣?!最尷尬的還是準備進去看趙氏的楊瑞明。

他雖然不姓王，可也是在王家村出生的，按照輩分，趙氏是他的姪兒媳婦，如今他這個長輩聽到姪兒媳婦說這話，一張臉真是臊得不知道往哪裡放了。

自從懷孕就一直忍著趙氏的王家人，沒有想到趙氏會在孩子出生的時候鬧這麼一齣，此時他們都不知道該怎麼跟楊大夫說話了。

王晴嵐因為知道得比較多，直接衝了進去，衝著趙氏吼道：「娘，妳胡說八道什麼？現在趕緊把孩子生出來。書上說，孩子若是在肚子裡憋久了，會變成傻子的，到時候我看妳怎麼讓我弟弟讀書考功名！」

好在趙氏聽進去她的話。在她看來，相公瘸了，女兒是個賠錢貨，肚子裡的兒子就是她以後的依靠，可不能變成傻子。她不在意有多累多疼，也不再叫喊，憋足了氣，開始用力。

然後，不到一刻鐘，孩子的哭聲就響了起來，王晴嵐長長地鬆了一口氣。

「大嫂，是男孩吧？」趙氏開口問道。

「是。」宋氏沒好氣地回答。趙氏笑得是一臉燦爛，但是，她的臉又開始扭曲。「等等，肚子裡好像還有一個……」

等到第二個孩子出生後，趙氏還沒有開口，宋氏就說道：「男孩。」

在產房裡的妯娌三人心中都有些不平衡，還有沒有天理了，她們都沒有懷雙胞胎，怎麼趙氏就先生出雙胞胎了，老天爺可真是不長眼睛。

也不知道是不是心情鬱悶的原因，三人覺得胸口堵得慌，聞著屋裡的血腥味，更是噁心得想吐，忍了又忍，終究沒忍住，三人齊齊地跑了出去，包括抱著一個孩子的宋氏。

「這是怎麼了？」抱著一個孩子的夏雨霖問道。

王晴嵐搖頭。「不知道。」

「嵐兒，妳怎麼在這裡？快些出去，產房是妳能待的地方嗎？」夏雨霖這才看見站在一邊的孫女，原以為她剛剛吼了一通後就出去了，沒想到還在這裡。

「嗯。」

屋裡的味道並不好聞，王晴嵐點點頭，走了出去。

這個時候，院子裡已經沒人了，倒是堂屋裡傳來一連串的笑聲，就數她家大伯的聲音最大，最高興的不應該是她爹嗎？

她帶著這樣的疑惑走進去。

親爹確實很高興，抱著剛出生的小弟弟，笑得嘴都合不攏；不過，大伯、二伯還有四叔似乎高興的不是同一件事情。

「妳也真是的，都快三個月了，怎麼就沒發覺呢？」王英武笑著對宋氏說道。

宋氏也挺高興的，摸著肚子說道：「我忙忘了。」

另外一邊，王英文和張氏，王英奇和陳氏，一個個臉上都洋溢著幸福的笑容。一問才知道，她們三個都懷孕了，能不高興嗎？

得，好事都湊一塊兒了，難怪會笑得這麼燦爛。

就是剛剛還尷尬的楊瑞明也笑得一臉樂呵。在正月裡遇上這樣四喜臨門的事情，他這一年肯定會走好運的。

「這樣也好，剛好老三媳婦坐月子，妳們三個也好好地養身子，家裡的事情有我在，沒問題的。」夏老太太最喜歡聽的就是添丁的事情。人多好啊，人一多，一個家才能興旺。

「娘，怎麼能讓妳辛苦。」王英武看著親娘，又看了看媳婦，皺著眉頭想辦法。

「不辛苦，等紅梅她們過了前三個月，我就輕鬆了；再說，還有小涵和小韻幫忙。」夏雨霖笑著說道。

王詩涵和王詩韻點頭。「大哥，我們不會讓娘累到的。」

兩姊妹一直都不傻，她們清楚，娘的安排同樣也是為了她們好。

「就這麼決定了。」夏雨霖拍板將事情決定了下來。

實際上，母女三人是真的不累，就是負責給家裡人做飯；至於衣服，別說王英武他們不會讓娘和妹妹洗，就是宋氏她們也不好意思讓婆婆和小姑子給自己洗衣服。

若真是出了這樣的事情，外人知道她們肯定會被戳脊梁骨。

於是，洗衣就落到了王家的男人身上，好在家裡就有水井，不用去外面洗，自然不會有人笑話。

趙氏生孩子，就算王家人再不待見趙家人，也還是在當天就去了信。洗三那天，趙家一大家子拎著少得可憐的東西過來。

在趙老太太進入趙氏房間時，王晴嵐就跟了進去。兩個小弟弟在裡面，就她僅有的記憶，書中說三房最後只有一個傻兒子，她得守好，絕不讓兩個弟弟出意外。

趙老太太看了一眼兩個孩子，就開始衝著趙氏訴苦，說家裡的日子有多麼的難過，小兒子馬上就要參加縣試，這中間又需要多少銀子，等考中後就是秀才，以後一定不會忘記她這個做姊姊的。

嘮叨了一大堆，意思就只有一個，要銀子。

王晴嵐看著兩個小弟弟，沒有管她，反正親娘手裡沒錢，就算她想給也沒有辦法。

第二十八章

「娘，」只是出乎所有人的意料，之前一直把家裡的銀子往娘家挪的趙氏，一臉吃驚地看著趙老太太。「我把銀子給了妳，我們家大頭和小頭怎麼辦？」

趙老太太有些反應不過來。「什麼怎麼辦？王家人缺他們吃喝了？妳看看，他們不是長得挺好的嗎？」

「不缺啊，可以後大頭和小頭也要讀書，考取功名。娘，妳剛剛不是說了嗎？這些都得花銀子。我們家什麼情況妳又不是不知道，相公瘸了，以後除了靠我一點點地存錢，哪裡還有其他的收入？」

趙氏的話讓王晴嵐直接側目，這變化實在是讓她有些反應不過來。

「還有，娘，不是我說妳，妳和爹也太小氣了吧，連孩子的長命鎖都沒有準備，讓我都不知道怎麼說才好。」她說著這話的語氣全是不滿。

「什麼長命鎖！二妹，妳還沒睡醒吧！」趙家大嫂聲音有些尖利。

「大舅媽，小聲點，嚇著我弟弟了。」王晴嵐皺眉提醒道。

趙氏看著這個大嫂更不滿了。「我們家偉業、偉義、偉榮洗三的時候，大嫂她們娘家不僅給了長命鎖，連金手鐲都沒有落下，新衣服更是準備了好幾套；再瞧瞧娘你們，實在是太寒酸了。」

「妳、妳……」趙老太太指著女兒，被她的變化嚇得半天都說不出話來，甚至懷疑面前的女兒是不是撞邪了。

「娘，我現在有大頭和小頭要養，以後說不定還有更多的兒子，我得替他們打算。娘，這不是妳告訴我的嗎？女人啊，最大的依靠還是兒子，做娘的哪有不為兒子考慮的。」趙氏有些不明白地看著臉色不好的親娘，很認真地說道：「從生了大頭和小頭以後，我就明白了妳的心情。」

王晴嵐看著趙氏和趙老太太這對母女，對於親娘的變化，她心裡隱隱有了猜測。趙家就是一堆極品和變態，尤其是趙家老頭和老太太，從之前他們對待女兒和兒子的差別就能夠看出來。

而親娘在他們的影響下，說不定許多年後，就會是另一個趙老太太……不對，親娘變成什麼樣她不在乎，可她絕對不允許面前這兩個新出爐的小包子變成另一個趙志軒。

想到親娘對小包子的在意，她心裡隱約有個不成熟的想法，仔細思考之後，還是決定找二伯他們商量，避免有什麼遺漏的地方。

聽到王晴嵐的話，王英文三人對於趙氏也無語了一下，很快就開始出主意。

照顧小孩子是很累的事情，特別是雙胞胎。不過，趙氏似乎一點也不覺得累，細緻周到得讓宋氏她們對她都有些刮目相看。

現在小包子還小，被養歪的可能很小，只要親娘不整出么蛾子，王晴嵐就覺得日子好過得很。

只可惜，在王家辦完滿月酒後，么蛾子就來了，而且她還中招了。

睜開眼睛的時候，四周是全然陌生的環境——粉色的錦被，精緻的雕花木床竟然也是粉的，屋裡的圓桌是粉的，梳妝鏡是粉的，整個就是一個粉色天地。

難道她又穿越了？不會吧？

低頭看著那雙已經有了繭子的小手，是練劍練出來的；身體還是之前的那副，應該是沒穿越，但現在是怎麼回事？

仔細地聞了聞，空氣中帶著淡淡香味，半開的窗戶吹進來一陣冷風，床上粉色的紗帳隨風飄起，飛起來的樣子帶著一點點夢幻，王晴嵐卻突然起了一身雞皮疙瘩。這地方的配置怎麼那麼像妓院？

她才六歲，哪個禽獸這麼喪心病狂！王晴嵐在心裡詛咒。

然後，房間的門呀的一聲響了。走進來的人她認識，趙小香。

接著，她就想起來了。

昨天滿月宴上，想到親娘遞過來的那杯水，王晴嵐有咬人的衝動。她的親娘，真是好樣的！

「小姨。」王晴嵐皮笑肉不笑地看著對方。

趙小香揮動著手絹，又帶起一陣濃郁香風，捂嘴輕笑。「妳該叫娘。嵐兒，妳看看，這屋子妳有什麼不滿意的，娘再叫人去給妳換。」

「我哪裡都不滿意，最不滿意的就是妳。」王晴嵐此時已經快被氣炸了，還沒有爆發不過是這些日子鍛鍊出來的忍耐起了作用。「多少錢？」

「什麼？」趙小香有些反應不過來。

「我說，我娘將我賣給妳，妳出了多少錢。」王晴嵐再一次問道，聲音不由得大了幾分。

「王晴嵐，我告訴妳，不管多少銀子，妳娘將妳賣給我，是簽了死契的。妳要是不當我的女兒，就當下人，被打死了也是妳活該。」趙小香是喜歡王晴嵐，也真心想要一個女兒，但前提是這個女兒得貼心，若是敢有二心，她有的是辦法弄死她。

「是嗎？」

王晴嵐以前是孤兒，雖然覺得孤兒並沒有什麼不好，但這不妨礙她憎惡那些連親生兒女都可以拋棄的父母。趙小芳的這一招將她心裡那一點因為占據這個身體所產生的情分都抹滅了。

「我會是什麼下場，我不知道；可我很清楚，趙小香，妳完了。」這個時候，家裡的人恐怕早就發現她不見了，有二伯他們在，她一點都不擔心他們會找不到自己。

趙小香不傻，知道王晴嵐這話的意思，想到王家老五，心裡多少有些膽怯，不過想到手中的賣身契，又硬氣起來。「妳給我在這裡好好想想，做我女兒，日子肯定比妳在王家好過，什麼時候想通，什麼時候才有飯吃。」

這個時候，王家確實如她所料地發現她不見了。

王英傑整個人嚇得不知道該怎麼辦才好。明明昨天他乖巧的女兒還在家裡四處轉悠，怎麼一晚上的工夫，人就不見了？

「娘。」沒主意的王英傑第一時間看向親娘。

「英傑，別急，你們大家都想想，昨天最後一次見到嵐兒是什麼時候？」夏雨霖壓下擔憂，比起家裡其他人，她更擔心對方是哪些人。

王家人一個個地說，最後視線停留在王詩韻身上。「嵐兒說我昨天太累了，就讓我去休息，她會照顧好三嫂和大頭、小頭。」

「三弟妹呢？」

王詩韻說起趙氏，眾人這才發現，趙氏壓根兒不在這裡。

「去叫妳三嫂。」

王詩韻跑了出去。等了好一會兒，趙氏才出現在眾人面前，低著頭小聲地問道：「娘，妳找我？」

「小芳，把頭抬起來。」夏雨霖皺著眉頭說道。

趙小芳沈默不語。

「三弟妹，妳沒聽見嗎？娘叫妳把頭抬起來。」王英文的聲音有些嚴厲，讓趙小芳的身體都抖了一下，不過，她依舊沒有抬頭。

「昨天晚上，嵐兒在妳房間，什麼時候離開的？」夏雨霖沒有再勉強她，直接問話。

「我不知道，我睡著了。」這是趙氏想了許久的話。她知道娘很厲害，說得越多，錯得也就越多。

「不對，三嫂，昨天晚上我離開的時候，小香姊還沒有走。」剛才沒想起來，是因為擔心小姪女，如今聽三嫂這麼一說，她就記起來了。「小香姊人呢？」

「她天還沒亮就走了，說是怕家裡主母責罰。」趙氏暗恨小姑子多嘴，心裡詛咒她嫁不出去。

「三嫂，妳回去吧，大頭、小頭需要人照看。」王英奇開口說道。

趙氏低著頭，不想讓家裡人看見她的驚慌和心虛；只是，她卻不知道，低著頭的她同樣也看不見其他人眼裡的了然和厭惡。

此時聽到四叔子的話，趙氏長長地鬆了一口氣，低著頭走了出去。

「三嫂說謊，趙小香是昨晚離開的。」王英奇說完這話，王英文和王英卓點頭。

因為他們聽到了動靜，即便是天沒有亮，坐著馬車想要毫聲無息地離開他們王家又不被他們聽到，基本不可能。

王英傑此時哪裡還有心思關心小姨子，他只想知道女兒的下落，拖的時間越久，就越是難找到，女兒受的罪也越多。「四弟，嵐兒……」

王英奇對於三哥這麼沒腦子已經習以為常了，現在就連白眼也懶得翻了，實際上他也鬆了一口氣，這至少說明之前他擔憂的事情沒有發生。

「英傑，你別著急，若是娘沒想錯的話，嵐兒應該在她小姨那裡。」夏雨霖開口說道：「英文，一會兒你和英卓去縣城把孩子接回來，順便問清楚，到底是怎麼回事？」

王英文點頭。

「娘，真的嗎？」王英傑開口問道，說了之後才發現不對勁。若真是尋常走親戚，媳婦為什麼要說謊？走親戚哪有這麼毫無聲息的？想到剛才推開女兒的房間沒發現人影，找了半天都沒有找到，再想到女兒有可能丟了時的心急如焚，他就算是腦子不聰明，也知道這其中有問題。

「真的，你要是不放心，就去問你媳婦。」夏雨霖開口說道。

王英傑臉色很不好地點頭。

趙小香沒想到王家的人這麼快就找來了，看著老爺竟然十分殷勤地招待王家兩位兄弟和另外一位不認識的公子，被丫鬟扶著的她雙腿有些發軟。

「黃老爺，我們一會兒還要回縣學，先說正事吧。」秦懷仁一臉清高，十分不客氣地說道。

「是，是。」穿著錦緞、一臉富態的黃老爺連忙點頭，隨後看著趙小香，原本討好的笑容變得猙獰恐怖，聲音卻和平常一樣。「小香，王家的小姪女是怎麼回事？」

趙小香心裡一抖，再對上黃老爺狠辣的眼神，不敢說謊，直接把事情說了一遍。

當然，她說話是很有技巧的，什麼賣女兒的事情是她姊姊提出來的，她想著膝下無子又是親姪女，比起賣給陌生人，不如她這個做小姨的買下來，當親生女兒養著，這對大家來說都是好事。

只是，無論她嘴上說得多好，在場包括黃老爺這個自己人都不信。

「趙姨娘，能把我家小姪女帶過來嗎？」王英卓笑著問道。

趙小香聽到這話，並沒有動，而是看向老爺。她很清楚，自己過什麼樣的日子，完全取決於老爺的態度。

黃老爺被她這麼看著，心裡恨不得一巴掌拍死她，之所以忍著沒動手，是因為他清楚，面前有兩位公子是讀書人，讀書人大多都討厭動粗之人。

「看著我做什麼，還不快去把王小姑娘請出來。」黃老爺的聲音高了幾分。這個傻女人，這是覺得他的麻煩還不夠大嗎？非要讓對方認為這事跟他有關係才甘心不成？

「是，我這就去。」

即使老爺壓抑著自己，可趙小香看得出來老爺現在很生氣，說完就退了下去。

「黃老爺，別生氣，喝杯茶。」王英卓笑咪咪地說道。

「王公子，這事……」黃老爺哪裡還有心思喝茶。

「我知道這事與黃老爺無關。誰家沒有一點糟心事？再說女人嘛，大多都是頭髮長、見識短。就像這次，我三嫂也是一時糊塗，希望黃老爺能夠高抬貴手，能讓我家小姪女跟著我們回家；至於銀兩的事情，趙姨娘花了多少，我們都會還給她的。」王英卓說話十分客氣。

黃老爺聽王英卓這麼說，心裡跟著鬆了一口氣。「應該的，應該的，至於銀子……」原本想要說不要的，結果看見秦公子和王公子同時皺眉，連忙生硬地轉移了話題，沒再提這事。讀書人的清高，他算是見識了。果然他爹說得沒錯，在讀書人面前給銀子的行為，就是侮辱他們。

沒一會兒，趙小香就帶著王晴嵐過來。雖然這一路上她說了好些軟話，可王晴嵐一句都沒有放在心上。

「二伯，小叔。」

進了屋子，王晴嵐就跑到王英文面前，想要撲上去，卻被王英文攔住。

「二伯？」她疑惑地看著王英文。難道這個時候不應該給他親愛的小姪女來個愛的擁抱嗎？

王英文上下打量著王晴嵐，見她並沒有受傷，才鬆開手，任由姪女笑嘻嘻地撲到懷裡，軟軟的一團，讓王英文都不由得希望自己媳婦的肚子裡是個小姑娘，肯定會更貼心。

「黃老爺，我們就不打擾了。」王英卓站起身來，對著黃老爺說道。

「小叔，還有賣身契。」

這可關係到她的人身自由，她不會忘記這事。

王英卓一愣，接著說道：「黃老爺，你若是信得過我，就將我姪女的賣身契先還給我，下午我就把銀子送到你府上。」

「不必，王兄，我先借給你。」秦懷仁一句話，就直接說出了親疏遠近。

面對縣令公子的話，黃老爺哪裡敢有意見，只得狠狠地瞪了一眼趙小香，見趙小香將賣身契拿出來，一把搶過來遞給王英卓。

王英卓看著上面的字跡，笑容並沒有什麼變化，有禮地告辭。

他們一行人前腳剛離開黃府，黃老爺就一個巴掌將趙小香打倒在地。趙小香痛呼出聲，抬頭看著老爺沒有掩飾的臉色，嚇得連哭都不敢了。

出了黃府，王英卓和秦懷仁去了縣衙，而王英文帶著王晴嵐回家。

看著手中的賣身契，三百兩，她可真是值錢。

「二伯。」王晴嵐坐在馬車裡覺得有些悶，便爬出去，坐在王英文旁邊。「要不你給三百兩銀子，把我買了吧，這樣我就和趙小芳沒有任何關係了。」

「說什麼傻話。」王英文笑了。「再怎麼說她也是妳娘，不能叫名字的。還有，娘妳不要了，妳爹，妳也準備拋棄了？」

想到王英傑，即使他沒有二伯他們的本事，可對她真的是很好，她不能那麼沒有良心。

「可是二伯，我娘那個樣子，她能賣我一次，就會有第二次的。」

「還算懂事，妳不知道今天早上妳爹急成什麼樣了。至於妳娘，妳就別管了，這是大人的事情，我們會處理好的。」王英文開口說道。

「二伯……」

「嵐丫頭，我知道妳的意思，但不管妳對妳娘心裡有多少不滿，都憋在心裡。我和妳奶奶怎麼處置她，外人都不會說什麼；可妳不一樣，她是妳親娘，犯再大的錯，若對付她的時候妳也參與其中，就是不孝，知道嗎？」

王英文這話已經說得如此明白，王晴嵐只得悶悶地點頭。

「以後也不要說不認妳娘的話，更不要喊她的名字。妳現在還小，等再大一點就知道，名聲對於一個姑娘家有多重要。」

王晴嵐再次點頭。

「對了，妳到底是怎麼被帶走的？」王英文不相信，小姪女那麼機靈，會不知道趙小香不懷好意，天還沒亮就跟著她離開。

聽到這話，王晴嵐的手心癢得很，真的很想揍趙氏一頓。「被我娘一杯水藥倒的。二伯，我之前就算是對我娘不滿，也不會想到，她會在給我的水裡下藥啊！」

不過，這樣的事情一次就夠了，以後，她心裡會有防備的。

王英文安慰地看了一眼王晴嵐。這事要是換成他也會中招。

當然，他可不認為他娘會做出那樣的事情——直到後來，事情真發生的時候，王英文依舊比王晴嵐聰明，沒有被親娘藥倒。

第二十九章

回到王家，王英傑把王晴嵐上上下下地打量了一遍，發現女兒什麼事情都沒有才放下心來。「嵐兒，沒事就好。」

「爹，我這麼聰明，能有什麼事。」王晴嵐仰著頭說道：「要不是為了等二伯他們來接我，我早就自己爬窗回來了。」

得意就容易忘形，她說出口才發現不對，回頭看著笑咪咪的二伯和四叔，連忙賠笑。「我這不是覺得二伯你們智慧過人，一定能找到我嗎？」

「行了，去漱洗一下，吃點東西，就趕緊去練功。」看著她那一副沒骨氣的模樣，王英文也沒真生氣。再說這孩子能說出不認親娘的話，恐怕對這事，心裡還是難過的。

「好。」王晴嵐說完，蹦跳地跑了。

等到三個孩子都去了後院，王家的大人才聚集在堂屋內。王英文將事情說了一遍，聽得宋氏等人都瞪大了眼睛。這可是親閨女，再說，家裡現在又不缺銀子，趙氏這是腦子有毛病嗎？

「小芳，妳還有什麼話說？」夏雨霖看著跪在地上的趙氏，冷著臉問道。

「我……」趙氏從來沒有想到會這麼快就被發現。

「娘，我要休了她。」無論趙氏說什麼，王英傑現在都不想聽。他能夠原諒趙氏拿銀子貼補娘家的行為，卻不能容忍她賣親生女兒的行為。以王家現在的生活，趙氏這樣的行為完全觸碰到了王英傑的底線。

趙氏抬頭，一臉驚恐地看著王英傑，臉上因為坐月子養出來的血色盡褪，哭著說道：「傑哥，你聽我說，我也不想賣了嵐兒，我是沒有辦法啊……」

她這話讓所有人都瞪大了眼睛。「難不成還是趙小香逼妳的，她可是說了，這事是妳提出來的。」

「不是，我是為了大頭和小頭！他們現在還小，花錢不多，可以後長大，要讀書，要考功名，要娶妻生子，這些都要銀子……」若是兒子在趙氏心裡占據最重要的位置，那麼被休的事情就是她身為女人，最不能接受也最害怕的事情。

這想法沒錯，可因為這樣就要賣女兒，是不是太離譜了些？

「妳是覺得我不能再掙錢了？」王英傑本來就難看的臉色，更是黑得厲害。

「三弟，你別亂想，就算你不能掙錢，我們王家人就算是一起餓死，也不會做出賣兒賣女的事情。」王英文說著這話，語氣十分嚴厲。娘是丫鬟出身，雖然遇上好主子，現在有自己的生活，可並不是說，娘小時候被爹娘賣掉的事情就不存在了。

「老二說得不錯。老三，寫休書吧，我們家要不起這樣的媳婦。」王大虎板著臉說道。

「爹。」若剛才相公的話讓她害怕，那麼現在，這話從公公嘴裡說出，趙氏就覺得絕望，只能看向婆婆。在這個家裡能夠改變公公決定的，只有婆婆了。

「娘，大頭和小頭還小，我……」趙氏在婆婆平靜的目光下，忘記了接下來該說什麼了。

「妳到現在依舊認為，賣掉嵐兒的事情，妳並沒有做錯？」夏雨霖開口問道。

趙氏沈默了。

「先不說嵐兒是妳親生女兒，妳能做出這樣的事情，本身就有問題；再說，妳以為這是為了大頭和小頭好，真是愚蠢。」夏雨霖聲音很冷。「有一個賣女兒的親娘，就算大頭和小頭以後像妳說的那樣，真當了狀元，這件事情就是他們人生中抹不去的污點，因為他們所有的成就，都是建立在親娘賣掉親姊姊這件事情上。」

趙氏看著夏雨霖，一愣。她還真沒有想到……

「讀書人的名聲有多重要，趙氏，妳不會不清楚吧？」夏雨霖接著說道：「就算不清楚，那就回妳娘家好好看看，你們娘家現在的名聲對趙志軒有什麼影響吧！」

「怎麼可能？小弟的名聲好得很。」兒子沒出生之前，小弟就是趙氏的心頭肉，那麼出色，那麼優秀，怎麼可能會名聲不好？在她眼裡，同樣身為讀書人的娘家小弟可比五叔子出息得多。

「那三弟妹可以去縣城或者縣學打聽一下。」王英文說著這話，一臉的嘲笑。

「扯遠了。」夏雨霖開口說道：「英傑，寫休書吧。」

「娘！」趙氏突然尖叫道：「我不要被休，娘，我求求妳了！」

趙氏將能求的人都苦求了一遍，可王家沒有一個人為她說話。

夏雨霖沈默。

「我去書房。」王英傑在趙氏的哭求聲中開口，說完就轉動輪椅。身邊的王詩涵上前幫忙。

「不許去！」趙氏突然站起身來，大聲吼道：「我就是死，也不能被休！」

她不傻，娘家人是靠不住的，更重要的是她接受不了自己被休棄的事情。

「英文，攔住她！」看著趙氏要撞牆的動作，原本以為她又要手段威脅的夏雨霖等人看出不對勁，卻已經來不及了。王英文和王英奇兄弟兩個只來得及抓住她的袖子。

「砰！」

那一聲響，在王家眾人的心裡炸開。站起身來的夏雨霖看著牆上的血跡以及額頭冒血的趙氏，整個人都有些發暈，王大虎第一時間把她扶住。

回神過來的王英文立刻上前察看。「還有氣。」

僅僅三個字，讓王家眾人提著的心都放了下來。

「我去請大夫。」王英奇臉色難看地說道。他也沒想到，一向懦弱的三嫂真有撞牆的勇氣。回想著剛才趙氏的架勢，如若不是他和二哥一人一拉，估計今天家裡就會出人命了。

想到這裡，王英奇的手都有些顫抖，握了握才走出去。

王英武和王英文把趙氏抬到房間裡，直到楊大夫來的時候，都沒人說一句話。

「這是？」楊瑞明看著趙氏的傷，嚇了一大跳。

「家裡出了點事情。楊大哥，她怎麼樣？」夏雨霖開口問道，並沒有過多的解釋。

楊瑞明也沒多問，清了傷口、上了藥。「具體情況，要等醒來後才能知道，若是不放心的話，請縣城的大夫來看看更好。」

他會這麼建議，也是因為王家人會真的考慮，也有這個條件。

送走楊大夫後，夏雨霖就讓王英文去縣城請大夫。至於休趙氏的事情，怕是不能了。哪怕是非常討厭趙氏的宋氏，都做不出逼死人的事情來。

王晴嵐知道後，有些不敢相信地跑進爹娘的房間，看著躺在床上的趙氏，好久都沒有反應過來。

「嵐兒，別怕，妳娘沒事。」王英傑安慰著女兒。說實在的，這件事情最難受的就是嵐兒。

「她、她……她可真狠心。」在這一刻，王晴嵐真心佩服趙氏的心狠。

不僅是對她這個女兒，對自己也能下得去手。要知道，她上一輩子基本上就沒過上幾天好日子，但再艱難的時候都沒有想過自殺，不想死是一方面，沒那樣的勇氣其實也占很大一部分原因。

至於處置她，別開玩笑了，人都撞牆了，還想如何。王晴嵐蹲在地上鬱悶地用樹枝在地上亂劃。

「嚇著了吧？」王英奇在她身邊蹲下，摸了摸小姪女的腦袋，開口問道。

「有點。」王晴嵐點頭。「更多的是沒想到。」

「別說妳，我也沒想到。」

王晴嵐倒是有些詫異。「我一直以為二伯、你還有小叔都是無所不能，算無遺策。」雖然有些誇張，可她心裡是真的這麼想。

「哪有那樣的人，凡事都有意外，我們能做的就是讓這些意外在我們的生活中儘可能不發生。」王英奇開口說道：「可有些意外能阻止，有些卻無能為力，就像是今天的。」

王晴嵐有些不明白。

「三嫂若是不撞牆，今天絕對是會被休的。因為娘的關係，我們家是絕不會容忍賣兒賣女的行為。」王英奇解釋。「可她真的撞了，這封休書再也不能寫了，她給三哥生兒育女，誰又能真逼她去死？」

王晴嵐點頭，這道理跟她剛才想的一樣。

「放心，就算是不休，妳被賣的事情，也不能就這麼過去。」

「我知道，死罪可免，活罪難逃。」王晴嵐堵著的心在聽到這句話的時候，好受了許多。

「對，就是這個意思。」

王英奇笑看著小姪女。他有時候覺得這個孩子真的很神奇，就算是偉業，遇上這樣的事情，恐怕也沒有她這麼快就想開的。

趙氏在第二天中午醒來，看著床邊的人，問了一句。「你是誰？」

王英傑詫異地看著她，見趙氏的眼裡全是陌生，一時間有些拿不准她是裝的，還是真不認識自己了。「妳不認識我？」

趙氏搖頭，牽動頭上的傷，讓她疼得有些發暈。

「別亂動，妳頭上有傷，好好躺著，我出去一下。」王英傑說完，看見她點頭，才推著輪椅出去。

「娘，趙氏醒了。」王英傑推著輪椅到夏雨霖面前。「不過，她好像不認得我了，醒來就問我是誰。」

現在正是王晴嵐練習女紅的時間，聽到這話，一針就戳到指頭上了。這情節好熟悉，完全是她前世看的小說狗血劇情。

比起王晴嵐越飄越遠的思緒，和她有同樣經歷的老古董夏雨霖卻沒有像那麼多。「嵐兒，小心點，別著急，我去看看。」無論是什麼樣的事情，總要看過之後才知道。

王晴嵐點頭，跟著奶奶和親爹走進了親娘的房間。

聽到輪椅轉動的聲音，躺在床上的趙氏小心地側頭，看著進來的三人，瞪大了眼睛。

見此，夏雨霖微微地皺起眉頭。以前的趙氏，總是低著頭，即便是要看人也很少像現在這樣光明正大，目光沒有絲毫閃躲地與他們對視。

「小芳，有沒有哪裡不舒服？」在床邊坐下，夏雨霖輕聲地詢問。

趙氏看著夏雨霖，老實地回答道：「頭疼。」

「記得我是誰嗎？」

「不記得。」

夏雨霖看著趙氏。若她是假裝失憶，以此逃避被休之事，倒也說得過去。只是，面前的這雙眼睛實在是太清澈，表情又太單純，最讓她吃驚的是並沒有發現一絲破綻。

王晴嵐從進入房間後就在觀察趙氏，除非她親娘一下子擁有影后的演技，不然的話，如今躺在床上的這位，有很大的可能是已經被換了芯子的。

若是最初來王家時的王晴嵐，多半會激動地用她那個時代才聽得懂的話試探對方，可現在，她已經學會凡事都三思而後行了，不會衝動行事。

在奶奶問了許多問題後，親娘依舊一問三不知，王晴嵐想了想，拿起桌上的杯子問道：「妳知道這個是什麼嗎？」

「不知道。」

依舊是同樣的回答，同樣的表情。

夏雨霖和王英傑同時一驚。不記得人事也就罷了，連東西都不知道，不會是腦子被撞傻了吧？

「那這個呢？」夏雨霖指著她身上的衣服。

「不知道。」

然後，祖孫三代不死心地將房間裡最常見的東西都問了一遍，見她沒有一樣是知道的，很有可能是真的傻了。

不過，夏雨霖和王晴嵐就算心裡這麼想，也沒有急著下結論，先讓從外面回來的王英武去請大夫。無論是村子裡的楊大夫還是縣城裡當過御醫的顧大夫，都是一樣的結論：好好養著，因為傷的是腦子，說不清傷得怎麼樣，什麼時候能好自然也是說不準了，或許明天就好了，也許一輩子都這樣了。

家裡人都看過趙氏後，王晴嵐接受了親娘變成傻子的事實，心裡並不覺得難過，稍微有些鬱悶，更多的是鬆了一口氣。

於是，下午，一家人開始商量要不要告訴趙氏以前的事情。

一家人態度都是一樣的，肯定是要說的。

「就算三弟妹現在已經傻了，可之前的事情就不是她做的嗎？」王英武第一個發表意見。

宋氏跟著相公點頭。「就是。我記得五弟說過，傻子殺人也要砍頭的，憑什麼她傻了就可以不負責，那未免也太便宜她了。」

其他人也是一樣的意思。不過，倒不僅是想要出口氣，更多的是想著告訴她以前的事情，說不定能夠快點好起來。當然，這件事情就落在王英傑和王晴嵐身上。

至於什麼時候告訴趙氏，讓父女自己選時間，誰也沒有意見。

他們父女離開時，夏雨霖看著兒子的背影，有著深深的擔憂。

「娘，放心，我們會幫著三弟的。」王英文開口。

三弟那一房的情況確實很不好，去年和今年都可以說是流年不利。三弟的傷還沒好，三弟妹又傻了；嵐丫頭倒是聰明，卻只有六歲，能做的事情有限；再加上兩個剛滿月的孩子，他想著都有些替三弟頭疼。

「你們兄弟之間的事情，我從來不擔心。只是，英文，我怕英傑會承受不住。」夏雨霖嘆了一口氣。「你們偶爾幫襯一下，英傑不會多想；可他現在已經娶妻生子，再一直接受你們的接濟，加上他心裡本來就有些自卑，長時間下去，我擔心會落下心病，影響身體。」

前世，她在兒子生病住院的時候都沒發現這個問題，直到醫生建議她帶兒子去看心理諮商，她才知道兒子的心裡有多難受。

「這段日子，我就經常看見英傑坐在院子裡發呆。」

王英武看著親娘一臉擔心，有些不明白三弟有什麼好難受的。「老三也真是的，好好養傷就好，瞎想那麼多做什麼。」

王英文兄弟三個卻有些內疚。這一點，他們怎麼就沒有想到，還要娘操心。同樣是男人，他們能明白夏雨霖話裡的意思，自然也清楚王英傑現在心裡的難受。

其實宋氏妯娌幾個心裡也挺不好受的。家裡雖然沒有分家，可各房的銀錢都是各房拿在各自手裡的。以前，三房就因為趙氏的關係讓她們討厭，她們不是不明白相公的兄弟情義，幫襯一時半刻的她們沒有意見；但若時間長了，即使她們嘴裡不說，心裡肯定會有疙瘩的。

「英武，英文，你們兄弟幾個也不用太擔心。」看著幾個兒子皺眉思考，夏雨霖反而露出一絲笑容。「這件事情從過年的時候，我就在琢磨，現在已經有些眉目了。」

王家兄弟點頭。既然娘這麼說，應該不會有問題，若是需要幫忙的時候，她肯定會說的。

第三十章

這邊，王晴嵐父女倆覺得，還是等趙氏的身體養好一些再告訴她。

兩人帶著有些鬱悶的神情回到房間，原以為在睡覺休息的趙氏，此時坐在床上，一臉好奇地看著手中的被子，一會兒用手摸摸，又用臉蹭了蹭，最後竟然用舌頭去舔。

「娘，幹什麼，這個不能吃的！」王晴嵐上前把她手上的被子扯下來。「妳頭不疼啊？快點躺下，也不知道披件衣服，著涼了，頭疼得更厲害。」一邊說著，一邊就伸手推她躺下。結果，沒用，趙氏坐在那裡紋絲不動，再用了點力氣，還是沒用。「娘？」

王晴嵐抬頭，就看見趙氏歪著腦袋一臉懵懂地看著她。

「餓了。」趙氏眼巴巴地看著王晴嵐。

「坐好，別亂動。」王晴嵐的語氣不太好，不過還是伸手給趙氏拿了件衣服披在身上，才轉身出去給她拿吃的。

王英傑將輪椅推到床邊，看著趙氏依舊在研究被子，以為她餓極了，開口說道：「這個是被子，不能吃的。」

趙氏沒說話，看向王英傑，用陌生的目光上下打量他。

沒一會兒，王晴嵐再次回到房裡。不過，燉湯和飯菜都是王詩涵端進來的。

香味讓趙氏的鼻子動了動，目光貪婪地看著食物。

王詩涵將飯菜放到一邊的桌子上，端了一碗雞湯上前，坐在床沿，用小勺舀了一口湯吹了吹，感覺不燙了之後才餵了過去。「三嫂，喝湯。」

趙氏張嘴。雞湯的香味在嘴裡瀰漫，吞進肚子裡，整個人都舒服極了，只是太少了，她一雙眼睛緊緊地盯著王詩涵手裡的碗，做出了一個讓在場的人都吃驚的行為。

只見等不及的趙氏俯身上前，然後用腦袋擠開王詩涵的手，臉對著湯碗，就這麼咕嚕地喝了起來。

「三嫂，這湯很燙的。」王詩涵想要阻止趙氏，第一個想到的是推開她的腦袋，結果沒推動，隨後又想著把碗拿開一些，可手臂直接被趙氏的兩手抓住，動都動不了。

王詩涵側頭，流著眼淚對著王英傑說道：「三哥，快點讓三嫂鬆開，我手好疼！」

被嚇到的兩人上前想要掰趙氏的雙手，但吃奶的勁兒都使出來了，還是沒作用。「涵姑姑，妳忍忍，我去叫人。」

王晴嵐跑了出去，等到她帶著王家人趕回來的時候，趙氏已經鬆開了手，原因是那碗湯喝完了，此時整個人就像是受驚的小兔子，窩在床角。王英傑正一臉憤怒地瞪著她。

等到眾人看到王詩涵的手腕時，表情跟王英傑差不多。

「小涵，妳和妳大哥去大夫那裡看看。英武，你仔細些。」夏雨霖對王英武說道。

王英武點頭。

「娘，我也去。」這話是王詩韻說的。

兄妹三人離開以後，王英傑把事情說了一遍。蜷縮在一邊發抖的趙氏知道自己闖禍了，可她真的只是餓了，沒想到會傷到人。

夏雨霖的眉頭皺起。女兒受傷，她心裡沒火才怪，可趙氏現在這個樣子，就是對她發火又有什麼用。「她的力氣有那麼大？」

「以前沒有吧。」因為剛才的事情，王英傑回答得不是很肯定。

夏雨霖想了想問道：「小芳，吃飽了嗎？」

趙氏看了她一眼，搖頭，誠實地回答。「沒飽。」

「英文，你把飯端過來。」夏雨霖開口說道：「遞給她的時候小心些。」

王英文在米飯上挾了些菜，連同筷子一起遞到趙氏面前。「三弟妹。」話還沒說，趙氏就伸手拿碗，可她似乎完全不知道該怎麼端碗。

然後，讓王家人驚悚的事情再次發生，趙氏直接將瓷碗掰裂了，另一半還好好地留在王英文的手上。至於那些因此而掉落的飯菜，被趙氏直接抓著塞進了嘴裡，因為抓得太急，被子上的棉布都爛了幾塊。

宋氏等人眨了眨眼睛，使勁地揉了揉，被子上的洞以及半邊碗的瓷片依舊沒有消失，可見不是在作夢。

王家人現在可以肯定，以前的趙氏絕對沒有這樣的力氣。

一碗飯吃完，趙氏依舊眼巴巴地看著夏雨霖，那雙清澈的眼睛裡要表達的意思再明顯不過了。

「小芳，還想吃？」

「想。」

「那妳得答應我，不能碰我們。」

趙氏用力地點頭。

「頭不疼了嗎？」

「不怎麼疼了。」趙氏很老實地回答。

「紅梅，去看看還有沒有剩飯，都端過來。」夏雨霖皺著眉頭說道。

宋氏點頭，心有餘悸地走出去，腳步都有些飄忽。

「小芳，妳想知道自己是誰嗎？」夏雨霖覺得不能再拖了，現在就應該告訴她以前的事情，要是立刻就能想起來，那就再好不過了。面前這位，有些危險。

「想。」

「那妳認真地聽，聽完之後，才有飯吃。」

然後，夏雨霖從趙氏嫁過來的時候開始講起，中間許多事情是王英傑和王晴嵐都不知道的。

原來會吃鹹菜，是因為趙氏從來就沒有給過家裡生活費。他們三房就算是吃鹹菜，也是和其他房蹭的。聽到這個，王晴嵐多少有些理解大伯娘那個時候為什麼連一塊肉片都不願意留給親娘。

王英傑心裡是越聽越火，特別是看到趙氏一臉迷茫，好似聽不懂一般，有火沒處發，憋得真的是很難受。

直到趙氏聽明白生孩子的意思後，整個人像是被打了興奮劑一般，眼睛亮得嚇人。「我能生崽子？」

崽子？這是什麼稱呼？

王家人被她這一句話問得有些發懵，再想到她剛才直接用手抓飯和埋頭喝湯的行為，她不會以為自己是個畜牲吧？王家人真沒有罵人的意思，而是不由自主地得出這麼一個結論——除了王晴嵐以外。

夏雨霖繼續說，時間一點點地過去，直到天都快要黑了，才說到滿月酒的事情，而趙氏只對孩子有反應。

「不可能，我不可能會拋棄自己的崽子！每個崽子都是神的恩賜，拋棄孩子的，都會被神懲罰的。」等到趙氏弄清楚賣女兒的意思後，一改迷茫和害怕，無比堅定地說道：「再說，還是那麼珍貴的雌性。」

被稱作雌性的王晴嵐有些發暈。果然，她的預感成真，親娘哪裡是傻了，完全是被不知道從哪個原始角落冒出來的靈魂占據了！

這麼一想，她之前的白癡行為都可以得到解釋。
王家人都被趙氏的言辭給嚇到了，就算是見多識廣的夏雨霖也受驚不小。
「三嫂，雌性是什麼？」王英卓開口問道。他心裡是有猜測，可三嫂不是什麼都不記得了嗎？
「雌性就是雌性啊。」趙小芳理所當然地回答，然後，將火熱的目光投向王晴嵐。「來，小雌性，娘抱抱妳。」
所有人都能感覺到趙氏對王晴嵐發自內心的喜愛，更別說王晴嵐這個當事人了。只是，想到趙氏的力道，她毫不猶豫地躲在家人的背後。
「妳怎麼知道雌性很珍貴？」王英卓再一次問道。
對啊，她是怎麼知道的，趙氏開始回想，結果腦子一片空白，沒有任何記憶。「不知道。」
情況太詭異了，夏雨霖想著，還是再觀察觀察，也讓他們靜一靜。
「我們再生個崽子吧？」
王家人沈默，不代表趙氏會沈默。她是語不驚人死不休，雖然沒了記憶，但在她的心裡，只有兩件事情是最重要的：生崽子，吃飯。而生崽子絕對是放在吃飯前面。
聽到這話，王家人順著趙氏的目光看過去。王英傑被羞得一臉通紅，特別是在趙氏那樣大剌剌的目光下。「妳在胡說八道什麼？」

趙氏表示聽不懂，只是不明白他為什麼要生氣。不過，這個男人紅著臉的樣子很好看。

「娘，不能說生崽子，要說生孩子。」王晴嵐一本正經地說道。

「為什麼？」

「因為妳傷了腦子，所以記錯了。」

「是嗎？」

王晴嵐用力地點頭，隨後又擔心這個力氣恐怖的親娘，晚上可能會對親爹用強，接著說道：「生孩子的事情不能這麼光明正大地說出來。」

「為什麼？」

「因為神會不高興的，到時候就讓妳生不出孩子。」

既然明白了她的來歷，王晴嵐糊弄起來一點也不吃力，倒是王家人讚許的目光讓她壓力頗大。

「我明白了。」趙氏此時的表情格外虔誠。

而王家人也在這個時候明白了和趙氏說話的要訣。

吃過晚飯，王家人繼續討論趙氏的事情。王晴嵐在一邊聽著，時不時地提醒一句。只可惜，王家人包括夏雨霖再聰明，也無法憑空想像出他們完全沒有接觸過的世界。

「二哥，你還記不記得，前幾年我們縣裡出了一個奇怪的事情。有個男人一覺醒來，就認為他是隻公雞，天天早上起來報時。」王英卓開口說道。

王家所有人都是一愣。「五弟，你的意思是……」

「行了，再觀察一段時間吧！小芳可能是因為才剛剛醒來，腦子還有些不清楚，你們都離她遠點就是了。」夏雨霖開口說道。

回到爺爺、奶奶房間裡，面對奶奶和三位叔伯，王晴嵐借著以前的夢瞎編，把自己知道的關於獸人世界的事情說了一遍。

聽得他們震驚不已，沈默了好久。

夏雨霖開口說道：「既然她已經失憶了，我們倒不如好好地教她，讓她適應這裡的生活，或許這並不是一件壞事。我相信老天爺這麼安排，一定是有道理的。」

王英文兄弟三人點頭。

實際上，王晴嵐也是這麼想的，至於真正的趙氏是死了還是飄到其他世界了，她真的是一點也不關心。

「這事交給我來做就行。英文，英奇，這次你們出門，我和嵐丫頭就不去了。你們出門在外，要注意身體和安全。」夏雨霖看著兩個兒子說道。

王英文兄弟兩人點頭。

王晴嵐想跟著去，畢竟這兩個月，空間又升級了，裡面堆積了大量的糧食。

「嵐兒，等到妳小叔鄉試的時候，會帶妳去，以後妳每年只能跟著出去一趟。」

見三位叔伯都贊同，王晴嵐只得點頭。反正一趟也夠了，至於可能會出現什麼風險，家裡現在已經有親娘這麼一件離奇的事情，想必憑空多出糧食，二伯他們也不會說什麼的。

這天早上，王英文和王英奇離開了家，王英卓帶著兩個姪兒去了縣學。

至於王家，在趙氏沒有學會控制力道之前，他們決定把趙氏當成嬰兒來養，什麼都不讓她做；可就算是這樣，也有阻止不及的時候，僅僅一個上午，被她破壞的東西是越來越多。

吃過午飯，夏雨霖直接變成惡婆婆，將一筐子混合豆子放到趙氏面前，裡面花生、玉米、紅豆、綠豆都有。她遞過去一雙筷子。「揀吧，揀不出來就不許吃晚飯，也不許看孩子。」

趙氏在王家人越來越不好的臉色下，也知道自己做錯了事情，看著夏雨霖演示了一遍，笑著說道：「娘，妳真聰明。」完全沒有覺得自己被折磨了，只是一接過筷子，幾乎是眨眼間，一雙筷子就在她的手裡變成了四根。

不過，折騰筷子和豆子總比毀壞家裡的東西要強；再說，隨著趙氏慢慢地熟練，效果也是很好的。

趙氏的問題並不僅是控制不住力道，即便逐漸有了記憶，可各種各樣的驚嘆還是不斷發生。王家知道她底細的能夠理解這個原始土包子，可其他人就不一樣了。

她每天三頓飯都會抱著碗，不厭其煩地露出看到神蹟的目光。王晴嵐繡花的時間，她會蹲在旁邊，一蹲就是一個時辰，眼睛都不眨地看著兩人手上的動作，一副膜拜的傻樣。每次家裡的男人打水時，她都要湊過去，看著空桶放下去，再拉上來時裡面裝的都是水，便想要跳下井去查探一二。

廚房在她簡單的腦子裡是最神秘的地方，每天都有各種各樣好吃的東西從裡面端出來。只是在她第一次進去後就被驅逐了。饒是如此，她還是樂不思蜀地往裡面湊，宋氏等人的白眼和冷臉甚至是怒斥都不起作用。直到後來，夏雨霖拿出兩個打火石，演示了一遍就扔給她，讓她自己研究後，這樣的情況才好了許多。

當然，除了這些之外，腦門上還頂著傷的趙氏，大多數時候要麼跟在王晴嵐屁股後面轉悠，要麼就守著大頭、小頭，時不時笑出幾聲，跟傻子似的。

對此，王晴嵐從最初的彆扭，變成了習以為常。

第三十一章

這天下午，陽光正好，夏雨霖將王英傑叫到身邊，笑著問道：「英傑，這些日子很無聊吧？」

「嗯。」王英傑點頭。全家人都有事情做，就他一個人，不但整日裡閒著，還要家人伺候，他的心情可不僅是無聊兩個字就能夠說得清的。

「我記得你的木工不錯。」

王英傑搖頭。「沒有大哥好。」

「你大哥的手藝是不錯。」夏雨霖並不贊同他的話。「不過，你大哥現在要管好幾個莊子，還有村子裡的土地，哪裡還有那個時間做這些。而且你的手藝也不見得比英武差，只是以前將大部分空閒的時間都用在打獵上了。」

「真的嗎？」王英傑有些不自信。

王晴嵐在一邊聽著母子慢悠悠的對話，都為親爹的腦子著急。

「我想做個小屏風。原本是打算讓你爹給我做的，只是你知道，你爹年紀不小了，細緻的雕刻他眼睛不行。我看你也沒什麼事情，要不幫娘做？就放在娘的房間裡，做不好也沒有關係。」夏雨霖笑著說道。

雖然說是給王英傑練手用的，王大虎還是給他準備了上好的樟木，甚至因為兒子腿腳不方便，還給他打下手。當然，細緻的活都交給王英傑。

「奶奶，這是什麼鳥？」王晴嵐看著圖紙。這麼複雜的圖，爹真的能做好嗎？

「白頭翁，這圖叫白頭富貴。」夏雨霖說著的時候，微微有些羞澀，不過，很快就被掩飾過去了。

在一邊忙碌的王大虎聽到這話，板著的臉沒有絲毫變化，就是眼睛時不時地就會看向夏雨霖那邊。霖霖還是跟他第一次見時那樣，溫柔美麗。

兩人之間因為這幅圖而冒出來的粉紅泡泡，讓專心做事的王英傑都發覺了，有些不好意思的同時心裡是既高興、又羨慕。他側頭看著自己正蹲在一邊玩打火石的媳婦，笑得一臉無奈。

有了事情做，王英傑的精神就是不一樣，就連飯菜都比平日裡多吃了不少。

四月上旬的一日，趙永財兩口子破天荒地拎著一堆東西來到王家，看起來也比滿月宴時蒼老了許多。與王大虎和夏雨霖站在一起，就差得更遠了，簡直不像同一輩分的人。

「爹，娘，你們來了。」王英傑放下手中的活計，開口叫道。

他看見兩人手裡的東西，眼裡帶著防備。不是他小人之心，三年前也是這個時候，他們就拎著東西來求考中秀才的五弟，請五弟想辦法讓趙志軒也中秀才；被拒絕後還撂下狠話，說等他們兒子以後當官，肯定不會幫他們家。

想到這裡，只覺得很可笑，可他記得，五弟說過就是這幾天，縣試就出結果了，不會是他想的那樣吧？

「王大哥。」趙永財將東西放下，開口叫道。

「不敢當。」王大虎說話很直接。「你們有事？」

「是這樣的，我們聽說你家老五和縣令公子相熟，你看能不能讓他幫幫忙，跟縣令公子說一聲。我們家小虎那麼聰明能幹，功課那麼好，怎麼可能沒考中秀才？這中間肯定是出了什麼岔子，能不能讓縣令大人在秀才榜單上添上我們家小虎的名字？」趙永財討好地看著王大虎，低聲下氣的樣子讓王晴嵐很詫異。

不過，他說出來的話更讓她覺得好笑。

「不能！」王大虎拒絕得很乾脆。「這事老五幫不上忙。」

「怎麼會幫不上，不就是你們家老五說句話的事情嗎？」趙家老太太被拒絕，臉色很不好，有些尖銳地反問道。

王大虎不願意多說，可態度很明確。

夏雨霖笑看著兩口子。「我們家英卓要是有那麼厲害，一定會讓他的四個哥哥先成為秀才。除了他四位哥哥，還有村子裡相好的堂兄弟，紅梅娘家的兄弟，等到他們都變成了秀才，才輪得到你們小虎。就算三年加一個，你們算算，需要多少年，就不知道你們能不能等得起。」

王晴嵐用力地點頭。奶奶這話沒毛病，若小叔真的那麼厲害，怎麼也是先顧著自己兄弟。「奶奶，算錯了，等到大伯他們都成了秀才，又該輪到大哥他們了，外人根本就輪不到。」

這三年一個的名額，以他們家生孩子的速度，完全可以自產自銷。

「死丫頭，這裡哪有妳說話的分，滾一邊去！」本來心情就不好的趙家老太太，惡狠狠地說道。

「行了，我們家孫女還輪不到妳來說。東西你們拎回去，這忙我們幫不了。」夏雨霖也不多說，直接下逐客令。

「你們真的不幫？」趙永財的面色突然陰沈下來。

王大虎側頭看著趙永財，平淡地問了一句。「你在威脅我？」

趙永財不說話，只是給趙家老太太使眼色。

然後，原本坐在椅子上的趙家老太太突然一屁股坐在地上，拍著腿開始又哭又鬧。在她抑揚頓挫的哭喊中，明顯表達出一個意思：如果王家不幫他們，他們就去衙門告王家，告他們逼他們女兒撞牆！

「怎麼了，怎麼了？」聽到聲音的趙氏一陣風似的跑了出來，額頭上的傷在她來回折騰下，養到現在終於結疤了，真是很不容易。

「小芳啊，我可憐的女兒，妳受苦了！」見女兒來了，趙家老太太哭得更傷心了。

趙氏一臉茫然。

「娘，他們欺負我，要打我和奶奶……」低著頭的王晴嵐眨巴了兩下眼睛，用手揉了揉，可憐兮兮地對著趙氏說道。

「什麼！」這話趙氏聽懂了。敢欺負她的孩子？她眉毛都豎了起來，怒視著面前的兩個陌生人，整個人此時看起來像極了一頭凶猛的野獸。

不僅是趙永財兩口子嚇到了，就是王晴嵐也被趙氏散發出來的凶狠震住了。這效果好過頭了。

「小芳，嵐兒害怕，妳帶著她出去。」夏雨霖瞪了一眼孫女，才開口說道。

王晴嵐摸了摸鼻子，上前握住趙氏的手。「娘，走吧。」

憤怒的趙氏被她小手一握，整個人氣勢都變了，受寵若驚地看著女兒。要知道，這個女兒平日裡可是對她愛理不理的。

「好，走、走。」她帶著傻呵呵的笑容，出去了。

夏雨霖鬆了一口氣，想著以後還要教趙氏不要隨意打人；就算要打，也要控制好力道，不能打死了。

「你們拿著你們的東西回去吧。我再說一遍，這忙我們不幫，你們想去告就去告，再鬧的話，我就讓英卓直接跟縣令大人說，你們家小虎品德敗壞，該取消他考功名的資格。」

這才是趙永財兩口子的死穴。

第二天，王詩涵一大早就推開房門。

今天輪到她做早飯了，所以比其他人起得都要早一點。結果剛走到院子，就著矇矇亮的天色，猛然看見一堆鮮血淋漓的肉。

「啊！」她嚇得尖叫出聲。

其他人聽到這聲音，都跑了出來。「六妹，怎麼了？」

王詩涵蹲在那堆肉旁邊。「大哥，我沒事。你過來看看，這應該是獐子肉吧？」

王英武上前，確定妹妹沒事，然後看著那堆肉。「哪裡來的？」

「不知道，我起來就在這裡了。」王詩涵看著這些大大小小的動物，大的直接被打破了腦袋，小的腦袋直接被擰下來了，好凶殘。「會不會是三嫂？」

「不可能吧。」王英武否認之後，看著那些已經死了的動物，心裡又有些沒底。

兄妹倆正討論的時候，院門打開，就見又有一堆帶毛的肉出現在面前，底下才是趙氏嬌小的身影。王英武眉心一跳。「三弟妹，妳就這麼回來的？」

「是啊，大哥，六妹，你們起來了？」

想到這裡的東西不僅能夠給家人吃，還能賣錢，趙氏的笑容就燦爛了幾分。

王英武聽了這話，急忙拿著鋤頭出門，看見自家院門口到外面一路殘留的血跡，認命地開始收拾。

「三嫂，妳先洗洗。」王詩涵給趙氏燒熱水。

於是，這個早晨又被趙氏給破壞了。她是好意，所以，王家人也不知道該怎麼說，只是將梳洗好的她推到王英傑面前。

「英傑，打獵的事情你清楚，給小芳說說。」

夏雨霖想著這個媳婦的力道，一點也不擔心她會對付不了野獸，再想著她來自哪裡，就更不擔心她會迷路了。

王英傑點頭，帶著趙氏回到房間，又開始仔細地教媳婦了。

接下來的日子，趙氏都是早上去捕獵，白天跟著女兒、看兒子，還有熟悉各種各樣新鮮的東西。

隨著王家三個媳婦的肚子慢慢鼓起，她是羨慕得不行，恨不得能天天纏著王英傑，就做生孩子的事情。

日子一天天地過去，天氣也慢慢地熱了起來。王英傑除了之前練手的屏風放在家裡，之後做的都被夏雨霖拿出去賣了，看到銀子後，王英傑就更用心做了。

六月中旬，王英文和王英奇回到了王家。

這一次，他們走得比較遠，因為資金充足，所以兄弟分開行動，開鋪子的速度很快。

接下來，他們準備在周邊較近的城市開鋪子。因為家裡的媳婦這一年要生孩子，還有王英卓要參加鄉試，他們在家，遇上什麼事情也能照顧一二。

這個時候，王英傑已經能站起來，慢慢地走動，確實是有點瘸，不過並不是很明顯。對此，趙氏是一點也不介意，整天除了男人和孩子，就是吃食。

王英卓參加鄉試，可以說是除了家裡添丁之外的又一件大事。

七月底，家裡就定下要去府城的人選。因為天氣熱，孩子都留在家裡，包括王晴嵐，無論她怎麼說都沒有用，反而讓王英卓給她布置了加倍的功課。

王大虎依舊留在家裡，除了王英卓兄弟三人外，夏雨霖想著自己的兩個女兒好長時間沒出門，於是母女三人一起去了府城。

客棧是王英文他們早就訂好了的，一個清靜而獨立的小院子。因為鄉試的關係，府城比平日裡熱鬧了許多，客棧裡更是人來人往。

「主子，你想參加科舉考試，在京城就可以了，何必跑到這裡來受罪。」客棧裡，一位小廝看著嘈雜的環境，眉頭皺得死緊。都是讀書人，不知道安靜些嗎？

「咳咳！」穿著一身灰衣的瘦弱男子用力地咳了兩聲，本就沒什麼血色的臉更蒼白了幾分。不過，他也不怎麼在意，警告地看了一眼小廝，才說道：「這樣才有趣。在京城，誰不認識我，若知道我參加科舉，誰敢不把狀元給我？那還有什麼意思。」

沒辦法，小廝只得送男子上樓。幸好早讓人準備好了房間，不然他家主子還得遭罪。

在娛樂城裡，紫蘇看著來人。「你們確定，沒有人跟著王家人？」

「經過屬下這幾日的觀察，並沒有人暗中跟著王家的人。」

被擄走之後，紫蘇好一段時間才恢復過來。本來想繼續拉攏王家，可想著不知道綁架她的是什麼人，也不敢擅自作主，給主子添麻煩。

於是將情況寫清楚，送了回去，等到主子回信後才敢行動。

想到主子交給她的任務，她覺得這一次不能再失敗了。主子說得沒錯，她不應該因為王英卓是個農家子就輕忽，辦砸了主子吩咐的事情。

「既然是這樣，就按照主子的計劃行事。記住，最大的目的是逼出綁架我的那些人。」紫蘇說道。

至於那些人要是不出現的話，就活該王家人倒楣，誰讓他們不識好歹。

「天乾物燥，小心火燭！」

深夜的蘇城，寧靜祥和，完全沒有白天的熱鬧繁華，唯有打更之人在走街穿巷，不過，喊話和打更的聲音似乎都帶著睏意。

萬順客棧後面獨立的小院裡，躺在床上的王英卓突然睜開眼睛。屋裡和四周環境一樣，黑漆漆的一片。

他陰沈著臉，毫無聲息地起床。

與此同時，隔壁小院，躺在外間的小廝坐起身來，臉上沒有一絲睏意，無聲地走到主子床前，輕聲叫道：「主子。」

「睡覺，別管。」床上的男子不耐煩地說了這四個字，翻身繼續睡覺。

小廝無奈地點頭，卻沒有回去睡覺，而是選了個不顯眼的角落站著，一雙眼睛是炯炯有神地睜著。

第三十二章

十來個黑衣人，身影如鬼魅一般，輕輕地落在王家租住的院子裡。為首的黑衣人仔細地觀察環境後，一揮手，便有兩個黑衣人上前，一個手裡拿著一桶油，一個手裡拿著火摺子。

他們選擇放火的地方，正是王英卓的房間。

「二哥，四哥，照顧好娘她們。」說完這話，王英卓身影瞬間移動到外面，接住往下掉的火摺子，側頭看著為首之人。「你們第二府的人就這麼狠毒，我們到底是做了什麼這麼招你們恨，非要置我們於死地？」

為首之人聽到這話一愣，眼裡的驚訝很明顯。不是說王英卓是普通的農家子嗎？那他剛才的動作又是怎麼回事？那絕對是高手才有的速度……

「你不是王英卓。」為首之人肯定地開口。雖然處境對他們不利，但是他對自己和手下的身手還是有自信的。因此即便要撤，他也想要試探一下，希望能多得到一點訊息。

王英卓從對方的表情已經得到想要的答案，沒想到對方會用和他一樣的手段。不過他到底是怎麼得出這個結論的？就因為出身農家的王英卓不應該會功夫嗎？看來他們家在隱藏底子上還算成功。

既然是這樣，他就不客氣了。他閃電般地出手，身邊兩個黑衣人瞬間倒地。

「撤！」為首的人臉色一變。

「來不及了。」

王英文和王英奇出現在他們身後，隨著他們的話落下的，還有好幾個黑衣人倒地的聲音。

果然是陷阱！這是首領閉眼之前得出的結論，心裡很後悔，沒能將這個消息傳遞出去。

看著地上橫七豎八倒下的黑衣人，王英文兄弟三人都抹了一把冷汗，後背的衣衫都濕了。第一次面對這麼大的事情，對付這麼厲害的敵人，現在回想起來，雙腿還有些發軟，無限的後怕。

如果他們兄弟沒有功夫，今晚一家六口恐怕都要葬身火海。

到了此刻，王家三兄弟才深刻地認識到，他們之前在王家村甚至富陽縣所做的，相比起這些貴人動不動就要人性命的手段比起來，簡直如同幼兒。

「二哥，這些人要怎麼處理？」王英卓問王英文。

三兄弟都清楚，最好的辦法是殺人滅口。可這是殺人不是殺雞，他們若是真下得了手，剛才就直接殺了。

王英文也不知道該怎麼回答，看著自己的兩個弟弟。「你們沒事吧？」

就在兄弟三人站在院子裡思考怎麼處理這些人的時候，夏雨霖帶著兩個女兒小心翼翼地走出來，手裡還拿著一根不知道從哪裡撿來的木棍。

「娘，我們沒事。」兄弟三人齊齊回答道。

夏雨霖不放心地上前察看，見一個個都沒有受傷，一顆心才落到實處，只是怎麼處理這些人卻是令人頭疼的問題。

「綁了，報官吧。」夏雨霖看著自己三個兒子愁眉不展，笑著說道。

「可是，娘，以他們的背景，估計沒什麼用。」

王英文十分贊同。「最重要的是，這次他們沒能成功，肯定還會有下次。」

「就算殺了他們，對方還是會派別人來的，既然如此，又何必勉強自己，為了這些人破戒呢，他們不值得。」夏雨霖低眉，話說得很溫柔，眼底卻是一片冰冷。

無論她說多少的理由，其實真正的原因只有一個，三個兒子心裡不願意。

「話是這麼說，可他們要燒死我們，我們就這麼放了他們，想著都不甘心。」王英奇開口說道。在這之前，他們哪裡吃過這麼大的虧，即便是現在一家子都沒事，卻不代表這件事情就不存在了。

夏雨霖笑看著王英奇。「那你們就揍他們一頓唄。」

王英卓兄弟三人你看看我，我看看你，同時點頭，上前將這些人狠狠地一通拳打腳踢，等到氣出得差不多才停下，合力將這些人扔到客棧前的大街上，用繩子捆起來。

回來的時候，夏雨霖已經帶著兩個女兒回房休息了。王英卓回屋之前，看向隔壁的小院。

「老五，怎麼了？」

「沒事。」王英卓搖頭。

「真蠢！」剛才還在睡覺的男子，此時愜意地坐在樹上，看著再一次恢復平靜的小院，一臉嘲諷地說道：「這樣的心慈手軟，以後恐怕會吃大虧。」

身邊的小廝點頭。

「去查查，這一家人還有第二月是怎麼回事？她的手伸得有些長啊！」

小廝點點頭。這樣都能夠被他家主子撞上，他覺得那位小姐以後應該多燒香拜佛，否則怎麼會這麼倒楣？

「主子，更深露重，回去休息吧。」

「睡不著了，去準備點酒菜，我要在這裡賞月。」

「是，主子。」

小廝沒有動，只是揮手，就有人下去做事，他只需要陪著主子就行。

半個時辰後，躺在樹上閉目不知道在想什麼的男子，突然睜開眼睛，看著旁邊院子打開的房門。

夏雨霖輕手輕腳地從房間裡走出來，面無表情地走過小院子，又用雙手摸索著小心地通過客棧，最後出現在冷清的街上，看著面前被捆成一圈的黑衣人。

兒子不願意做的事情，她不勉強，即使知道以後他們遲早會動手，但她想著，能晚一天、是一天。

可她是絕對不會原諒傷害兒女之人。今夜的事情，要不是機遇，她的三個兒子、兩個女兒就得在這般年輕的時候葬身火海。

到那時，就是他們把第二家的人全都弄死又有什麼用？

夏雨霖抽出黑衣人身上掛著的刀，開口說道：「別怪我，要怪就怪你們的主子。」

話落，刀尖直接沒入一個黑衣人的胸口，夏雨霖的手都沒有抖動一下。十幾條性命，並不需要多少時間，她確認沒有活著的了，才轉身回去。

「二哥，四哥。」目送娘親回房間後，王英卓的聲音有些顫抖。「我們錯了。」

王英文和王英奇都紅著眼睛點頭。這樣的事情，他們怎麼能夠讓娘替他們做？都是他們的錯，不是自詡聰明嗎？怎麼能被這麼一點事情嚇到，失了冷靜。

三人在黑暗中站了許久。

「行了，既然娘不想讓我們知道，我們就當作不知道吧。」王英文開口說道：「早些回去睡覺，若是明天精神不好，娘又要擔心了。五弟，特別是你，千萬別因此影響了鄉試。」

「我知道。」王英卓點頭。

剛才那一幕倒是讓看戲的男子和小廝都有些驚訝。「真是令人感動啊，你說是不是？」

小廝沒有點頭，也沒有搖頭，只是從懷裡掏出手帕，給自家主子清理因為捏碎酒杯而受傷的手。一直跟在主子身邊，自然明白他想到了什麼。
「給我查清楚一些。」男子再次下命令。
「請主子放心。」
「睏了，睡覺。」手包紮好後，男子站起身來進屋，躺在床上閉目睡覺。小廝卻知道，主子的好心情都沒有了。「讓人去打掃乾淨。」
對於這樣的命令，小廝一愣，回頭看著主子的背影，心疼得不行。「是，主子。」

一大早，早起開店的人都被血腥的場面嚇到了。不過，等到夏雨霖他們起床的時候，衙門的人早已經將屍體帶走，大街上也清洗乾淨了。
「娘，妳說是什麼人做的？」吃早飯的時候，王詩韻開口問道。
「我怎麼會知道？說不定是他們還得罪了其他人，像他們那樣的人，敵人肯定不少。」夏雨霖笑咪咪地說道：「不過，這對我們來說，總是件好事。」
王詩涵和王詩韻點頭，王英文兄弟三人心裡暖暖的。
「娘，一會兒再休息一下，昨晚發生那麼大的事情，妳肯定沒睡好。」王詩涵建議道。
「就是，娘，我半夜好像迷迷糊糊聽到娘開門的聲音，似乎好久之後才回來。娘，妳被嚇到了嗎？」王詩韻笑嘻嘻地開口。「要不，今天晚上我陪娘睡。」
王詩涵吃飯的動作一愣，看向低著頭吃飯的三位兄長，差點拿不住筷子，不會真的是她想的那樣吧？

「好啊，今天晚上小韻陪娘睡吧。」

夏雨霖點頭，很開心女兒的貼心，心裡又嘆氣。還是被他們發現了嗎？也是，她家兒子可是文武雙全。

灰衣男子看著手下用三天時間收集到的東西。「沒想到，還有跟我一樣的人，只不過，我是病秧子，他是手無縛雞之力的書生。」

「他連主子的手指頭都比不上。」

「可是，這手指頭未免太幸福了。父母雙全，家庭和睦，又前途似錦，真是讓人羨慕得想要毀掉。」灰衣男子陰沈地開口。

誰能想到，這麼平凡得不能再平凡的一家人，竟然能夠和皇商孔家、吏部尚書曹家、大將軍南宮家扯上關係。

「沒有查到第二月要對付王家的原因嗎？」

「沒有。」小廝認真地回答，他們都查不到的，只有一種可能。

「這個第二月，是越來越神秘了。」灰衣男子笑著說道：「讓人看著第二月的人，在我沒玩夠之前，不許破壞我的興致。」

「是，主子。」

這天上午，王詩涵姊妹從外面買菜回來。大堂裡，一群書生不知道為了什麼事情吵了起來，一個個爭得臉紅脖子粗。

這些人將路堵住了，她們沒辦法進去，等了好一會兒，他們還在吵，而問題竟然只是圍繞著讀書人該不該做買賣之事。

這些人吃飽了撐的吧？這是姊妹兩人心裡的想法，當然，她們不會傻得去管閒事。讀書人吵架就算是吵出火氣來，也很少動手，那是有辱斯文。但是，他們不動手，不代表他們的下人不能動手。

隨著這火越架越高，下人開始推推搡搡起來，然後，讀書人也不說話了，分成兩邊站在後面。那些下人開始動起手腳，桌椅板凳亂飛，場面混亂得很。

最後控制不住的時候，好些書生都被波及了。王詩涵姊妹兩個倒是鎮定地躲開桌椅板凳，看到空隙，王詩涵拉著妹妹的手，側頭躲開一個凳子腿的迎面攻擊，正準備往裡面走，後面忽然傳來咚的一聲。

「主子！」隨後有一道焦急的聲音響起。

王詩涵有種不好的預感，一回頭，就見弱不禁風的書生倒在地上，光潔的額頭上一條紅印十分明顯，似乎是被她躲過的那條凳子腿打中的。

「沒事吧？」王詩涵擔憂地問道。

「妳看看有沒有事！」一個看起來還沒小韻大的孩子，此時正瞪圓了眼睛，淚眼矇矓地衝著她吼道。不過，因為他的長相還有隨時都要哭的表情，讓人實在是討厭不起來。

「行了，多大點事，又死不了，你哭什麼。」王詩韻笑呵呵地說完，這次直接接住飛過來的筷簍子。

「妳說什麼?!」小廝眼裡蓄積的淚水更多了。

「小韻，別說了。」也不知道這公子傷得怎麼樣，況且總不能讓他就這麼躺在地上吧。這麼想著，王詩涵看了看亂烘烘的大堂，再看了一眼蹲在地上、手足無措就知道哭的小孩，嘆了口氣，把菜籃子遞給王詩韻。「小韻，妳照顧這孩子，我們走。」

說完，蹲下身，把躺在地上的書生直接抱了起來，果然沒什麼重量，難怪一個凳子腿都能把他打暈，這身體實在是太弱了。

這一次，小廝是真的瞪圓了眼睛，看著一個姑娘抱著自家主子，見縫插針地穿過大堂。回神過來的他，佩服對方的膽子時，又萬分同情這一家子。雖然是他們家主子湊上去的，可她們竟然敢這麼對主子，他能想到，這一家人的死期恐怕不遠了。

「小弟弟，走了。」

王詩韻同樣氣呼呼地看著。這書生若是敢對她家姊姊有非分之想，她就揍死他。

小廝低眉。果然跟主子想的差不多，這兩個姑娘都會功夫。

「怎麼回事？」

外面的熱鬧，小院子裡根本聽不見。夏雨霖看著兩個女兒出去一趟，就一人帶回一個男子來，忙站起身問道。

王詩涵把人放到王英文的房間，將事情說了一遍。「他這樣，我也有點責任，總不能放下不管。娘，要不請個大夫給他看看？」

「嗯。」夏雨霖也看見對方額頭上醒目的紅印子。「是該請個大夫，再過兩天就是鄉試了，可別耽擱了。」

「哼，我家主子要是有個好歹，我做鬼都不會放過妳們的！」小廝守在自家主子床邊，哭著叫道。

王詩韻輕蔑地看著他。「你家主子可真是嬌弱，一個凳子腿，還能要了他的命啊？」

果然，大夫來看過之後，說了一堆，意思就是這位公子身體虛弱，需要好好地養著，至於額頭上的傷口，沒什麼大礙。

聽到這話，王詩韻笑得一臉得意。

守在床邊的小廝哭得更可憐了。夏雨霖母女三人也不好說什麼，只是讓小廝好好照顧他主子，有什麼需要，開口就是了。

「主子。」等到他們離開後，小廝立刻收起眼淚，冷冰冰的眼神彷彿能凍死人一般。

躺在床上的瘦弱書生也在第一時間睜開眼睛，看向小廝。「把剛才的事情忘掉。」

「是，主子。」

「等到鄉試結束後，我們就回去。到時候，把這一家人解決掉。」聲音不帶一絲感情。

小廝並不意外。在那姑娘抱起主子的那一刻，不，或許是這一家人讓主子想起那些不愉快的回憶時，他們的命運就已經注定了。

「這位兄臺。」午飯的時候，王英卓走了進來，見對方已經起床，正坐在窗前看書，微微有些詫異。「家裡準備了午飯，你是在房間裡吃，還是出去跟我們一起吃？」

「我姓苗。」苗公子冷淡地看了一眼王英卓，然後說道：「出去吃。」

「苗兄，請。」王英卓看著拒人於千里之外的苗公子，心裡對他的防備少了許多。

畢竟若這是他的真性情的話，故意接近六妹的可能就很小了。

第三十三章

因為有苗公子這個外男，夏雨霖母女三人就在廚房裡用午飯，倒是王英卓和這位苗公子聊得十分愉快。

即使蒐集情報上說了王英卓聰慧過人，可真正接觸了，他才知道，王英卓表現出來的恐怕還有保留。

王英卓也很吃驚，苗公子無論是在學識還是見識上，都比自己要高上許多。「苗兄，你如此高才，為何現在才參加鄉試？」

「身體不好。」苗公子倒是不在意，即使交流了好一會兒，他的態度依舊冷淡得很。說完這話，便把空碗遞給小廝。

看著自家小廝傻愣愣的模樣，他咳了兩聲。

小廝這次是真的飆淚了。不容易啊！他自小就跟著主子，這還是主子第一次要添飯，趕緊抹了眼淚，樂顛顛地跑去廚房添飯了。

「他怎麼了？」原本王英卓還不信七妹的話，現在看來，這個小廝還真是愛哭。

這位姓苗名鈺的年輕公子，因為一頓午飯，就這麼突兀地闖進王家人的生活，兩個相鄰的院子直接讓他請人在牆上開了道門。一日三餐則是雷打不動地出現在王家人的飯桌上，這頓吃完還毫不客氣地預定了下一頓的菜品。

王家人什麼也沒說，主要歸功於第一頓午飯後，小廝黑子一把鼻涕、一把淚地感謝夏雨霖母女三人，一邊還訴說他家主子的身體有多麼不好，胃口又有多麼差，這次能多吃一碗飯是多麼大的奇蹟，隨後又是給錢、又是買菜的。

雖然王家人沒有收銀子，可母女三人看著這孩子每天忙得跟頭小毛驢似的，看在他的面子上，也忍了他那主子的怪脾氣。當然還有一點，就是這位脾氣不好的苗公子身體是真的不好，動不動就咳得撕心裂肺的，單薄得似乎風一吹就會倒下。

就連脾氣最直爽的王詩韻一看到他就繞道，生怕傷了他一般。

王英卓在第二天找上苗鈺。「你到底有什麼目的？」

那天晚上，果然不是他的錯覺，黑衣人來的時候，苗鈺就在現場。

「王英卓，你應該感謝你有個會做飯的妹妹。」苗鈺吃著從隔壁院子裡端過來的點心，笑著說道。

王英卓皺眉。這人強大到讓他都忌憚不已，最主要的是，他還不知道他的目的。他就這麼站著看了許久，苗鈺卻是一直在吃點心，完全沒有要開口說話的樣子。

不得已，他只能先開口。「苗公子，你出身不凡，什麼山珍海味沒有吃過，我家妹妹的那點手藝，應該沒有好到世間難尋的地步吧？」

苗鈺彈了彈指尖的點心碎末。「我承認你腦子不錯，不過，別把心眼用在我身上，沒用。」

王英卓無語。好吧，他承認自己是有那麼一點試探的用意，可明明是他們不要臉地湊上來，非要在他們家吃飯，他問一下不奇怪吧？

雖然心裡這麼想，可表面上，王英卓卻沒有表現出來，起身離開。

「黑子，送送他。」

此時的黑子可不是那可可憐兮兮、動不動就哭的小傢伙，冰棍似的將王英卓送到門口才開口，語氣和苗鈺一樣欠揍得很。

「王公子，那天晚上的事情，我們看得一清二楚。」見王英卓的臉色有了微微的變化。「不過，你大可放心，我們家主子從不管閒事；但要提醒你一點，千萬不要惹了我們家主子不高興，否則，別說整個王家，就是不知道什麼原因想要弄死你們的第二家，都不夠他玩的。」

王英卓深吸一口氣，點頭。「我明白了。」

「你不明白，要不是因為你們家姑娘做的飯菜剛好合我們家主子的胃口，這一次鄉試結束後，你和你家人是絕對沒有機會活著離開蘇城的。」黑子冷冰冰地說道。

「為什麼？」王英卓想了想，又補充了一句。「我們有哪裡做得不好，惹得苗公子不高興了？」

「你腦子轉得倒是很快。那天晚上，因為你們的原因，打擾了我家主子睡覺了，這個理由算不算？」

王英卓點頭。

「還有，你家的涵姑娘，可是連我們家主子都敢抱的主兒。」

王英卓再次點頭，被人這麼說心裡肯定是難受，但還能接受。

有過第二家的事情，再面對這些身分貴重的人時，他早就明白，講道理什麼的，他還沒有那個資格。

回到書房後，他再次拿起了書本，心中對權勢的渴望在這一次次的碰撞中，不斷地攀升。

「主子，你真不打算將王家的姑娘帶一個離開，以後吃飯怎麼辦？」黑子皺眉問道。

「你家主子有這麼強人所難嗎？」

黑子無語。即使他跟在主子的身邊時間最長，可好些時候，依舊不知道主子心裡是怎麼想的。

「別讓第二月將王家人弄死了，那樣就不好玩了，知道嗎？」

對於主子的命令，黑子向來是不問緣由地執行。「是，主子。」

鄉試前一天晚上，苗鈺依舊在王家吃晚飯。因為第二天，王英卓就要參加考試，三天以後才能出來，夏雨霖母女張羅了好大一桌子菜，一家人外加苗鈺主僕兩人圍坐在一起。

黑子瞪大眼睛看著桌上的菜品，心裡很不滿。他家主子能吃她們做的菜是她們的榮幸，沒想到這些人竟然還敢藏私。

只是心裡再不滿，看見自家主子什麼都沒說，他也只有憋著了。

這麼些天，苗鈺都在他們這裡吃飯，即使他性格不好，也多少有些熟悉了。

「英卓，快嚐嚐，這些都是你喜歡吃的。」夏雨霖笑著往王英卓碗裡挾菜。

王詩涵也挾了一筷子過去。「五哥，這是我做的，你吃吃看，手藝有沒有進步？」

「還有我的。」王詩韻不甘落後。

「咳咳。」王英卓的碗裡很快就冒尖了，王英文乾咳兩聲。「四弟，我們真可憐。」

「我不可憐。」王英奇完全不接他的話。「五弟，快吃，吃完今天早些睡，以你的才學，隨隨便便就能考上，我們在外面等你。」

「嗯。」王英卓點頭。

這一頓飯，一家人都圍著王英卓，原本一會兒就能吃完的，硬是拖了好長一段時間。

當然，也不是夏雨霖她們故意冷落苗鈺，有了前幾次交流的經驗，她們覺得還是不和他說話比較好，這樣既不影響食慾，也不會影響心情。

「明天她也去。」早已經吃完的苗鈺，並沒有離開，而是等到夏雨霖她們準備收拾碗筷的時候，才看著王詩涵說道。

「我？」王詩涵指著自己的鼻子，看著苗鈺問道，表情很驚訝。

王英卓不知為何就想到黑子說的，六妹抱過苗鈺。這人不會是想要報復六妹吧？

「苗公子，你別開玩笑了，那樣的地方，我一個姑娘家怎麼能進去？」

王英卓卻知道，這人不是開玩笑。

「扮作男子，做王兄的小廝。我說能進就能進，我的身體不好，黑子不會做飯，那三天的伙食就交給妳了。」苗鈺理所當然地開口。

「苗公子，六姊又不是你們家下人。」王詩韻的語氣有些不好。

「小韻。」夏雨霖皺眉叫道，然後看向王英卓。

「苗公子，我做飯的手藝也不差的。」王英卓想了想說道。

「我就要她。」

好任性的話！王詩涵不知道是氣的，還是羞的，漂亮的臉蛋上全是紅暈。她性子是溫柔，但並不代表沒有腦子和脾氣。

「王公子要我進去給你做飯也成，不過，我跟黑子換，黑子當我五哥的小廝，我要是被裡面監考的大人抓住，也跟我家五哥沒有關係，因為是你非要我進去的。」

若不是這位苗公子有問題，五哥剛才不可能那樣說。

「行。」苗鈺想都沒想就點頭，站起身來，轉身離開。

黑子小跑著跟上。他知道，主子又不高興了。

果然，他回去的時候，連接兩個院子的小門已經爛了，主子一臉陰沈地站在那裡。

「黑子，你說，王英卓憑什麼那麼幸福，一個個都那麼維護他。」苗鈺問黑子。

黑子嘴巴發苦，心疼主子得厲害。那些人是王英卓的親人，自然會維護他，可想到主子的那些親人，他完全說不出口。

「主子，要不，我這就去殺了他們。」主子難受，讓主子難受的人就該死，黑子想了想，殺氣騰騰地說道。

「算了，死人有什麼好玩的，我倒是想看看他們能相親相愛到什麼時候……」

另一邊，王家人也看向王英卓。

「英卓，苗鈺到底是什麼人？」

王英卓搖頭。「我不知道，我能確定的是他身分很高，甚至比第二家的人都還要厲害；另外，他的功夫應該在我之上。」

王家人沈默。

「你們也別瞎想，就我們家現在的樣子，應該沒什麼值得他圖謀的，只是，他不是我們能得罪的。六妹，明天可能要委屈妳了。」王英卓看著王詩涵，心裡難受。

「不委屈。」王詩涵依舊笑得一臉溫柔。

夏雨霖拍了拍女兒的手，仔細地想了想苗鈺的行為和性子，倒是像極了以前認識的一個孩子。「小涵，儘量把他當普通人對待。他的家人、朋友這些妳不能提，就算他提起，妳能繞開就把話題繞開，知道嗎？」

「嗯。」王詩涵點頭。

「像他這樣性子陰晴不定的人，特別要注意的就是不能觸碰到他心裡敏感的地方。」

「娘，我知道了，妳別擔心，我沒事的。」

第二天早晨，苗鈺就帶著黑子出現在王家院子裡。

他看了一眼穿著男裝、戴著帽子的王詩涵，直接招手。「過來。記住，妳現在是我的小廝。」

「哦。」王詩涵小步跑過去，笑著道：「公子。」

苗鈺挑眉，看著這個時候還笑得出來的王詩涵。「餓。」

「公子稍等，我這就去端早飯。」王詩涵說完，又小跑著去了廚房。苗鈺看著，嘴角勾起。「黑子，她是不是很有趣？」

黑子選擇實話實說。「主子認為她有趣，她就有趣；不過，在我看來，她的膽子倒是挺大的。」想到京城裡的那些姑娘，被他家主子嚇暈的不計其數。這位王姑娘，膽子可不就是特別的大？

送兒女進考場的時候，夏雨霖幾人只能跟王英卓說話。

王詩涵站在苗鈺身後，伸長脖子看著自己的親人，終於沒忍住，進考場前衝著夏雨霖他們喊道：「娘，放心，我會好好的。」

苗鈺的臉色因為她這句話而陰沈了不少。他又不會吃人，什麼叫會好好的，他要是真想對這丫頭怎麼樣的話，她還能好得了？

進考場之後，王英卓兄妹才見識到苗鈺的權勢之大。他們四人沒有一個被搜查的，連王英卓和苗鈺考試的房間都是門對門的。這麼多的考生，他們就是傻子也不會相信這是巧合。

「快點收拾，我要睡覺。」苗鈺一進去，對於房間比其他人的還好一點也不奇怪，很大爺地吩咐王詩涵。

王詩涵認命地放下考試用的東西，開始收拾床鋪。

雖然一遍又一遍地在心裡提醒自己，苗鈺位高權重，得罪不起，可王英卓看著自家自小當寶貝寵著的妹妹，在給一個外人收拾床鋪，恨不得衝過去幫忙。

苗鈺坐在窗子邊，一會兒看看王詩涵，一會兒又瞅瞅王英卓，特別是見到王英卓臉色不好後，心情奇異般地燦爛起來。

「公子，床鋪收拾好了，是要休息呢，還是準備答題了？」考題已經發了下來，王詩涵小聲地對著苗鈺說道。

「弄點水，給我洗手洗臉。」

苗鈺也看出來了，這王姑娘這麼小聲地說話，就是不想影響王英卓的心情。只是，王詩涵越是為王英卓考慮，他就越是想要破壞。所以，說話的聲音提高了一點，保證對面的人聽得一清二楚。

果然，王英卓一聽這話就抬起頭來，臉色黑得厲害。

「五哥，我沒事。」王詩涵說完，才給苗鈺準備水。

等到這位祖宗終於躺在床上後，王詩涵鬆了一口氣，至於他考試的事情，關她屁事。

「妳給我答題。」只可惜，苗鈺擺明了要折騰王詩涵，閉著眼睛說道。

「你不怕我給你考砸了？」王詩涵完全不知道這人到底是怎麼想的，既然不在意科考，那幹什麼要進來受罪，在自家院子裡待著不是挺舒服的嗎？

「考砸了，我就弄死你們王家所有人。」

想到娘和五哥的話，王詩涵努力平息因為這句話而產生的憤怒，也忍住衝上去揍他一頓的衝動，反問道：「要是考中了呢？」

苗鈺睜開眼睛，看著對面認真等著他回答的姑娘，心裡認同黑子的話，膽子確實是不小。「我心情好的話，可以答應妳一件事情。」

「這可是你說的。」

雖然對於這個前提條件不甚滿意，不過，王詩涵也知道什麼叫做見好就收，開始磨墨，展開雪白的紙張，拿起毛筆答題。

王英卓再抬起頭時，錯愕地看著對面坐著的六妹。真不知道那苗鈺到底在想什麼。

「渴了。」

王詩涵放下筆，給苗公子端水。

「肩膀痠了。」

再次放下筆，給苗公子揉肩。

「無聊了。」

王詩涵放下筆，陪苗公子說話。

一個上午，她不知道被打斷多少次。明知道這人是在搞破壞，可能就是想要她考砸，借此弄死他們一家人，但她能如何，形勢比人強，除了低頭，她沒有其他的法子。

還沒到中午，她再次放下筆，開始做午飯。看著面前監考大人派人送來的、已經洗得乾乾淨淨的肉菜，她見怪不怪，想著這樣也不是一點好處都沒有，多做點，五哥也能吃好一些。

飯菜一如既往的可口。苗鈺自己都很疑惑，就他調查還有品嚐來看，夏雨霖的手藝絕對要比王詩涵好，只是，他就喜歡這姑娘做的。

「那些菜留著做什麼？」苗鈺明知故問。

「給五哥和黑子留的。」王詩涵開口說道：「反正我和你又吃不完，你也不吃剩菜。」

「妳故意多做的。」

王詩涵點頭。

「送過去吧。」折騰了一個上午，苗鈺心情不錯，非常大度地說道。

王詩涵笑著點頭，端著菜就往王英卓那邊去，來回幾趟後，好一會兒都沒有再回來，這讓苗鈺的心情不太美妙。

「小涵，沒事吧？」

王詩涵搖頭。「沒事，五哥，你別擔心我，快點吃，吃了好休息一會兒。」

「嗯。」王英卓也知道，這次鄉試很重要。

下午，苗鈺也沒有消停，在不大的考間裡，儘可能地折騰。只是，看著王詩涵除了在他說要弄死他們全家的時候，眼裡閃過憤怒之外，其他的時候都笑咪咪的，這讓他覺得很沒有成就感。

再者，對面房間的王英卓也完全不看這邊，讓他更覺得無趣。

黑子在一邊旁觀，心裡無限地同情兩兄妹。看來他們多少是了解了主子的脾氣，只可惜，他們恐怕不知道，主子覺得無趣的話，就會想要殺人。

第三十四章

八月的夜晚還是有些涼，吃晚飯的時候，王英卓讓王詩涵晚上到他這邊的小床上睡覺。王詩涵搖頭。「五哥，你好好休息，我睏了的話，趴在桌子上也能睡的。娘給我準備了薄被子，不會著涼。」

「可是……」

「五哥，你的考試重要，要是休息不好，明天和後天怎麼辦？」

因為王詩涵的堅持，王英卓沒有辦法。不過，看著已經睡下的苗鈺，心裡有氣的他直接把黑子攆到了外面。

王詩涵坐在考桌前，用手撐著下巴，這一坐就是一個時辰。然後，她悄悄地站起身，伸長脖子，看著對面考間的王英卓已經睡著，才放心地坐下。

她把蠟燭撥亮了幾分，拿起毛筆開始答題。她本來就沒有把握能考中，白天苗鈺太鬧騰，晚上安靜，成功的可能要大一些。

苗鈺本來就覺少，一天能睡上兩、三個時辰，黑子就會高興不已。所以，他雖早就躺下了，卻不代表已經睡著了，王詩涵的動作他可是看得一清二楚。

她和王英卓的感情越好，就越是會讓他想起那些噁心的人事；心情越不好，就越是睡不著，在床上來回翻動，只可惜，專心的王詩涵根本沒聽見。

殺意慢慢在心中湧起。苗鈺盯著王詩涵的背影，心裡想著，只要殺了她，心情就會好了，就能睡著覺了。

站在外面的黑子即便感覺到了，也沒打算阻止，抬起眼皮看了一眼正在答題的王詩涵，隨後又無情地垂下。

就在苗鈺抬起手的時候——

「哈！」王詩涵打了個哈欠，放下毛筆，揉了揉眼睛，感覺有些冷，起身去拿被子。

她看了一眼躺在床上的苗鈺，見他的被子都掉到床底下了。這麼惡劣的人，她本來是不想管的，可想到娘的話，不讓她提及這人的親人和朋友，她就明白，這人估計也是有可憐之處。

再說真不是她心軟，這人若是明天起來染了風寒，以他的脾氣恐怕倒楣的還是她和五哥，算了，也不是什麼大事。

王詩涵撿起地上的被子，正準備給苗鈺蓋上的時候，床上的人卻睜開了眼睛。「妳準備給我蓋髒了的被子？」

果然討厭，這被子髒了怪誰啊？「主子，那你想如何？」

「把妳的被子給我蓋上。」苗鈺不耐煩地命令。

「是，主子。」王詩涵去拿自己的被子給他蓋上，再一次撿起地上的被子，披在自己身上，回去繼續答題。

這姑娘可真是不要臉，姑娘家的被子能隨便給男人蓋嗎？還有，男人蓋過的被子，她就這麼隨意地披在身上，不知道男女授受不親啊？苗鈺心裡對王詩涵好一陣腹誹，然後在一陣清香混合著暖暖陽光的味道中進入夢鄉。

下半夜的時候，王詩涵總算是把考卷寫好了。她輕手輕腳地把東西收拾好，捂著嘴打了個不小的哈欠，又揉了揉脖子，把剩下不多的蠟燭吹滅，接著裹緊身上的被子，趴在桌上，沒一會兒就睡著了。

苗鈺醒來的時候，刺眼的陽光讓他有一瞬間的茫然。

「主子，你醒了。」溫柔的聲音，含笑的表情，王詩涵努力地做好小廝，說話間，已經將洗臉水準備好。

他這是一覺睡到了大天亮，什麼夢也沒有作？苗鈺搖了搖腦袋，熟悉的脹痛感並沒有出現，渾身輕鬆、精神奕奕，難道這就是睡好了的感覺？

可是，為什麼呢？

苗鈺覺得這個問題很重要，只要想通了這一點，很有可能以後每天都能夠像個正常人一樣睡好覺了。

「主子？」王詩涵小心地試探。

「一邊去。」正在想問題的苗鈺拋過去三個字，王詩涵果斷地躲一邊去了。

「黑子。」

聽到自家主子的召喚，黑子幾乎是眨眼間就出現在苗鈺面前。一夜沒睡對他來說並沒影響，表情卻很高興。主子的睡覺問題是他的一塊心病，想了許多辦法都沒有解決，沒想到這一趟蘇城之行竟然會有這樣的驚喜。

「你說為什麼？」想不通的苗鈺直接將問題拋給黑子。

「主子。」黑子仔細地思考了一下，才開口說道：「仔細回想一下，昨晚和以往有什麼不同？」

苗鈺聽到這話，認真地回想，最後將視線停在身上的被子上。「今天晚上再試試就知道了。」

「是，主子。」

睡得好、吃得好，苗鈺的心情一直很不錯，但這不妨礙他繼續折騰王詩涵。

晚上時，他直接霸占了王詩涵的被子，舒舒服服地睡了一覺之後，看著王詩涵順眼了不少。心想，本來以她對他的冒犯，足夠她死一百次了，現在看來這姑娘還有點用，就先留著她的命吧。

鄉試三天，只有苗鈺出來的時候是精神奕奕。

夏雨霖看著自己的一雙兒女出來，明顯地瘦了一大圈，特別是女兒，臉上都沒什麼肉了，心疼得不行。

「六姊。」王詩韻的聲音帶著哽咽，狠狠地瞪了苗鈺和黑子好幾眼。

「娘，先回去，讓五弟和六妹吃了飯，然後好好地睡一覺。」王英文建議道。

夏雨霖點頭。作為一個母親，若說對苗鈺沒有一點不滿那是不可能的，只是，不滿又能怎麼樣？很明顯就算他們一家子人拚命，恐怕也不能動苗鈺分毫。

苗鈺所做的事情雖然說起來讓他們憋屈得很，但還沒有到值得他們拚命的地步。

「咳咳。」

比起夏雨霖他們的不滿，苗鈺主僕的心情就好了許多。想要就這麼撇開他們，作夢！

聽得出來這只是乾咳，但他們也不得不停下腳步。

「苗公子，請。」王英奇笑著說道。

放榜的前一天晚上，終於確定自己能睡好覺的原因是被子時，苗鈺對黑子吩咐道：「去看看結果，有我的名字就算了，沒有便讓人加上。」

「是，主子。」黑子回來的時候，面色有些古怪。「有主子的名字。」

「哦，名次怎麼樣？」微微有些意外，苗鈺接著問道。

「比她兄長王英卓考得還要好，第七名。」對於這個結果，黑子也不知道該說什麼好。既然主子吩咐了那些官員秉公閱卷，以主子的名頭，敢陽奉陰違的人都不會有好下場。

「黑子，其實我一點都不想殺人。」說完這話，苗鈺看著黑子。「考卷呢？」

「這裡。」早有準備的黑子將考卷遞了過去，苗鈺迅速看完。「我還真是小瞧她了。算了，回去吧。」王英卓的名次倒在意料之中，不算好，也不算差。

只有這樣才不會遭人嫉妒，王家已經惹上第二月，低調行事才是最聰明的法子。

「那王姑娘呢？」黑子開口問道。

「怎麼，你看上了？」苗鈺反問。

黑子搖頭。「主子，我想把她帶走，這樣以後您就能吃好睡好了。」

「不用，勉強別人沒什麼意思，他們總有求我的時候。」苗鈺想了想。「讓人看著，不用管，有什麼消息，第一時間告訴我就行。」

主僕倆就這麼毫無聲息地離開。

隔天，夏雨霖他們知道這個消息後，一臉錯愕的同時又鬆了一口氣。

王詩涵像是突然想到什麼一般，跑進自己的房間。果然，床上空盪盪的，這次消失的不僅是被子，甚至連枕頭和床單都不見了。

她一張臉羞得通紅。「娘！」

「沒事，沒事，他們已經走了。」夏雨霖安慰著女兒。

王家人這麼想，實在是太天真了。從此以後，每隔兩天，王詩涵的床上用品就會消失無蹤，從不間斷。對此，王家人除了無奈，只能搖頭。

王詩涵從最初羞得無地自容，變成麻木，最後是完全不在意，反正對方每隔一段時間就會留下銀子讓她買新的。

王英卓中舉了，一家人還是挺高興的。

放榜第二天，曹家就來人，來的是夏雨霖熟悉的李嬤嬤，曹老夫人的陪嫁嬤嬤。

「雨霖，妳也太不夠意思了，要不是家裡孫少爺中舉，老夫人想起妳家小公子也會參加鄉試，還不知道他同樣中舉的好消息。我告訴妳，老夫人可在生氣，說妳都到了府城還住在客棧裡，像什麼話。還有，是不是今天我不登門，這樣的大喜事妳也不打算告訴老夫人？」

李嬤嬤一見夏雨霖就拉著她的手，好一通責備。

夏雨霖笑著應對。不管是真是假，這次她都得帶著兒女去一趟曹府。既然英卓要走仕途，這些場面遲早要面對。

王英文兄妹五人出現的時候，李嬤嬤眼前一亮。「現在看起來，妳們姊妹四人，還是妳最有福氣了，瞧瞧這幾個孩子，長得可真好。」

曹老夫人如今七十多了，滿頭銀髮，笑起來很和藹，看見夏雨霖和她的兒女時，說的話和李嬤嬤一樣，接著又挨個兒問了情況。

「妳也真是的，多了兩個大胖孫子的事情，上次來也不知道跟我說，太見外了。」老夫人雖然人老，但不糊塗，明白夏雨霖不想刺激其他姊妹。「再算起三個兒媳婦肚子裡的，我算算，妳已經有了九個孫兒吧？」

夏雨霖點頭。

對此，老夫人心裡都羨慕。之後，又著重地問了王英卓的情況，告訴他去京城之前來一趟府城。大家心裡都明白這用意。

直到老夫人累了，夏雨霖他們才起身告辭。離開之前，雖然沒有每年得到的禮物那麼多，但第一次見面，老夫人給王英文兄妹幾個的見面禮也是十分貴重的。除此之外，還給夏雨霖九個孫兒準備了禮物，連還沒出生的三個也有。

接下來的幾日，王英卓早出晚歸，和同樣中舉的學子交流感情。當然，期間也沒有忘記同樣中舉的秦懷仁。

回老家之前，夏雨霖他們就王英卓要不要去參加明年的會試商量了一下。

因為那一晚的事情，王英卓改變了主意。他要去京城，也得把家裡人都帶上，不然的話，再出現上次的情況怎麼辦？所以，他決定再等三年，先度過嵐丫頭口中的劫難再說其他的。

對於這個決定，夏雨霖他們贊同，想法卻是完全相反。王英卓一個人去京城，他們怎麼能放心，那裡可是第二月的地盤。

王晴嵐揮著木劍，有些神不守舍。現在小叔能不能中舉並不重要，她更擔心這其間他們會不會遇上什麼事情，早知道，她就死皮賴臉地跟著去了。

「嵐妹妹，妳就別擔心了，小叔那麼聰明，一定能考中的。」王偉業安慰她。

「嗯。」王晴嵐心不在焉地點頭，直到聽到馬蹄聲，沒精神的小臉才露出笑容，跑了出去。

看著出門的六個人都好好地出現在面前，提了將近一個月的心總算是落到了實處。「小叔，怎麼樣？」

「妳覺得呢？」王英卓將小姪女抱起來，笑著問道。

「中舉了？」王晴嵐有些不確定。

「那還用說。」

王晴嵐的表情從震驚變成了驚喜。終於又一次改變了書中的情節！

王英卓的中舉，在王家村的村民看來是頭等大喜事，王家自然是要祭拜祖先，感謝祖先保佑，也要請客吃飯，讓村子裡的人也沾沾喜氣。

等這些事情都辦好之後，已經是三天後了。

深夜，夏雨霖的房間內，油燈被撥得很亮，王晴嵐看著幾人。「奶奶，在府城就沒有發生什麼事情？」

「有人放火準備燒死我們算不算？」王英文笑著說道。

「是第二月嗎？」

「應該和她有關。」王英奇點頭。「要不是我們反應快，估計就被燒死了。」

王晴嵐鬆了一口氣，心想，說不定在書中，小叔五年後都還是秀才，很有可能就是在這場大火中出的意外。雖然這次躲過了，可他們還是不能大意。

「我們還遇到一個很奇怪的人。」

關於苗鈺的事情，王英卓想了想，還是決定告訴王晴嵐。去考試之前，他這姪女沒有看見什麼，說不定聽了他的話後可以知道一些。

「什麼人？」王晴嵐又將心提了起來。

「他叫苗鈺，妳知道嗎？」

王晴嵐皺眉，仔細地回想書中的情節，可最終她搖頭。「不知道。」

「他有個下人，叫黑子。」

黑子？王晴嵐突然睜大眼睛，有些急迫地問道：「那個苗鈺是不是長得很瘦，動不動就咳嗽，脾氣不好……不，這已經不是脾氣不好可以形容了，他陰晴不定，反覆無常。」

還真知道，夏雨霖母子四人瞪大了眼睛。

「小叔，你們沒有得罪他吧？」王晴嵐一臉的恐懼。若是她沒猜錯，這位苗鈺就是書中最大的反派，武功高強，智慧過人，背景更是深不可測。女主的忠犬，書中的男配角有好幾個都是被他弄死的。

最關鍵的是直到最後，女主角都沒能報仇。他的死也很奇葩，似乎是覺得這世界實在是沒意思了，不想活了，把自己弄死了。當然，男主角就是他的墊背。

雖然男主角僥倖逃過一死，卻毀了容，傷了兩條腿，一輩子要坐輪椅不說，強壯的身體就此垮了，動不動就生病咳血，下雨時，渾身關節都會疼痛。

這麼想的話，無論是女主角重生前還是重生後，作為皇子的男主角好像結局都不是很好。寧王可是皇帝的親兒子，要麼死，要麼殘，真慘啊！

這麼凶殘的大反派，他們家這樣的小炮灰惹了，還能有好下場？

沒有得到回答，王晴嵐臉上的焦急更甚。因為她更清楚，這個大反派有這世上最強的靠山，那就是當今皇上。

「我們也不知道算不算得罪，不過，他這人挺可惡的。」說了這麼一句，王英卓將自己知道的一字不忘地說了出來，其中甚至包括夏雨霖他們不知道的。

王晴嵐聽後，一抹額頭上的冷汗。「他沒對你們下手，應該就是沒有得罪他。」

「嵐丫頭，他到底是什麼人？」

王晴嵐想了想，斟酌了一下才開口說道：「具體的我也不清楚，不過，他是那種一句話就能弄死第二月，一個不滿就可以輕易讓皇后換人做的人。」

女主角姑姑的前世，就是因為他的一句話而丟掉了皇后之位。

「妳確定？」不是王英文他們懷疑小姪女，而是這世上真的有這樣的人嗎？就是皇上，恐怕也沒有那麼大的權力。

「奶奶、二伯、四叔、小叔，對於這個人，我們能做的就是不得罪。」王晴嵐說道。

其他人點頭，這一點他們知道。

回去睡覺的王晴嵐總覺得自己忘記了什麼，也有種預感，她忘記的事情，非常重要。

第三十五章

直到第二天，見到涵姑姑把新被子晾在院子裡的時候，王晴嵐尖叫出聲。她想到了！她匆匆忙忙地跑到書房。「小叔，第二月要拉攏的不僅是你，還有可能會對付涵姑姑。」

原本皺著眉頭的王英卓臉色立刻起了變化，上前把房門關上。「怎麼回事？」

「黑子說，他家主子是看在涵姑姑的手藝，才對你們手下留情的，對吧？」

王英卓點頭。

王晴嵐很慶幸，幸好她想到了，不然後果不堪設想。「這還不是最主要的，黑子的那位主子腦子有病，睡眠很不好，他脾氣不好，也有這方面的原因。」

話說到這裡，王英卓多少有些明白，不過，他的臉色更難看了。原本那苗鈺的行為就很奇怪，所以對於他三天兩頭就拿走六妹的被子之事，並沒有多想。現在一聽小姪女這麼說，哪裡還能不明白，那六妹……

「小叔，至少現在他對涵姑姑沒有惡意。」至於以後，王晴嵐就不敢保證了，女主角姑姑前世被廢的理由，就是惹了大反派的夫人。她記得沒錯的話，那位夫人姓王。

王英卓的臉色依舊不好。

「現在我最擔心的是第二月對涵姑姑下手，因為她想讓苗鈺當她的妹夫。」王晴嵐提醒道。

王英卓的臉色更不好了。他能明白第二月想讓苗鈺當她妹夫的用意，可這和他六妹有什麼關係？若是可以拒絕的話，他是絕對不會讓六妹跟苗鈺扯上關係的。明明是苗鈺惹的禍，為什麼遭殃的是他六妹，關鍵是這些人他們家一個都惹不起，真的是好憋屈。

「小叔，你沒事吧？」看著小叔的樣子，王晴嵐很擔心。

「沒事。」

事已至此，他們能做的就是保護好王詩涵，除此之外，什麼也做不了，無論是第二月還是苗鈺，他們都對付不了。

「對了，嵐丫頭，妳怎麼知道得這麼清楚？」王英卓開口問道。

王晴嵐一時之間不知道該怎麼回答，神色也有些不安。

王英卓嘆氣，摸了摸她的小腦袋。「以後要再機靈些，秘密一定要好好守住，誰也不能說，知道嗎？」

王晴嵐點頭，有種小叔什麼都知道的錯覺。

十一月的時候，王晴嵐跟著二伯和四叔坐馬車出門，去他們的百貨鋪子察看。每個城市最多停留兩天，每次都偷偷摸摸地將空間裡的糧食放到糧倉裡。

回來時，已經快過年了。這一年，大伯娘生了一對龍鳳胎，大石和小石；二伯娘生了個兒子蟲蟲，四嬸生了個女兒丫丫。

至此，王家第三代已經有十個娃娃了。

一年添了六個孩子，自然是熱鬧得不行，整個王家都充斥著孩子的歡笑聲和哭聲，再大的煩惱都暫時拋到腦後，開開心心地過這個熱鬧的新年。

正月底，王英文準備出門之前，帶著死皮賴臉地跟著他的王晴嵐在縣城裡閒逛。

「贏了，又贏了！」

一個中年男人高興得跟瘋子一樣，手裡拿著一把銀票，興高采烈地從他們面前經過。旁觀的人一個個羨慕得不行，有人忍不住拉住他，問道：「贏了多少？」

「五千兩。」

這個數字讓所有人倒抽了一口氣。

「這錢實在是太好賺了，要不，我們也去試試？」

「去吧，我看著今天進入那賭場的，大部分人都贏了，還有比我贏得更多的。」中年男人笑呵呵地說道。

「本錢多少？」心動的人想著自己阮囊羞澀。

「不多，一文錢就可以進去玩。錢少有錢少的玩法，錢多有錢多的玩法，我之前的本錢不到一兩銀子，明天我就去玩玩錢多的。」

隨著中年男子的離去，好些人都直奔賭場而去。

「這位公子，你怎麼不去？我看你滿面紅光，今天的氣運一定不錯。」一個一臉鬍鬚，手裡拿著算命測字的男人對著王英文說道。

王英文笑看著對方，一臉感興趣地說道：「今天我沒帶錢，明天再去。」

王晴嵐只是搖頭。「這些人演得也太假了，連我都騙不到，又怎麼會騙到二伯。」

「唉，估計他們覺得我像傻子吧。」

「不是，是二伯這身衣服，看著挺有錢的，所以他們才會將目標對準你。」王晴嵐也不知道該怎麼說這位穿越又重生的女主角了。

當然，她不贊同第二月開賭場，只是因沒她有第二月那麼悲慘的經歷。

「回去要跟家裡的人說說。」即使不能確定這事是不是和第二月有關，但也不能馬虎。

只是，王英文和王晴嵐都沒有想到，明明他們已經說了這個陷阱有多麼可笑，王家竟然還是有人一頭陷了進去，還染上了賭癮；如若不是對方找上門來，所有人仍被蒙在鼓裡。

也就是那個時候，王晴嵐算是弄清楚了第二月的套路，凡事先禮後兵，明的不行，再來陰的。

這天上午和往日沒什麼不同，王晴嵐一個人在後院繼續為武俠夢努力，兩位堂哥還有小八叔都去了縣學，因此，除了假期，就沒人陪她了。

家裡添了好幾個孩子，王家的女人們幾乎整天都圍著孩子打轉。不小的院子裡，除了留下走路的地方，凡是能晾曬的地方都被小孩子的衣服和尿布占據。

王英文和王英奇在為過幾日的出行準備，王英卓在書房，王英傑現在已經能夠行走，只是不能幹重活，所以還是和王大虎一起做屏風。

四個既不能走、又不能爬的孩子，被幾個女人放在搖籃裡，在院子裡曬太陽；大頭和小頭兩兄弟滿院子地爬，趙氏跟在兒子們後面看著。

四歲的王偉榮到處搗亂，夏雨霖母女三人在準備一大家子的午飯。

「砰！」

開著的院子門被人用力一踢，發出巨大聲響，受驚的四個小嬰兒直接扯開嗓子哭了起來，惹得院子裡的大人紛紛不滿地看過去。

此時，十來個長相凶狠、身材魁梧的漢子走了進來，院子裡晾曬衣物的繩索被他們砍了，剛才還迎風飄蕩的乾淨衣服、尿布，這個時候全都掉在地上，沾了塵土。

「你們幹什麼！」

宋氏等人抱著孩子哄的時候，王大虎手裡拿著鋸子，沈著聲音開口吼道。廚房裡的夏雨霖母女三人，在後院的王晴嵐都跑了過來。

王英文兄弟三人自然也在第一時間出現。

「幹什麼？欠債還錢，天經地義。你們看看，認不認識這人？」為首的人長得倒是眉清目秀，笑容和煦，只是從他一路踩過那些衣服，留下一串腳印的行為，看得出來不是善類。

隨著他的話落下，兩個大漢上前，把一個渾身都是傷痕的人扔到王家人面前。這人的豬頭臉根本看不出原來模樣，可王家人還是一眼就認出這是早上出門說去莊子察看的王英武。

「相公！」

宋氏抱著孩子，顫抖的聲音表明了害怕。原本因為安撫，哭聲小了許多的孩子也再一次大聲哭了起來，連帶著另外三個孩子也跟著大哭，整個院子完全沒有了剛才的溫馨安寧。

「小涵、小韻，妳們帶著三個嫂子和幾個孩子到屋裡去。」夏雨霖看著王英文上前察看過王英武的情況，得到大兒子沒有大礙後，對著兩個女兒說道。

宋氏有些不願意離開。

「大嫂，妳放心，有爹娘在，大哥不會有事的。」王詩涵在勸宋氏的時候，那位長得還不錯的年輕男子目光也停在她身上，這讓王英卓和王晴嵐不由得心生警惕。

「我姓張，是娛樂城賭坊裡的一名管事，這是令公子在我們賭場輸掉的票據，請過目。」姓張的管事說話文謅謅，慢條斯理，說完，甚至讓後面的人端了個凳子，悠哉地坐下。

王大虎接過那一疊票據。上面最開始的日期是在正月底，所欠的銀兩數目也越來越大。看著這些，他的表情也越來越嚇人，直到最後一張，王大虎整個人散發出一股駭人氣息，那目光可比剛才進來的那些大漢凶狠得多。

夏雨霖和王英文微微側頭看，隨後，臉上的表情也僵住了。

「英傑，把這個畜生給弄醒。」王大虎直接開口說道。

「嗯。」王英傑點頭，去了井邊打了一桶水。現在才二月底，天氣還有些涼，一桶井水潑下去，趴在地上的王英武一下子就被冷醒，待看到四周的人時，一臉灰白，也顧不得濕答答的一身，忍著疼痛，乖乖地跪在王大虎和夏雨霖面前。

這個時候，王英卓和王晴嵐也看到最後那一張紙的內容。即使沒有確鑿的證據，但他們不得不懷疑，這從一開始就是一個針對他們家的陷阱。

「你這畜生，我今天要打死你！」王大虎看著他的樣子，就知道事情多半是真的。

夏雨霖、王英文還有王英奇，甚至連一向老實心軟的王英傑都沒有阻止。在他們看來，王英武的行為確實是該打。

「爹，等等，先問清楚。」王英卓一把抓住王大虎，開口說道。

「這還有什麼好問的。」話雖然是這麼說，王大虎還是依著小兒子的話，反正教訓兒子也不差這麼一點時間。

「大哥，你輸了錢，借高利貸我能夠理解，可六妹是怎麼回事？她是你的親妹妹，你是賭瘋了還是真的沒救了，你有什麼資格賣她？」王英卓也沒有繞彎子，直接開口問道。

最後的紙上，寫的就是王英武若是還不了錢，就用王詩涵抵押。王英武做出這樣的事情，王家人能不生氣才怪。

「六妹？跟六妹有什麼關係？五弟你在說什麼，我怎麼聽不明白？」王英武完全不知道王英卓說的是什麼。

「那你看看這個是怎麼回事？」王英卓看了眼坐在一邊的張管事，將那張紙拿到王英武的面前。

王英武瞪大了眼睛，看著上面的內容，眨了眨眼睛。底下的落款確實是他的字跡，可上面所說的，他完全不知道啊！「五弟，你相信我，我真的不知道這是怎麼一回事！爹，娘，你們相信我，我怎麼可能會拿六妹來抵債？我就算是賣了自己，也不會做出這樣的事情！」

王家人看著王英武的表情，知道他並沒有說謊，紛紛鬆了一口氣。雖然賭博已經很糟心了，可比起那喪良心、無藥可救的行為要好得多，至少還有救。

王英武看著自家人都不說話，整個人都慌了。他怕家裡人不相信他，更怕六妹真的出事，急得不行的他，腦子終於轉得快了一些。「是他們，肯定是他們陷害我的！」

這一點，王家人都已經想到了。

張管事聽到這話，笑容沒有一絲變化，只是看向王家人。「所以，你們打算賴帳。」

王英卓真的很想當面挑明，可是，他知道他不能。明明知道，對方一開始就是衝著六妹來的，他也不能衝動。現在的他們，只能一次又一次地化解對方的針對，無論是明的還是暗的。

從第二月每次都只派下人來對付他們的行為看來，現在的他們在對方眼裡依舊無足輕重；若是一衝動，反而引起對方的注意，不說盡全力對付他們，哪怕是多用兩、三成的心思，估計他們一家子都應對不了。

「四哥，一共多少銀子？」王英卓開口問道。

「不多不少，五萬兩。」王英奇直接回答。

「怎麼可能那麼多，我記得我只借了八千兩。」聽到五萬兩的時候，王英武腦袋都有些發暈，趕緊說道。

「閉嘴。」王英文直接甩給王英武這兩個字。

這個時候，王英武擺不起大哥架子，只用憤怒的目光看著張管事一行人。

「所以，你們是還錢還是交人？」張管事笑著問道。「交人的話，我們要的可是嬌滴滴的大姑娘，你們若是捨不得，你家這兒子恐怕就看不到明天的太陽了。」

「自然是還錢。」王英卓也不惱，開口說道：「二哥，準備銀票。」

這一下，倒是張管事有些意外地看著王英卓。他一直不明白，主子為什麼要對付這麼一家子完全不起眼的人，就算王英卓年紀輕輕就中了舉人又如何，在京城之中，這樣的人並不少。

王英武和王英傑很意外，沒想到家裡能拿出五萬兩銀子；不過，意外之餘，更多的是高興，至少家裡人都不會有事。

張管事看著手下的人將銀票點好，笑著站起身來，看著王英武。「我們賭場隨時歡迎你。」然後帶著人直接離開。

事情雖然解決了，可院子裡的氣氛卻再也恢復不了輕鬆。

王英卓的拳頭直接就攥出了鮮血，王晴嵐也再次體會到身為炮灰的悲哀，沒有權勢背景的悲哀，明知道這就是對方故意設的陷阱，他們除了忍著，什麼法子都沒有，這樣的日子什麼時候是個頭……

憋屈的兩人直接狠狠地瞪著王英武，可看著他渾身傷，又冷得瑟瑟發抖，也算是得到了教訓。

「相公。」

宋氏一直心神不安，在堂屋裡把兩個孩子交給小姑子，站在門口豎起耳朵聽。整個過程，她是害怕、生氣，憤怒又焦急等等的情緒不斷交替，好不容易等到人走了，第一時間跑出來，看著王英武的模樣，所有的惱恨都消失不見，只剩下心疼。

「我沒事……」王英武凍得臉色發青，顫抖地說道。

「爹，娘。」宋氏跪在王英武前面，跟著求情。

「妳先帶他去換身衣服。」夏雨霖冷著一張臉，顯然心裡的火氣並沒有消退。

宋氏連忙點頭，扶著王英武回了房間。

沒一會兒，兩口子就出現在大堂，王英武再一次跪在地上。「爹，娘，我錯了。」

「我和你爹之前是怎麼跟你說的，賭場和青樓是絕對不允許你們進去的，英武，你都忘記了嗎？」夏雨霖開口問道。

王英武搖頭，腦袋低著，不敢抬頭，就怕看見親娘失望的表情。「娘，我沒忘。」

「英武，你現在已經是三個孩子的爹了，大道理我也不想跟你講了。兩個選擇，一是我們出錢，你們一房人分出去，該有的我們也不會少你們的。」夏雨霖開口說道。

王英武抬起頭。「娘，妳不要我了？」

「分出去以後，你還是我兒子，不過，我和你爹就不用你養老了。我算是看明白了，什麼長子撐門戶養老，這話不對，你靠不住還有英文他們呢，我相信他們也能把我和你爹照顧好的。」夏雨霖說得相當無情。

王英文點頭。「娘，妳放心吧，這五萬兩銀子我們也不問大哥要了。大哥，你以後別再賭了，跟大嫂好好過日子。」

王英武整個人都呆住了，雖然分了家娘還是親娘，兄弟也還是親兄弟，可他清楚，不一樣就是不一樣，因為一家人變成了兩家人。

「爹，娘，我真的知道錯了，我不想分出去！」王英武哭得一臉眼淚、鼻涕。

夏雨霖看著王英武。「既然如此，還有另一個選擇。當初我就說過，你們幾個，誰要是敢踏進賭場和青樓一步，我就打斷你們的腿。」

「娘，不要啊！」宋氏跪下來求情。

「娘。」王英傑也跟著開口。「大哥他知道錯了。」

在許多的事情上，夏雨霖可以說是相當寬容，只是，有些事情她是從來都不留情面的，賭博這樣的事情若是輕易原諒，她擔心大兒子還會再犯。所以，必須狠下心來，給他一個深刻的教訓。

「你閉嘴！」王大虎對著王英傑說。「不分家，就準備挨板子吧。我是你親爹，不可能真把你的腿打斷，但得讓你知道疼。」

夏雨霖點頭。她也是這個意思。

「爹，娘，我願意挨打。」王英武現在渾身都疼，可好不容易爹鬆口，想到那五萬兩銀子，又能買好多的莊子，他就心疼得不行。

「以為挨完打就算了嗎？農莊的事情不用你管了，誰知道你會不會乘機又跑去賭場。從今天起，你就只做兩件事情，我不能把你送到大牢裡去，所以，空閒的時候你就在房間裡待著，好好反省思過；其他時候，就伺候村子裡的田地，這也算是懲罰，讓你知道這些銀子來得有多麼不容易，看你以後還敢不敢再去賭。」

王英武哪裡敢反駁親娘的話，連連點頭。

「至於這樣的情況要維持多久，等到我們全家人都覺得你不會再進賭場，徹底改掉賭癮的時候，有一人不同意，你都不能出來。」王英武再一次點頭。

夏雨霖將目光看向家裡其他人。「你們也要以此為鑑。」

接著，王英武在王家眾人的目光下，被自己的兩個弟弟打得屁股鮮血直流。宋氏哭得差點都暈過去了，王大虎看著差不多了，才讓人停手。

第三十六章

這天晚上，王晴嵐他們再次聚在夏雨霖的房間裡。

王英卓將第二月可能要對付王詩涵的事情說出來。「我們現在要做的，就是保護六妹不受傷害。」

其他人點頭。

只是說得容易，做起來卻很難，誰能想到下一次會出什麼事情。

夏雨霖想著兒子被算計，女兒還有危險，冷著臉看著桌上的油燈。「他們實在是欺人太甚了，我們不能總挨打，一點都不還手。」

王晴嵐點頭，這樣會憋出毛病的。

「娘想怎麼做？」王英文問道。

「娛樂城那樣糟心的地方，還是毀了算了。上次他們不是準備放火燒死我們嗎？這次，我們還他們一把火。其他地方沒有辦法，可要燒掉富陽縣的娛樂城，我想你們還是能做到的。」

夏雨霖說完，想著那裡面有許多無辜的人，終究狠不下心腸。「給裡面的人留條活路，不要弄出人命就行。」

「嗯，這也是個法子，能拖上一段時間。他們的人在富陽縣沒有落腳點，要再像算計大哥那樣算計我們家的人，就沒那麼容易了。」王英文點頭。

只是他們從來沒想到，這麼一個決定會引來一撥殺手。

這晚，富陽縣的娛樂城發生火災，裡面的人驚慌逃出，可那富麗堂皇的娛樂城卻化成了灰燼。

第二月皺著眉頭目送憤怒離去的妹妹。

她不明白，明明之前都阻止了嬌兒和那窮書生的相遇，為什麼嬌兒還是一眼就看上了對方？楊長寧就不是良配！

想著前世嬌兒成親後的各種不幸福，最後不到二十歲就鬱鬱而終，她怎麼能夠再眼睜睜地看著嬌兒跳進火坑。就算那楊長寧才高八斗又如何？她絕對不會再讓親妹妹嫁給他的。

只是，想著剛才妹妹瞪著自己時眼裡閃過的怒火，就覺得身心疲憊。嬌兒怎麼就不明白，她是為了她好……

「小姐，別擔心，二小姐會想明白的。」紅袖一邊替第二月揉肩，一邊柔聲勸道。

「我只怕她會執迷不悟。」第二月一臉疲憊。「第二仙那裡一定要讓人看好，有什麼風吹草動，第一時間通知我。」

「小姐，放心吧。」

這個時候，青玉手裡捏著一張紙條走了進來。「小姐，這是富陽縣那邊傳來的消息。」

第二月拿過打開，心裡不順的她更添了幾分焦躁。她想著在王家還沒有發跡之前能拉攏就拉攏，不能的話就毀掉王英卓和王詩涵這兩兄妹。原本以為是挺簡單的事情，沒想到拖了這麼久都沒有解決，還生出這麼多的事端。

揮手讓紅袖停下，拿起筆在紙條上寫下一行字，微微猶豫了一下，就讓青玉將紙條帶走。

狠毒嗎？那也是被逼的，要做的事情還有很多，她不想夜長夢多。

三月末的一個深夜，天上一絲光亮也沒有，一道道黑影迅速地竄進了王家村，直奔王大虎的院子而去。輕盈地落到院子裡，為首的人一揮手，黑衣人就分成兩批，朝著王英卓和王詩涵的房間去了。

整個王家，第一時間醒來的是王英卓和趙氏。

即使不是第一次遇上這樣的事情，可這些人衝到王家的行為，還是把王英卓惹火了。

原本在床上躺得好好的趙氏像隻驚弓之鳥一般，一下子就坐起身來，看著院子的方向。

「怎麼了？」

「有壞人。」趙氏對著王英傑說道，迷糊的王英傑一下子就醒了。

第二批醒來的是王英文和王英奇兩兄弟。

「看好孩子，待在房間裡不要出來。」兄弟兩人對著身邊的媳婦說著意思差不多的話。

打鬥聲雖然不大，但在寧靜的夜晚就顯得格外突兀，特別是在趙氏出手之後。來自異世的趙氏，性子單純，直白得有些傻。

不過，她除了力氣大之外，還有另一個優點，便是野獸般的直覺。這些人身上散發出來的殺意，她怎麼會感覺不到。

「三嫂，不用省力，往死裡弄。」王英卓走出房間，就對上正面襲來的武器，看著第一個走出來的趙氏開口說道。

然後，砰的一聲，一個黑衣人被趙氏一腳就踹了出去。那人吐出一口鮮血，整個人飛了出去，把院牆撞出一個洞。

眾人看過去，除了一個黑漆漆的洞之外，已經看不到黑衣人的身影。

所有人的動作，包括王英文兄弟三人都因此而停了一下。

趙氏完全不在意那些黑衣人的看法，不過，院子裡還有王家三個兄弟，想到夾豆子的痛苦經歷，她無辜地看著他們。「二哥，我不是故意的。」

「三弟妹，沒關係，不用省力，擋在六妹的房間外面，不要讓人進去。」了解趙氏的性子，怕她聽不明白，王英文的話說得十分直接。

「好！」很響亮的回答。自從來到這個陌生的環境，什麼都好，就一點讓她不滿意——這個社會無論是人還是物都太脆弱了，讓充滿野性的她做什麼都束手束腳的。

如今聽了王英文的話，這些原本在趙氏眼裡就不懷好意的人，直接就變成了獵物。幸好她沒有忘記要守在王詩涵門前，不然她早就衝過去將他們撕碎了。

不過，她不上去，卻有黑衣人送上門來。可能因為剛才那一腳，這些人謹慎了許多，配合著出招，招式精妙得很。對比起來，趙氏的打法就野蠻得多，甚至可以說完全沒有章法。

只是，凡是挨到她拳腳的都是直接倒下，沒有再站起來的機會。

看著身邊的人越來越少，黑衣人怎麼也沒想到，面前這個身材嬌小的婦人竟然如此凶殘。他們不覺得對方是高手，可現在的他們寧願對付一個高手，也不願意面對這個像野獸一般打架的女人。

趙氏興奮地等著剩下的人上來挨揍，結果，就見幾個黑衣人從她的頭頂掠過，落在她身後的屋頂上，一臉驚嘆。「他們會飛！」

王英文兄弟三人聽到趙氏用驚嘆的語氣說出這四個字時，手一抖，差點受傷。

趙氏看著飛到屋頂的人，更興奮了，手腳並用的以飛快的速度爬到了屋頂，大發神威地將黑衣人一個個地踹了下來。

「三嫂，沒事吧？」王詩涵早就聽到了動靜，把窗戶打開一條縫，緊張地看著院子裡交錯的人影，待看到趙氏再次出現的時候，關心地問道。

「沒事。」趙氏笑著說道。雖然沒有盡興，不過，心情很好。

她這邊結束，另外一邊也快進入尾聲了。比起上一次連殺人都不敢的兄弟三人，這一次出手卻沒有絲毫猶豫。最後，一群黑衣人只剩下帶頭的那位。

院子裡的血腥味已經瀰漫開來，兄弟三人圍著黑衣人，並沒有直接動手。

「沒想到，這麼一個小小的農家院子，竟然藏龍臥虎。」黑衣人心裡一直奇怪，主子為何要派他來對付王家人？即使主子叮囑了要小心行事，可他並沒有放在心上。

王英卓聽著對方的聲音有些熟悉，想到是誰後，並不覺得意外。「張管事？」

「你反應倒是快。」黑衣人將面巾扯下來，露出一張年輕的臉。「既然知道是我，那麼你們打算如何？」

若是可以，他真不想死。

「其實，這話一直都是我們想問的。」王英卓冷著臉說道：「不過，我知道你們不會回答，所以，對不起了。」

張管事的笑容微微有些僵硬。「你知道我背後是誰？」

「知道，你也別拖延時間，沒用的。」王英卓說完這話，直接動手。

張管事的功夫要比其他黑衣人好上許多，不過，仍差了王英卓許多。

「呵呵……」

倒在地上的張管事，看著黑漆漆的天空，然後，一張冷漠的臉出現在他面前。「我們只想好好的活著，可若是這些你們都不讓，那大不了就是同歸於盡。」

張管事露出嘲諷的笑容，嘴角不斷地往外冒血。

「我知道你心裡想什麼。我告訴你，我的家人若真的出事，你說，我拚著命不要，她第二月能防我一時，還能防我一輩子嗎？」王英卓說道。

張管事的瞳孔急速地收縮，一臉驚恐地看著王英卓，張嘴想說話，卻只能發出幾個不成調的聲音，然後慢慢地噝氣。

等到院子裡恢復平靜後，王晴嵐努力地深呼吸，告訴自己，死人沒什麼可怕的，自己變成死人才可怕，這才走出去。

這一晚，王家人除了不曉事的孩子，其他人都沒有再睡覺。

第二天天亮時，整個院子已經被清理乾淨，破了的院子洞也補上了，至於那些屍體，二伯他們是怎麼處理的，王晴嵐沒有問。

一切看起來好像什麼都沒發生過一般，只是接下來的日子，家裡其他的人都有些戰戰兢兢，甚至胃口都比平日裡小了許多。

王晴嵐練功更努力，小叔的功課、奶奶的女紅，她完成起來是一點抱怨都沒有。

王英文兄弟兩人每次出門，奶奶她們都擔心得不行，直到幾個月後安全地回來，她們才放下心來。王家的其他人一般都不離開家裡，就連讀書的孩子都是留在家裡讓王英卓教導。

非要出門的時候，王英卓也會選擇王英文兄弟也在的時間。

他們的日子就這麼小心翼翼地過了兩年，雖然有些悶，可與家裡人都安全無恙比起來，已經好了許多。

而這一年，夏雨霖去蘇城的時候，原本想要給自家主子通個氣，卻被告知曹家老夫人去了京城，不知歸期。

接著，中秋節都過了，天氣依舊像三伏天。王晴嵐就算不怎麼了解農事，也明白，明年的蝗災其實從這時候就能夠看出預兆。

於是新年剛過，夏雨霖就把全家人召集起來，把事情挑挑揀揀地說了一遍，控制在能讓他們重視，卻不至於嚇得暈過去的程度。

送走誰、留下誰，手心手背都是肉，夏雨霖真的無法選擇。

「家裡沒滿十五歲的孩子，是一定要送走的。」聽到這話，若是剛穿過來的王晴嵐，心裡肯定是贊同的，可現在，已經把他們當親人的她，卻不願意了。「奶奶，我肯定是要跟著妳的。」

「嵐兒。」

「我能幫忙的。」王晴嵐開口說道。她清楚，爺爺和奶奶肯定是不會走的，估計小叔也不會。

「娘，我要跟著妳。」王英越開口說道，娘和二哥他們以前以為他小，說事情的時候沒有避開他，可他的記憶力並不比五哥差，怎麼可能忘記，反正就算是爹打他，他也不會離開的。

「小八叔，你添什麼亂。」王晴嵐沒好氣地開口。

「三姪女——」

王英越的話還沒說完，就被王英卓給打斷。「行了，別吵了，現在能送走多少人我們也不清楚，有可能到時候你們想走都走不了。

「這樣吧，過兩天，二哥和四哥再次出門的時候，大哥、大嫂，你們帶著家裡的孩子先離開，三嫂跟著保護孩子。」王英卓開口說道。

「我跟著爹娘。」王英武開口說道。

「大哥，聽五弟的，你在也幫不上什麼忙，反而添亂。」王英文開口說道。

王英武不願意，可找不到話來反駁。家裡的幾個女人都鬆了一口氣，對於她們來說，最惦記的就是孩子。

「二哥，你們儘量速度快一些，跑兩趟的話，第二次就能把其他人都帶走。」王英卓說。「不過，離開的時候動靜要小一些，那些人一直沒動靜，但我們絕對不能引起他們的注意。」

王英文和王英奇點頭。

「小叔，我不走。」已經十一歲的王晴嵐，比剛來的時候長高了好多，臉上雖然還有些嬰兒肥，不過，已經是個小美女了。

「行，妳不想走就留下。」王英卓點頭。「到時候別後悔就是了。」

「不會的。」

王英越在一邊聽著，低著腦袋，沒人知道他在想什麼。

臨行前一天，夏雨霖把幾個已經懂事的孫子叫到身邊，說了好久的話才放他們回去。

看著之前還鬧著要留下來的大堂哥他們沈默地收拾東西，王晴嵐佩服奶奶的同時，又有些心疼自家兄弟。

因為王英文兄弟兩個這幾年都會出遠門，所以沒人覺得奇怪，只是家裡少了孩子，一下子就清靜許多。

王晴嵐每天依舊做著三樣事情，不過，練劍的時候有王英越陪著。

這孩子，在出門的前一天就躲出去了，還留下一封信，先斬後奏地打斷了王英卓的計劃，因此就跟著留了下來。

這兩個月，天氣似乎又恢復了正常。王英文他們回來的時候，夏雨霖開口就問：「怎麼樣？安排妥當了嗎？」

「娘，放心吧！」

不知道官府的人到底什麼時候會來，王英文他們並沒有待幾天，就準備離開。

「爹，娘，我不能走。」王詩涵對著王大虎和夏雨霖說道。

「小涵。」

「娘，上次那些黑衣人，就是衝著我來的。」王詩涵一直都知道，只是憋在心裡沒說而已。「我要是離開了，他們肯定會發覺的。」

夏雨霖不知道該怎麼說。

「其實，爹娘不用為我操心，家裡最安全的人就是我。」王詩涵笑著說道：「五哥說那個苗鈺很厲害，這幾年他一直拿走我的被子，就說明我對他還是有用的。」

「涵姑姑，妳得離開，那就是個大變態！誰也不知道他下一刻想做什麼，靠不住。」王晴嵐開口說道。

王家人點頭，想到苗鈺的性子，沒有半點猶豫。

「娘，我不能走，過兩天他的人就會來拿被子。」王詩涵雖然對這事已經不在意了，可當著家人的面說出來，還是有些臉紅。「若是沒有被子，我們的情況恐怕會更糟。」

對於這話，王晴嵐無法反駁。那大變態要是睡不好覺，很有可能第一個就拿涵姑姑開刀。

最終，王詩涵也留了下來，等到王英文他們再次出發後，家裡只剩下六個人，比起以往熱鬧的院子，冷清得簡直讓人難受。

第三十七章

日子一天天過去，蝗災終於還是來了，密密麻麻的，遮天蔽日。

王家村的村民們直接哭暈在田埂上。好在他們這裡地處江南，生活比其他地方要富裕，家裡還有餘糧，節約著吃，總不會被餓死。

王大虎是趁著天黑去村長家，把家裡存糧食的地方告訴了村長，至於怎麼處置，那就是村長的事情。

等待的日子並不好過。王晴嵐他們最先等來的不是官府的人，而是王英文和王英奇兄弟兩個，氣得夏雨霖直接拿手打他們。「你們回來做什麼?!」

「娘。」兩人同時叫道。

他們是捨不得妻兒，可是比起知道得不多的另外兩個兄弟，家裡的情況他們是一清二楚，無論如何，他們都做不到不管不顧。

王晴嵐倒不覺得奇怪，看著哭成一團的母子三人，抬頭望著天空。

之前她一直很恐懼被炮灰的這一天，可真正面對的時候，竟然一絲害怕也沒有。

這天晚上，王英卓把王晴嵐叫到書房。

「嵐丫頭，若是官府來抓人，到時候我會想辦法攔著，妳帶著小八乘機逃跑，知道嗎？」
王晴嵐搖頭。
「嵐丫頭，我知道妳從小就聰明，所以，我和妳爺爺、奶奶能不能活命，就全看妳的了。」王英卓開口說道。
「小叔，你這話是什麼意思？」王晴嵐一副「你別騙我，我不傻」的表情看著對方。
「這是家裡這些年掙的銀子，還有百貨鋪子那些人的賣身契、地契，以及各處糧倉的位置。」王英卓小聲地說道：「若是我們全都被抓了，這些東西被搜了出來，我們才死定了。」
「可是，小叔，我不行，這事你做成功的可能性比較大。」一向自信的王晴嵐終於說了實話。
王英卓搖頭。「我們家誰都不行。我就是再厲害，真能和官府作對嗎？再說我知道，妳有法寶的，藏的東西只有妳能找到。」
王晴嵐震驚地看著王英卓。
「以後要小心些，我和妳二伯他們不能再跟在妳後面收拾爛攤子了。」
「嗯。」王晴嵐點頭。「可是，小叔，我的那裡面只能放植物和農具。」
「妳傻啊，把這些東西用防水布包好，塞到花盆裡不就行了？」
王晴嵐眼睛一亮。「我試試。」

話落，一個早已經準備好的花盆被王英卓拿了出來，看著王晴嵐將東西整理好，放進花盆，最後連人帶盆地消失在書房裡。

這畫面把即使早有準備的王英卓都嚇得不行。

王晴嵐很快就出現，笑著點頭。「小叔，真的能行。」

「以後這樣的事情，不要在人前做。」王英卓不放心地又叮囑了一遍，才接著開口。「這塊玉珮是我從爹那裡要來的，是爹當兵回來的時候，一位叫南宮晟的小頭領交給他的。妳爺爺對他有救命之恩，我也不知道能不能用得上，妳收著。」

王晴嵐接過，收好。

「照顧好小八，那個安頓妳爹娘他們的村子，妳也去過，若是我和妳爺爺、奶奶他們真的無法逃過這一劫，妳也別衝動，更不要做傻事，帶著小八去那裡。我們家人多，總有報仇的一天。」王英卓開口說道。

王晴嵐的眼眶有些發紅。「小叔，你不要說不吉利的話，我這麼聰明，一定會把你們救出來的！」

雖然對於這一天的到來，她已經不害怕了，可她還是希望日子能夠過得慢一些，能多看看家裡的人。

只是，這一切不是她能控制的，該來的終究還是來了。

官兵進村，詢問村民王大虎的家在哪裡，村民自然不能拒絕回答，不過，悄悄地去報信的人還是有的。

「沒事，我知道了。你們趕緊走，免得被連累了。」比起報信的人一臉慌張，王大虎很鎮定，直接將他們攆走。

「喝點綠豆湯吧，這天氣熱，也不知道什麼時候能再喝到。」夏雨霖和王詩涵端著綠豆湯走進來，母女倆的臉上依舊帶著溫柔的笑容。

「正好渴了。」

王晴嵐還做不到像她們這樣鎮定自如，端著碗的手微微有些發抖，在心裡罵自己沒用。冰涼的綠豆湯一口下去，拂去了心裡的煩躁，然後，眼前一黑，她便暈了過去。王英越是第二個倒下的。

「娘。」倒是王英文兄弟三人糾結地看著夏雨霖。「我們不是說好了嗎？」

「就你們聰明。」夏雨霖笑著說道：「不想喝就不喝，快點把兩個小的藏起來。」說完，轉身的時候，眼裡已經滿是淚水。

官兵的動作很快，看見王家的院子裡只有六個人，什麼也沒說，一通亂找，乾淨整潔的王家瞬間就一片狼藉。「其他人呢？」

「家裡過不下去，去投奔遠方親戚了。」王大虎面無表情地說道。

官兵又詢問了村子裡的人，把整個村子都翻了一遍，都沒找到人，眼看著天快黑了，只得帶著王大虎他們離開。

王晴嵐醒來的時候已經是第二天了，有些刺目的陽光讓她眯起眼睛。

「醒了？」

王晴嵐側頭，就見自家小八叔一臉鬱悶地坐在樹下。回想起昏迷前的事情，哪裡還想不明白，那碗綠豆湯有問題！

「小八叔，你沒事吧？」她坐起身來，問王小八。

王英越搖頭。「我剛剛偷偷地回村子了，爹娘、二哥、四哥、五哥還有六姊他們都不在了。」

王晴嵐聽到這話，心裡難過不已。雖然她穿越過來時已經是個大人了，可這些年的日子又不是白過的，突然間只剩下她和小八叔了，孤單、害怕的感覺一下子就湧了上來。

叔姪兩人就這麼沈浸在自己的思緒中，直到肚子打鼓才回神。

「小八叔，我們得去縣城，打聽消息。」

王英越沈默了一會兒，點頭。

於是，一個時辰後，富陽縣就出現了兩個小乞丐。破爛髒污的衣服，黑漆漆的小臉蛋，亂糟糟的頭髮，讓富陽縣的人避之不及的同時，還得到了好些銅板。

用這些銅板換了包子，一邊填肚子，一邊豎起耳朵四處打探。不過，沒聽到有用的。

既然是乞丐，自然不能住客棧。晚上，兩人就在離城門口不遠的地方窩著。好在是大夏天，並不擔心會凍著。

「小八叔，醒醒，醒醒。」

天剛矇矇亮的時候，夏雨霖被開城門的聲音吵醒，看著出城的兩輛囚車，立刻清醒過來。

「爹，娘。」王英越睜開眼睛，看見王大虎和夏雨霖時，小聲地叫道。

兩人也不睡了，看著遠去的囚車，直接進城換了身衣服，租了馬車就跟了上去。快到蘇城的時候終於追上，這讓一直提著心的王晴嵐鬆了一口氣。

一路偷偷摸摸地跟著，看著家裡人再次進入監牢，他們才離開。隨後又打聽了曹家的位置，過去之後，果然看見大門貼著封條，看來曹家人早就遭難了。

此時被連累的炮灰們，一個個都在蘇城的監牢裡相遇。

比起夏雨霖一家六口安安靜靜、不吵不鬧，她另外三個姊妹的情況都不好，有相公寫休書的，有婆婆辱罵的，還有小妾尖叫動手的。

終於，夏雨霖看不過去，把表情木然的春花香護在身後。「夠了，現在吵有什麼用。」

「呸，妳和她就是一夥的！妳們就是掃把星，要不是妳們，我們怎麼會遇上這樣的事情？」罵人的女人很年輕，最多比王詩涵大幾歲，一進來就沒有消停過。

夏雨霖能理解她的害怕，若只是罵一罵就能消停的話，她也不會插手；只是這人越來越過分，看著春花香手上被指甲撓出的血印，她怎麼還能袖手旁觀。

王詩涵的功夫比不上王英文他們，至少對付面前這個張牙舞爪的女人綽綽有餘，一把就將她推倒在地。「別說我娘，不然我揍妳！」
被推倒的女人愣了一下後，就大聲地哭了起來，直接把獄卒給引來了。
原以為能有人給她作主的女人，結果被拖出去狠狠地打了一頓，扔回來的時候，再也沒有力氣吵鬧。
「不公平，明明她也動手了……」不死心的女人小聲地抱怨。
獄卒冷笑一聲。「人家有人給銀子疏通，妳有嗎？」
獄卒的一句話，讓牢房裡的人都愣住了。
夏雨霖和王詩涵立刻想到了王英越和王晴嵐。心裡感動，卻沒有高興，更多的是擔憂，怕這兩個孩子自投羅網。
被打的女人一愣，然後反問道：「怎麼還有人敢給她們疏通？不是該把他們一起抓起來嗎？」
「關我屁事！」獄卒留下這四個字，又踢了那女人一腳，這才大搖大擺地離開。
牢房裡陷入短暫的沈默。自從在這裡碰頭後，夏雨霖的三個姊妹心裡是感慨萬千，特別是當她們三個都被埋怨、被責怪的情況下，再對比即使落難都溫情滿滿的母女倆，酸楚讓她們有些想哭。
只是，她們不知道，這僅僅是開始而已。
疏通的銀子確實是王晴嵐和王英越找人幫忙送去的。這幾年，二伯和四叔那麼努力地掙錢，不就是為了這一刻嗎？什麼時候都能省，這個時候是絕對不能省的。

不僅如此，花出去大把的銀子，他們還很幸運地得到了一個非常重要的消息，那就是這一批被吏部尚書曹家所連累的人，都會在明天被押送去京城。

得到這個消息的時候，已經是下午了。王晴嵐有一瞬間的驚慌，這速度也太快了！

「三姪女，別慌，我們是無論如何也要跟上去的，爹娘現在年紀大了，禁不起折騰，不看著怎麼能放心。」王英越冷著一張臉對王晴嵐說道。

王晴嵐急忙點頭。「嗯。」現在可不是慌張的時候。「我和你年紀都不大，到京城大約需要一個月，先不說能不能一路跟著，就算現在的蝗災鬧得還不是很厲害，可危險還是有，要是我們出了什麼事情，爺爺、奶奶他們怎麼辦？」

「所以，我們必須得先保證自己的安全。」王英越點頭，贊同王晴嵐的話。「妳身上銀子多嗎？」

「多。」王晴嵐說完，怕他不明白，又補充了兩個字。「很多。」

「去找大一些、名聲不錯的鏢局，給銀子讓他們護送我們。」王英越認真地想了許久。「這事若是安排得好，銀子使用得妥當，我們甚至可以和爹娘他們同路，在路上照顧他們一二。」

王晴嵐不傻，略微地思考了一下，眼睛一亮。「那先去找鏢局，再多買些路上需要用的東西。計劃什麼的，晚上回客棧再慢慢討論。」

王英越點頭。時間不多，得抓緊。

蘇城作為江南最大的城市，無論是城裡的百姓，還是農村裡的莊稼漢，生活都要比其他的地方好一些。加上這些年一直風調雨順，又沒有苛捐雜稅，即使知道今年很大情況下會顆粒無收，家有餘糧的他們也沒有其他地方那麼傷心絕望。

這從整個城市的繁華熱鬧並沒有受到多大影響就可以看出來。

為了方便行事，王晴嵐也扮作男孩。叔姪兩人雖然小，可站在一起也是俊秀無比的翩翩少年郎，走進打聽好的鏢局後，立刻就引起不少鏢師的矚目。

「去京城，明日出發，銀子隨你們開，只要能保證我們安全到達就行。」年紀大一點的王晴嵐神色有些高傲，看著鏢局裡主事的人，直接開口說道。

主事的林鏢頭對她的態度並不奇怪，笑著點頭。「可以。不過，我也想問清楚，兩位公子可有仇人？」

「並無，只是此去路途遙遠，家裡人不放心。」王晴嵐搖頭。

因為錢給得爽快，事情很快就談好，叔姪倆直接離開，在蘇城好一通採買。「再買些尋常用得著的藥，以備不時之需。」

回到客棧，王晴嵐把東西點一點，總覺得少了些什麼，經過王英越提醒才想起來，沒吃晚飯的兩人又匆匆地出門，然後拎著一大包食物回來。

晚飯就在客棧裡吃的。想著以前一大家子熱鬧地坐在一起，如今就剩下他們兩人，胃口就少了幾分。不過，飯還是要吃的，不然先倒下的就是他們。

為了安全，叔姪倆奢侈地要了一個小套間，以便晚上出現什麼事情，方便照顧。沒有大人，他們兩人都沒有什麼安全感。睡覺的時候，不僅枕頭底下放著一把匕首，懷裡還抱著一把適合他們使用的鐵劍，摸著懷裡冰涼的觸感，才能安心地睡去。

第二天一大早，兩人起了床，收拾好下樓的時候，鏢局的人已經坐在那裡吃早飯。

「夏公子。」林鏢頭笑著起身打招呼。隨著他一起站起來的，還有七、八個五大三粗的鏢師。

「嗯。」對此，王晴嵐也只是微微點了點頭。「早飯的帳記我身上，樓上是我們的東西，一會兒麻煩你們幫忙搬下來。」

「不麻煩。」林鏢頭搖頭。

等到用完早飯，看著自己的人搬來一包又一包東西，甚至連鍋碗瓢盆、油鹽醬醋都有，林鏢頭的嘴角有些抽搐。果然是不知民間疾苦的大家公子。

上前稍微提醒了一句，見對方堅持，他也就不多說了。有一句話對方說得沒錯，若是覺得他們耽擱了時間，多加銀子就是，他們又不會賴帳。

王晴嵐他們顧了三輛馬車，兩輛都放著東西。至於其他隨行的鏢師，三人駕車，四人騎馬，路上很輕鬆自在，他們比押送的隊伍要晚走一些，不過，很快就追上了。

遇上官府的人，還是林鏢頭在蘇城認識的人，自然要上前打招呼。

王晴嵐和王英越看著那沒有什麼遮掩的囚車，不說奶奶和涵姑姑的臉被曬得通紅，就是爺爺和幾位叔伯此時也十分狼狽，讓他們心疼得不行。

王大虎父子四人瞪大眼睛看著從他們面前過去的王晴嵐和王英越，還敢跟他們眨眼睛，這兩個孩子的膽子也太大了吧，夏雨霖和王詩涵的心差點跳了出來。

「林鏢頭，這樣的天氣，你們怎麼還出鏢？」押運犯人的士兵一臉不解地問道。

「沒辦法，有錢人家的公子，什麼都沒有，就是錢多。」林鏢頭笑著說道：「都是討生活的，有錢難道不賺？做我們這一行的，還能怕苦不成。」

「那倒也是。」林鏢頭並沒有和他們寒暄太久，就先行離開。

「小八叔，我們按計劃行事。」王晴嵐皺著眉頭說道。幸好他們跟來了，不然奶奶他們就這麼一路到京城，不死估計也得脫一層皮。

「嗯。」王英越點頭。

叔姪倆在心裡算計著，以押運的速度，午時那些人能走到哪裡，查不到的時候就掀開簾子。「林鏢頭，現在天氣太熱，馬車裡又悶得很，停下來休息一段時間，順便吃個午飯。」

林鏢頭點頭，找了個陰涼的地方，把馬車停下。

「你們不用管我們，注意安全就行。」說完，王晴嵐和王英越開始從第三輛馬車裡往下搬鍋碗瓢盆，期間還能聽到在一邊吃乾糧、喝涼水的鏢師們談話，內容無非就是這兩位大少爺知道怎麼做飯嗎？

從八歲開始，王晴嵐就開始真正地學習廚藝，即使沒有奶奶和兩位姑姑好，但也不差了。

在這些鏢師們驚訝的目光下，即使是沒有肉菜，可鍋裡散發出來的香味，依舊讓啃完乾糧的漢子們吞了吞口水，只不過，他們只有乾看著的分。

王晴嵐和王英越慢條斯理地吃著，差不多的時候，才對著林鏢頭招手。「這些綠豆湯你們一人喝一碗，我做得太多，喝不了。」

林鏢頭低頭一看，那麼大一口鍋裡面全都是綠豆湯，這位少爺到底做了多少？先喝了一碗，他才發現，原來這麼簡單的東西也能如此好喝，立刻招呼他的兄弟過來。

「喝完記得把這些碗筷收拾了。」王晴嵐理所當然地吩咐他們。那些漢子一抹嘴，笑著點頭。這大熱天的，一碗綠豆湯下去，爽得整個人毛孔都張開了。

在他們看來，洗碗只是小事情，總不能白喝他們的綠豆湯。

第三十八章

這個時候，押送的隊伍出現在他們面前，帶頭的士兵有些驚訝地看著林鏢頭。「你們怎麼還在這裡？」

林鏢頭把人拉到一邊，小聲地說道：「兩位少爺嫌天氣太熱，想要休息，順便吃個午飯。」

「嘖嘖，真是大少爺。」士兵感嘆一句。

「可不是，嬌貴得很，不過，我們也跟著享福。那綠豆湯還真是不錯，消暑得很。」林鏢頭自然不是無緣無故地提起，想到那麼一大鍋，就是他們也喝不完。以那兩位少爺的性子，多半會倒了，倒不如拿來做人情。他們在蘇城開鏢局，不僅官員要打點，和這些底層的人也要交好。

而林家鏢局在蘇城之所以名聲最好，也是因為他們會做人。

士兵在路上雖然有水喝，可也不太敢耽擱。畢竟上面是要求了日子的，要是不能按期到達京城，他們可是吃不了、兜著走。所以，中午都不打算休息，啃乾糧了事。

「你們運氣倒是好。」士兵一臉羨慕。

「我看著那鍋裡還有好多，這位兄弟，你等等，我去問問那兩位少爺。」林鏢頭笑著說完，見對方沒有拒絕，就跑過去問王晴嵐。

「可以，反正都是要倒的。」林鏢頭心想，果然如此。「不過，跟你們一樣，讓他們自己準備食具。」

聽到王晴嵐的話，林鏢頭嘴角又是一抽。還食具，也只有這些公子哥兒才會這麼講究。

「一人一碗，讓他們不要多喝。那裡面我加了清熱解毒、去火降暑的草藥，喝多了對身體不好，容易拉肚子。」

林鏢頭再一次無語。難怪他喝了一碗之後，整個人都涼爽了許多，這也太講究了。

等到那些士兵一人喝了一碗後，才明白林鏢頭的話。這玩意兒確實是好東西，不過，估計只有富貴人家才能喝得起的，他們以前喝過的綠豆湯和這個比起來，無論是味道還是效果都差得太遠了。

「洗乾淨一些啊！」鏢局裡的鏢師看著鍋裡還有不少綠豆湯，聽到王晴嵐開口，下意識點頭後，又皺起了眉頭。這麼好的東西，倒了真是可惜。

林鏢頭看著被關在囚車裡的人，老弱婦孺都有，心裡有些不忍，又不敢開口，怕惹上禍事。

「瞧你這膽子，想要幫忙就上去，有我們在，能出什麼事情？」王晴嵐一臉輕蔑地看著林鏢頭，損了他一句後，才對著正在喝綠豆湯的士兵招手。

「公子有何吩咐？」那士兵帶著一臉燦爛笑容，彎腰問道。

「這裡還有些綠豆湯，倒了也可惜，給那些犯人，讓他們分了吧。」王晴嵐毫不客氣地開口。

士兵是半點猶豫都沒有地點頭。「公子可真是心善之人。」

「他們犯了什麼罪，若是大奸大惡之人，可沒有資格喝。」王晴嵐又補充一句。

士兵搖頭。他們雖然身在底層，可到底還是聽到些消息。「這絕對沒有。」

「那你去安排吧。」王晴嵐揮手，然後走到王英越身邊，在寬大的墊子上坐下，閉目睡覺。

王晴嵐和王英越並沒有真正地睡著，瞇起眼睛看著家人喝下綠豆湯，才放下心來。為了這一刻，他們就是費再多的心思也是值得的。

一小碗綠豆湯下去，夏雨霖和王詩涵的眼眶又紅了。這兩個孩子啊！

王大虎對他們的行為很滿意。這麼熱的天氣，他皮糙肉厚的沒什麼大不了，可霖霖和詩涵不一樣，他一直擔心她們會受不了，現在好了。

王英文兄弟三人的心情最複雜。這些年他們用心教導的兩個孩子，如今都能夠獨當一面了，現在反過來照顧他們，讓他們心裡很欣慰。

王英文悄悄地在背後給兩人豎起了大拇指。

「咳咳！」王晴嵐乾咳兩聲，表示收到了。

春花香姊妹三個嚐到綠豆湯的味道時，很是吃驚。雖然時隔許多年，可夏雨霖做的東西是什麼味道，她們還是能輕易嚐出來的。

吃驚地看著遠處的兩位少年，默默地將碗裡的綠豆湯喝下。

押運的人很快就離開。王晴嵐和王英越一直在閉目休息，心裡算著時間，在太陽不是那麼烈的時候才起身，準備出發。

就這樣，他們沒有意外地耽誤了進城的時間，然後，巧合地又遇上了押運的人。兩幫人馬一會合，沒聊幾句就決定乾脆一起找個好地方，準備露營。

王晴嵐和王英越收拾好帳篷，就準備做晚飯。前者對林鏢頭招手。「你是鏢頭，功夫應該不錯吧？」

「還拿得出手。」林鏢頭謙虛地開口。

「現在天色還不算晚，你去打獵，看看能不能找點葷的。」王晴嵐提出要求。

林鏢頭看著不遠處的山頭，想了想，覺得這個主意不錯。既然兩位客人不趕時間，一路怎麼享受、怎麼來，他們兄弟也不是犯賤的命，能有好吃的，誰還想啃乾糧？

當然，林鏢頭帶著一個兄弟離開之前，和那些士兵商量了一下，離開的時候，就有兩個士兵跟著。回來的時候，幾人身上的獵物讓所有人都眼前一亮。

王晴嵐只要了一隻野雞和半隻兔子，至於蔬菜什麼的，馬車裡都帶著。

野雞是燉的，兔子是燒的，加上各種作料，香氣很快就瀰漫出來，香得其他人眼饞。

「米麵和作料我都可以分給你們，其他的就不要想了。」他現在可是少爺，怎麼能給這些人做飯。

果然，聽到這話，林鏢頭和士兵都不覺得意外。雖然他們的手藝比不上一個公子哥兒，可比起啃乾糧，實在是好得太多了。

這一頓沒有那些囚車裡的犯人的份。鍋碗依舊是鏢師們洗的，吃過晚飯，王晴嵐拿出一支笛子，找了個風景不錯的地方，吹了起來。

優美的調子讓所有人都沈浸其中。

那些鏢師和士兵們雖然都是粗人，覺得王晴嵐他們太講究了，可心裡還是羨慕的，若是可以，又有誰願意風餐露宿？

回到帳篷裡的王晴嵐和王英越，從懷裡掏出藏起來的肉和米飯，捏成一個個飯糰，一人身上放著一些。「小八叔，趕緊睡，等到他們都睡著的時候，我們再給爺爺、奶奶送吃的。」

「嗯。」

叔姪倆倒在帳篷裡睡覺。這一天，他們表面上看著輕鬆，心裡的緊張和壓力只有自己明白。沒一會兒，疲憊不堪的他們就進入夢鄉。

夜深人靜的時候，王晴嵐被王英越叫醒。路線什麼的，他們早就規劃好了，王英越去夏雨霖她們的囚車，王晴嵐去王大虎的囚車那邊。

兩人小心翼翼地靠近。

他們剛走出帳篷的時候，王英文兄弟三人就知道了。看著他們謹慎地靠近，以及周圍的士兵毫無覺察的場景，這才放下心來。

王晴嵐靠近馬車，看著爺爺他們都睜開眼睛，無聲地笑了笑。其實她心裡是想哭的，可是她不能，若是她哭的話，爺爺他們會更擔心的。

她掏出懷裡的飯糰，悄悄地遞了過去。

王大虎父子四人接過。每人一個，飯糰很大，捏得很結實，已經餓了的他們也沒有客氣，毫聲無息地吃了起來。很快的，他們就吃到包在飯裡的肉，就著米飯的香味，味道很好。

四人都衝著王晴嵐笑了笑。

等到他們吃完後，王大虎衝著王晴嵐揮手，讓她趕緊離開。

王晴嵐點頭，一轉身，眼淚就開始往下掉。

另一邊，夏雨霖和王詩涵看到王英越的時候，倒是嚇了一跳，瞪大眼睛看著他。

王英越沒有說話，只是冷著臉從懷裡掏出五個飯糰，看著她們一人吃下一個，才放心地離開。他一走，春花香三人就睜開了眼睛。她們當初能和夏雨霖同時成為曹家老夫人的貼身婢女，自然沒有一個是傻的。

對此，夏雨霖也不意外，對著她們笑了笑，把剩下的三個飯糰悄悄地遞了過去。她清楚，這是小八和嵐兒特意給她的三個姊妹準備的，就是為了讓她心裡好受一些。

「三姪女，不哭，總會好的。」

回到帳篷裡，王英越安慰哭得傷心的王晴嵐。實際上，他眼睛也是紅的，只是沒像王晴嵐那般流淚。

接下來的三天裡，兩隊人馬總能夠在吃飯的時候遇上。鏢師和士兵們都沒覺得奇怪，誰讓這兩位公子事多呢？最後，他們想著，乾脆一起走算了。

這正如了王晴嵐他們的意。不過，為了不顯得刻意，每次路過一個城市的時候，兩幫人馬就會分開，畢竟他們一路吃喝用了的東西是要補上的。

因為有家人暗地裡幫著，王家人一個個除了曬黑了不少之外，倒沒有出什麼大事情。只是這日，打聽到離京城還有三天路程的時候，王晴嵐知道，這一次他們真的要和家裡人分開了，他們得先去京城打聽情況。

「日夜兼程，以最快的速度趕到京城，我會給你們辛苦錢的。」王晴嵐開口說道。

「夏公子，那倒不用。」林鏢頭笑著說道：「本來我們要的銀子就夠多了。」

最主要是他們這一路簡直就不像是在送鏢，說是遊山玩水更貼切，他實在是不好意思再多要銀子。

三天時間，林鏢頭是按照之前他們的速度算的，如今聽了王晴嵐的話，吃過晚飯就開始趕路，第二天下午，天還沒有黑就到了京城。

大康的京城是什麼樣的，王晴嵐兩人根本沒心思觀察。到了之後，他們就聽到一個噩耗——五日後，前吏部尚書曹家及其黨羽將被砍頭，而他們王家這個小炮灰，也被算在黨羽之中。

聽到這個消息，王晴嵐眼前一黑，曾經的噩夢再次出現在腦海裡。即使是情況已經改變，自己可以不用死了，家裡被砍頭的人數也少了，但她的害怕和恐懼並沒有因此而減輕一點點。

這一天終究還是來了……

王晴嵐十指用力地摳著手心，感覺到尖銳的刺痛才冷靜下來。「小八叔，我們先去找地方住下來。」

她的話沒有得到回應，王晴嵐回頭，就看見王英越一臉呆滯，整個人被嚇得就好像傻了一般。她鼻子酸得厲害，用力地吸了吸。

她這個過了兩輩子的人碰上這事都害怕，更何況是小八叔，他可是真正的孩子。

「小八叔。」伸手用力抓緊他冰冷的手，她努力讓自己的聲音平靜一些。「別怕，還有時間，我們一定會想到辦法的。」

「可是，萬一……」王英越張嘴，輕輕地說了四個字就被打斷。

「別胡思亂想，不會有萬一的！」王晴嵐的聲音有些大。她也知道自己的情緒有些不對勁，不過，她依舊堅定地看著王英越。「不會有萬一的，我們絕對不能讓爺爺、奶奶他們出事，小八叔，你說是不是？」

王英越感覺到三姪女抓著自己的手越來越用力，表情也跟著慢慢地認真堅定起來。

「對，我們一定會想出辦法的。」

叔姪兩個都明白，這件事情很難，但事關六個親人的性命，就算再艱難，他們也不能退縮，並且必須要做到。

正因為這樣，他們才更應該打起萬分精神振作起來，以最好的狀態應對。現在最需要的就是找個安靜的地方，好好地平復心情。

「走吧。」王英越對著姪女說道。

兩人問了人，前往距離最近的客棧。

「大哥，你說的那兩隻有趣的小老鼠呢？」

一個白胖胖的少年一臉期待地看著坐在對面的苗鈺。作為一個有名的紈袴，每天想方設法地欺負人，也挺累的。今天自家老大召見，說是要帶他見兩隻有趣的小老鼠，他就決定休息一天，屁顛顛地跑了過來。

苗鈺沒有說話。這些日子的被子不那麼合心意，讓連續睡了幾年好覺的他看起來有些憔悴，本就沒有血色的臉更是病態十足。

「蕭公子，來了，手牽著手、穿著藍色衣服的兩個，就是那兩隻小老鼠。」黑子冷著臉，用沒什麼起伏的聲音建議道：「至於是不是真的有趣，不如蕭公子親自去試一試？」

蕭久平聽到這話，咧嘴一笑，詢問苗鈺。「老大？」

「隨你。」苗鈺吐出兩個字。

「你真覺得這兩隻小老鼠有趣？」蕭久平問道。

「還行。」

聽到這樣的回答，蕭久平立刻站起身來，看了一眼從遠處走近的兩人，興致勃勃地下樓了。苗鈺側頭看著下面的熱鬧，臉上什麼表情都沒有。

興致高昂的蕭久平剛剛出了店門，還沒走出幾步，一個白色的身影就撲了過來。他雖然有些胖，不過，還是動作俐落地躲開。

「嗚嗚……」低頭就見一位白衣姑娘倒在地上輕聲哭泣，旁邊草蓆下蓋著的貌似是一具屍體。「賣身葬父」斗大的四個字出現在眼裡，至於圍著這賣身姑娘的幾位，他也是挺眼熟的。

「姑娘，沒事吧？」

蕭久平憐香惜玉地將白衣姑娘扶了起來，然後，輕佻地用一把扇子抬起白衣姑娘的下巴。「既然妳主動投懷送抱，妳爹我會讓人安葬了的，跟本少爺走吧。」

「不要啊！」姑娘的聲音有些尖細。她沒想到又引來一位紈袴，毫不猶豫地跪在地上，磕頭道：「求公子放過我吧！」

「不是賣身葬父嗎？」蕭久平一臉不解。

「我、我……」低著頭的白衣姑娘掃視一下四周，突然看見兩個衣衫和面前這位紈袴差不多的公子，一把撲過去，抱住其中一位的腿。「公子，救救我吧……」淚眼朦朧地抬起頭，看見兩張非常年輕的面孔，說道：「我做牛做馬也會報答公子的。」

突然被抱住雙腿，王晴嵐除了嚇一跳之外，心裡更生出許多煩躁。若是平常，她看著這樣的場景一定會感嘆一句，好大一盆狗血，可現在的她，真的沒有心情。

「放開。」王晴嵐的聲音無情得和她漂亮的臉蛋完全不搭。

「公子，求求你救救我……啊！」

白衣姑娘還沒有說完，就被王晴嵐的另一條腿踢開。「公子，嗚嗚……」鍥而不捨的她再次擋住了兩人的去路。

王晴嵐冷眼看著那姑娘，再掃了一眼四周，對情況已經有了大致猜測。

這可是妳自己找的。

「姑娘，妳這麼不要臉，妳爹知道嗎？」

白衣姑娘有些反應不過來，卻被對方抬起了下巴。

「我估計妳爹是不知道，否則在妳出生的時候就會把妳掐死。那裡躺著的是妳爹吧？嘖嘖，看看這一張楚楚可憐的臉蛋，多麼招人心疼。」說著，王晴嵐用力地捏著她的下巴，食指在她的臉上一抹。「妳爹躺在那裡，屍骨未寒，妳這脂粉倒是抹得挺精緻的。」

「我、我……」

「我知道妳心裡在想什麼，不過，這次妳看錯眼了，我和小叔可不是妳心裡想要找的人，那位胖兄弟才是。」王晴嵐放開白衣姑娘的臉，從懷裡拿出手絹，細細地擦著手。

被稱作胖兄弟的蕭久平腿抖得更厲害了。

「別哭得一臉委屈，妳要是真孝順，又怎麼會捨得讓妳親爹曝屍在這樣的烈日之下？就算沒有銀子，用兩隻手刨出個坑來把親爹埋了還是能做到吧？」王晴嵐一臉嘲諷。

「我、我……我怎麼能讓我爹辛苦一輩子，連一口棺材都用不上。」白衣姑娘小聲地說道。

王晴嵐直接一個巴掌搧了過去。「妳也知道妳爹辛苦一輩子，買一個棺材很困難嗎？以妳的姿色，要賣出好價錢應該很容易，為何要把妳爹的屍體搬出來？我從來沒聽說賣身葬父就一定得帶著父親屍體，說白了，妳就是想利用妳爹的屍體來釣公子哥兒。」

第三十九章

白衣姑娘哭得一臉委屈，不敢抬頭，四周看著她的目光也漸漸地從同情變得和面前這位公子的一樣，滿是赤裸裸的嘲諷。

「當然，還有另外一種情況，那就是妳天生就是吃這一行飯的。只是，姑娘，若真是這樣的話，就請妳專業一些，哪有父親死了還化妝的。」因為親人的事情，王晴嵐心裡煩悶得很，如今這人撞到頭上，變成了出氣筒，讓她說話和行為都不由得刻薄起來。

「做人有時候不能太貪，知足才能常樂，得隴望蜀是不可能有好下場的。」說到這裡，王晴嵐看了一眼那具屍體。「提醒一下，那若真的是屍體的話，在這樣的烈日下，很快就會散發出腐臭味，而和這樣的味道接觸的人，最容易感染的就是瘟疫。」

最後兩個字一出口，圍觀的百姓臉色一白，隨後一哄而散，包括一開始的那批紈袴。

「嗚嗚……」白衣姑娘的哭聲再次響起，讓王晴嵐煩躁地想要走人。

「三姪子，夠了。」王英越抓著她的手。「我們走吧。」

王晴嵐回頭，看著小八叔的臉，眨了眨眼睛。這一次，她是真的有些想哭。「馬上就好。」

她繼續道：「我不管妳賣身葬父是不是真的，也不管那具屍體是不是假裝的，我告訴妳，人最大的幸福就是能平平安安地活著，晦氣的事情做多了，會觸霉頭的。」說完這些，她從袖子裡拿出五兩銀子，放到白衣姑娘面前。「我今日心情不好，妳賣身葬父若是真的，這算是我的歉意，若是假的，也算是我的敬意。」

說完剛剛那一通話，她心裡的煩躁已經去了一大部分。

想到自己身為炮灰的憋屈，哪怕這位姑娘只有萬分之一的可能是有迫不得已的苦衷，她也願意幫忙。因為她現在真的很想遇上個貴人，也能幫他們一把。

至於別人怎麼想她前後不一的態度，她完全不在意。

然後，她轉身拉著王英越的手，走進旁邊的客棧。

白衣姑娘神情莫名地看著面前的五兩銀子，一回頭，看見蕭久平，打了個哆嗦，她認識這個人，有名的紈袴，整個京城敢惹他的人沒有幾個，並且下場都很慘。

「帶著妳親爹，滾！」蕭久平開口說道。

「蕭公子，那這個？」白衣姑娘小心翼翼地指著地上的五兩銀子，詢問對方。

「拿走吧。」

蕭久平多少有些明白王晴嵐敬意二字的意思，再次坐到苗鈺的對面，心情還算不錯。

「蕭公子，如何？」

「還可以。」想到胖兄弟三個字，蕭久平問：「黑子，我真的很胖嗎？」

「和主子比起來，您實在是太胖了。不過，能胖是福。」黑子多希望自家主子有蕭久平那樣的胃口。

「那倒也是。」蕭久平看著瘦得跟竹竿似的老大，心裡有些疑問。「老大，這應該還稱不上你口中的有趣吧？」他覺得還可以，可是他老大能用普通人的眼光來衡量嗎？

「小老鼠。」苗鈺提示道。

蕭久平的智商一直是跟不上苗鈺的，黑子好心地提示。「小老鼠也算是老鼠，見不得光的。」

蕭久平有些詫異。

「告訴您一個秘密，他們是屬於曹家那一夥在逃的犯人。」

這一次，蕭久平微微有些震驚了。「那他們跑到京城來，不會是……」

「就是您想的那樣。」黑子點頭。

「可他們還只是兩個孩子而已，在作夢吧？」

「若是真的成功了呢？」黑子反問，能被他主子關注的，怎麼可能會是常人。「要不要賭？」

「不賭。」蕭久平果斷地不上當。成功的話肯定是很有趣的事情，就算是不成功，和他也沒什麼關係，他又不傻，為什麼要賭？

「三姪女，手攤開，我給妳洗洗，上藥。」客棧的房間內，王英越準備好水和藥，才向著沈默的王晴嵐走去。

王晴嵐乖乖地將兩手攤開。疼痛讓她有了流眼淚的藉口，珍珠似的，一顆顆不斷地往下掉。「小八叔，我真的很害怕，腦子裡全都是爺爺、奶奶他們腦袋掉了的場景……」

「我知道。」王英越輕聲回答。「妳小時候作噩夢的事情，我還記得。」

「你記性真好。」王晴嵐有些驚訝。

「已經改變了那麼多，接下來，我們也一定可以的。」

「嗯。」王晴嵐帶著鼻音點頭。「我不會扯後腿的，等我哭完了，我們就開始辦正事。」

王英越點頭，沒有回話。

王晴嵐卻感覺到手心裡落下熱熱的水滴。她知道是小八叔的眼淚，也沒有勸，哭是最快發洩情緒的方式。於是，接下來的時間裡，兩人都沒有說話，眼淚流出的同時，也把他們心裡的緊張恐懼都流了出去。

等到情緒穩定後，兩人開始四處打探消息。

只是，越是打聽，他們的心就越是沈重。夏雨霖他們被押送到京城的時候，叔姪兩人躲在人群裡，看著兩天沒見似乎就消瘦了許多的家人，更是萬分焦急。

因為這一天出了皇榜，行刑的日子就在三天後的午時。

焦急的兩人絞盡腦汁地想法子，可這麼大的京城，達官貴人再多，他們卻一個都不認識，以兩人的力量，真的是非常之難，所以，直到現在也沒有想到切實可行的法子。

直到熬了一整夜，天剛矇矇亮的時候，王晴嵐突然想到一個異想天開的老橋段。「小八叔，你說我們告御狀有沒有可能成功？」

王英越一愣，開始思考這個法子。

「你等等。」說完，她進了房間，不一會兒抱出一個盒子。「這是二伯和四叔這幾年所賺的銀兩，能不能換取爺爺、奶奶他們活命的機會？」

王英越一一看過後，道：「先洗洗臉，吃過早飯後，我們再想辦法。」

「嗯。」有了方向，兩人的心定了不少，整個人比之前輕鬆了許多。

接著，叔姪倆又開始仔細地討論。這一刻，王晴嵐無比感激自家小叔，硬塞給她各種各樣的書籍，讓她對告御狀並不是一無所知。

等到叔姪倆特意去了皇宮外，遠遠地看見宮門口那一個告御狀的大鼓確實存在的時候，鬆了一口氣，回去以後就開始制定詳細的計劃。

一天內，他們定好了計劃。雖然後天才是行刑的日子，但他們準備明天就行動。要是卡著時間，他們告御狀成功了，爺爺、奶奶他們卻被砍頭了，那還有什麼意義。

「小八叔，我一會兒做點好吃的，我們去看看爺爺、奶奶他們吧。」

兩人都知道告御狀要付出什麼樣的代價，但誰也沒說出口。雖然對方是她的小八叔，算是長輩，可她是把他當孩子的，到時候，她一個人承受下來就是了。

「好。」王英越點頭。

王晴嵐這一頓飯做得很豐富，兩人一手拎著一個食盒，可能是砍頭的事情定了下來，進去探視並沒有遇到多大的阻礙。只是，在獄卒告訴他們快到的時候，兩人同時停下了腳步。去了，他們要說什麼？再者，他們並不覺得自己有本事瞞得過家人的眼睛，何必讓他們擔心呢。

「走不走？」獄卒有些不耐煩地催促道。

王晴嵐和王英越對視一眼，王晴嵐放下食盒，遞過去兩張銀票。「獄卒大哥，麻煩你們幫我們把這些交給王大虎他們一家人，其他的什麼都不用說。」

獄卒展開銀票，臉上漾起笑容。雖然不明白他們為什麼會有這麼奇怪的要求，不過，還是把銀票放到懷裡，叫了一個人，將四個沈甸甸的食盒拎了進去。

王晴嵐和王英越小心翼翼地跟上，躲在遠處看著親人，捂著嘴瞪大眼睛，眨也不眨。

「王大虎。」獄卒喊聲。

王大虎抬頭，站起身來。

「接著，有人給你們送來的。」兩個獄卒把四個食盒遞了過去。

「獄卒大哥，送食盒來的人呢？」王英文幫忙接過，帶著討好的笑容，開口問道。

「不知道。」

「獄卒大哥，你幫幫忙，我知道你肯定有看見他們，我們只想知道他們好不好？」王英文在牢裡的犯人和獄卒吃驚的目光下，把頭上的木簪子遞了過去，壓低了聲音。「這是空心的，裡面有一張銀票。」

獄卒看了一眼，同樣小聲回答。「來的是兩個小兄弟，他們沒有離開，就在那邊看著呢！除了有點黑眼圈，其他都挺好的。」

「謝謝你。」王英文忍住望過去的衝動，勉強地扯出笑容，拎著食盒回到王大虎身邊，直接忽視四周吞口水的聲音以及渴求的目光。

夏雨霖和王詩涵第一時間就湊了過來。「英文，怎麼樣？」

「在那邊躲著。」王英文小聲說道。王大虎要回頭看的時候，王英卓和王英奇用身體擋住了他。「爹，他們不想我們知道，我們就裝作不知道，吃飯吧。」

至於其他的事情，王家人誰也沒有開口。

打開食盒，飯菜的香氣在牢房裡瀰漫開來，一盤接著一盤，所有人愛吃的菜都有。王詩涵看著那碗蓮蓬豆腐，眼淚怎麼也忍不住。「娘，這道菜還是我教嵐兒做的。」

說著這話的時候，王詩涵不由得想起當時的場景，淚水更是控制不住了。

「吃吧，妳嚐嚐看，她做得好不好？」夏雨霖柔聲說。除去明顯是為他們一家六口做的六道菜，其他的分成了兩份，一小部分給了春花香她們，另外的大部分都放進食盒，讓王英文託了獄卒送給距離有些遠的曹家老夫人。

等這些事情都做完後，一家六口席地而坐，細細地把菜擺好，隔著鐵牢慢慢地吃著。

躲在外面的王英越和王晴嵐一邊看著，眼淚抹了又開始掉，就這麼偷偷地看著他們吃，一句話也沒說。

將這樣的情況看得清楚的蕭久平有些不解。「他們怎麼不進去？」

苗鈺冷眼看著，一句話都不說。

「進去說什麼，您當這兩隻小老鼠是傻子嗎？明天的事情，您覺得他們心裡不害怕嗎？」黑子反問。對於王家的事情，他和主子是最清楚的。說實在的，到了現在，他心裡都有些感動。

至於主子，黑子想著，王家人之所以能夠一直吸引著主子，其實也是因為他們家人之間的感情；若是哪一天，這些感情變得薄弱或消失不見的時候，主子是絕對不會對他們手下留情的。

等王晴嵐叔姪倆拎著輕了不少的食盒離開，苗鈺坐在輪椅上，由黑子推著出現在王家人面前，蕭久平站在另外一邊。

「苗公子？」王英文有些驚訝地看著來人。

苗鈺看著王家的六個人，道：「吃得挺香的。知道嗎？你們家那兩隻小老鼠明天準備去告御狀。」

王晴嵐和王英越不會知道，他們的良苦用心，一下子就被苗鈺這個變態給破壞了。

王家六人一聽，臉色都變了。

「宮門前有一個大鼓，凡是敲響這鼓的，都可以見到皇上。無論是告狀還是申冤，皇上都會親自審理。」黑子最了解自家主子的心思，冷著臉刺激道：「只是，但凡告御狀的人，都得先挨五十鞭子。從那鼓擺在那裡的時候起，在五十鞭子下去後，還有氣的人到現在沒超過五個。」

「就那兩隻小老鼠的身子骨兒，死定了。」蕭久平下了結論。

王家人的臉都白了，就是王英卓心裡也慌張得厲害。他不是告訴過嵐丫頭，不要勉強的嗎？難怪他們剛才不出現。

「苗公子，你特意來告訴我們，不會只是為了看我們傷心難過的吧？」王英卓深吸一口氣，看著苗鈺問道。

苗鈺沒有回答王英卓的話，而是看向王詩涵。「還記得我說過，妳要是替我考上了舉人，我就答應妳一件事情嗎？」

王詩涵點頭。即使這人脾氣古怪，人也像姪女說的那樣是個變態，可她還是忍不住滿含期望地看著他。

「這個要求，我只會保一個人的性命。」

王詩涵的表情一僵。她不傻，明白他話裡的意思，他只會保一個人的性命，很明顯地告訴她，他是有能力救他們全家的。

即使知道根本就不可能，但她還是想要試一試，抬頭看著苗鈺。「我知道你本事很大，只要你願意，一定能把我們家人都救出去。」

「憑什麼。」果然，苗鈺面帶嘲諷地說道。

王詩涵還想說，她願意付出一切的代價，哪怕她的性命，只是，話沒說出口，就被夏雨霖攔住了。

「苗公子，一看你就是言出必行之人。我們六人不需要你救，請你明天保住那兩個孩子中挨鞭子的那一個的性命。」

苗鈺再次認真地看著面前的中年婦人。難怪一個普通農家能養出如此出色的孩子，恐怕跟這婦人有著極大關係。她的睿智絲毫不遜於那些世家夫人，甚至比起大多數人都更勝一籌。

王詩涵的話雖然沒說出口，但所有人都看得明白她要說什麼，更清楚結果，所以，夏雨霖才不願意女兒受這個完全沒有必要的委屈。

如果求情有用，能讓女兒活下去的話，什麼樣的委屈她都能受。只是，她很確定那是沒用的，不然，這個監牢裡恐怕就不會有這麼多人了。

苗鈺看著夏雨霖沈默不語。

「若是不出意外的話，我想挨鞭子的人應該是王英越，妳確定要用掉這個要求？這裡可有妳四個親生的兒女，妳不後悔？」苗鈺很難得地說了這麼長的話。

夏雨霖明白，面前這位苗公子，肯定知道小八不是她親生的，只是，那又有什麼關係？她側頭看向女兒，詢問她的意思。若是真要在四個兒女中選擇，那一定是小涵，因為這個要求本來就是她的。

「娘，妳拿主意就好。」王詩涵笑著將腦袋靠在夏雨霖的肩上，說道：「不管怎麼樣，我都要陪著妳的。」

「苗公子，我不後悔，那個孩子就麻煩你了。」夏雨霖替女兒順了順頭髮，做了決定。「還有，謝謝你。」

不管他是出於什麼心態，能在這個時候前來兌現承諾，幫他們一把，她的感激可不是嘴上說說的，而是發自內心。會做出這樣的選擇，並不是真的決定等死，另外一個很重要的原因，便是她相信自己的兒子和孫女，他們都不是魯莽之人，既然決定了告御狀，心裡肯定是有很大的把握。

苗鈺看著王家六人，他們像是完全忘記了他剛才的為難，目光裡連一絲惱意也沒有，這讓他覺得好沒有成就感。

他看了一眼黑子，對方立刻領會，推著他離開。

「你們是不是傻啊，那人一看就很有本事，為什麼不求他救你們？」等到苗鈺離開以後，有人忍不住開口說道。最重要的是他們都是被連累的，若是王家人獲救，他們很有可能就不用死了。

這聲音剛剛落下，立刻得到好些人的附和，剛才還安靜的牢房立刻就熱鬧起來。

夏雨霖一家子只看了他們一眼，然後各自閉目養神。和這些人爭論沒什麼意思，他們王家本來就和苗鈺無親無故，他憑什麼要幫他們？

若是願意幫他們，他們自然是感激不盡；不願意，也沒有必要氣憤，畢竟他們早就知道苗鈺不算是好人。

事到如今，再想著嵐丫頭的夢就明白，從頭到尾就沒有人願意管、願意幫；他們不相信，這麼多的官員裡就沒有好人嗎？肯定有的，但那又如何？結果不還是要他們自家人努力拚命才行。

「娘，要相信嵐丫頭他們。」王英文的聲音傳來。「妳的決定沒有錯。」

夏雨霖聽後，笑得一臉溫柔。

第四十章

「老大，」監牢外，蕭久平有些疑惑。「他們是不是傻啊？」

苗鈺搖頭。「至少比你聰明。」

蕭久平不服氣。「聰明得不想活了，還拉著相公、兒女一起死？他們要是好好求求我，也許我就幫他們了。」

「這事你幫不了。」苗鈺肯定地說道，黑子跟著點頭。「行了，天色不早了，你趕緊回去吧。」

蕭久平有些不甘心地嘟著嘴，那白白胖胖的樣子配上大而黑亮的眼睛，倒是有幾分可愛。

「若換作是我，也會這麼做的，比起不熟悉的外人，自然更願意相信自己人。」苗鈺將蕭久平當成半個自己人，再加上心情很好，所以出聲解釋。

「就那兩隻小老鼠，怎麼可能？五十鞭子肯定挨不過的。」蕭久平肯定地開口。

「要打賭嗎？」黑子冷冰冰地開口，明顯欺負對方不了解內情。

原本篤定的蕭久平聽到這四個字，直接搖頭，他又不傻。「老大，你真的打算幫忙？」

「我像言而無信的人嗎？」蕭久平再一次搖頭。老大不會言而無信，但反覆無常啊！

三人分開後，苗鈺回到府邸。「黑子，讓人盯著那兩隻小老鼠，把王家所有的情報都收拾好。」

「是，主子。」

黑子對此並不意外。告御狀這麼大的事情，處理不好就會影響到皇上的名聲，所以絕對不能在皇上沒有準備的情況下出現。

而那些沒被皇上提前知道的告御狀之人，在還沒有接近宮門外的大鼓時，就會被毫聲無息地帶走。當然，在他家主子的嚴密監控下，這樣的情況少之又少。

至於能不能挨過這五十鞭子，說聽天由命也是沒錯，不過，這個天代表著皇上。

夜深人靜，京城的百姓都進入夢鄉之時，大康的皇帝康天卓依舊在批閱奏摺，看著從各地送上來的摺子，無一不是關於蝗災的事情，眉頭是越皺越緊。

等到把摺子看完，接下來又是推卸責任，攻訐官員，完全沒有人列出個切實可行的法子。他臉色越來越陰沉，讓一邊伺候的太監和宮女越發小心起來。

一陣風吹過，屋內的椅子上已經坐著一個人。康天卓看著面前的人，問道：「又有什麼事情？」

「明天有人告御狀。」苗鈺直接開口。「所有的情報都在你面前。」

若是王晴嵐在這裡，一眼就可以認出來，不給皇上行禮、大剌剌坐著的人就是苗鈺。

事實上，苗鈺最大的靠山就是皇帝。

不得不說，康天卓是個好皇帝，即使是煩心事一大堆，整個人也疲憊不堪，還是耐著性子拿起面前的情報。這份情報比起之前得到的要簡潔得多，一條接著一條，寫得十分明白。

待看到最後一條時，康天的卓表情變了。「這有幾分把握是真？」

「九成。」苗鈺回答。「如今我的人正在收集證據。」

康天卓將情報收了起來，見他方還沒離開，疑惑地問道：「有事？」

「我跟王家有點私情。」他隱晦地將自己和王家之間的事情說了一遍。「我答應了那位夫人，懇請皇上手下留情。」雖然嘴上說著請，不過，他的態度和表情依舊和辦公事時是一樣的。

康天卓笑看著他，即使他不說這話，因為那些情報，他其實也沒打算要那兩個孩子的性命。「這麼些年，你第一次開口，朕捨不得拒絕。」

「多謝皇上。」苗鈺如來時一樣，一陣風似的離開。

第二天一大早，王晴嵐和王英越就起身，收拾好、吃了早飯以後，再一次把接下來要做的事情逐一對了一遍。

確定沒有什麼遺漏後，王晴嵐站起身來，鬥志滿滿地說道：「小八叔，我們走吧。」

「嗯。」王英越點頭，遞給王晴嵐一杯水。「喝點水吧，我口才不好，一會兒妳還要說很多話，會口渴的。」

王晴嵐接過，喝了一小口就停下。「還是少喝點水，免得見到皇上後被嚇尿了。」這話本來是開玩笑的，可腦袋暈乎乎的感覺怎麼那麼熟悉。「小八叔，你……」

話還沒說完，她就暈了過去。

王英越把王晴嵐放到床上躺好，站在床邊沈默地看了好一會兒，才整理好衣衫，面無表情地走了出去。

「老大，怎麼就他一個人？」蕭久平有些疑惑。

苗鈺和黑子沒有說話。即使不知道具體情況，可想到王家人的行事，他們多少也能猜到。

沒多久，皇宮外的大鼓響了起來，傳遍了京城每個角落，京城百姓紛紛停下了手中的動作。

坐在龍椅上的康天卓看著被帶上來的少年，心裡有些驚訝。情報不會有錯，可怎麼只有一個，是出了什麼意外？

「你知道告御狀需要受什麼樣的懲罰嗎？」康天卓威嚴地問道。

「知道。」

王英越回答得簡潔。康天卓一揮手，就有侍衛拿著鞭子上前，並沒有因為他的年紀而留情，一鞭子揮下去，立刻皮開肉綻。

客棧裡，床上的王晴嵐突然睜開眼睛，坐起身，狠狠地打了自己一個巴掌。蠢不蠢，同樣的手段竟然栽了兩次！

她紅著眼眶，用最快的速度奔了出去。

街邊的百姓都在討論告御狀的事，王晴嵐一邊跑、一邊抹眼淚。這個時候，她是真的害怕得不行，兩條腿都在發軟，只是不能停下，連慢一點都不敢。

小八叔，你可一定要撐住……你要是有個好歹，我可怎麼辦？王晴嵐最怕的是，自己到的時候已經來不及了。

「黑子，告訴她南宮晟的事情。」苗鈺看著跑遠了的王晴嵐，對黑子說道。

「是，主子。」

王晴嵐的速度不慢，不過，黑子更快一些，知道她趕時間，也沒有攔路，而是配合著她，開口說道：「妳爺爺當兵時救的南宮晟，現在是正一品的將軍。」

王晴嵐抹掉眼淚，看著身邊的娃娃臉，還沒來得及說話，對方已經離開。不過，這個時候她也沒時間多想，繼續拚命地跑，一口氣衝到宮門前，用盡全身的力氣敲下去。

京城的百姓已經炸開了鍋，這大鼓可是好幾年沒人敲響了，今天是怎麼回事？

康天卓看著因為鼓聲而停下的侍衛，以及已經滿身傷痕的少年。「帶上來，繼續。」

王英越知道，肯定是三姪女來了。他本來就沒有下多少藥，加上三姪女只喝了一點點，以三姪女的速度，時間也差不多了。

皇宮十分巍峨宏偉，被侍衛帶著匆匆往裡走的王晴嵐卻沒有心思欣賞。等到靠近正殿時，鞭子揮動的聲音傳來，她直接甩開侍衛，狂奔了進去。

比起先來的王英越，王晴嵐的形象可以說是狼狽不堪，頭髮散亂，衣服也有些鬆垮，紅通通的眼睛明顯是哭過，而且現在又開始掉眼淚了。

看著跪在地上的王英越，那一道道血肉外翻的傷口刺得她不僅眼睛疼得厲害，全身都跟著疼。

眼見著又一鞭子就要落到王英越身上，王晴嵐想也沒想就撲了上去。沒有絲毫意外，那鞭子落在她身上，疼得她眼淚飆得更厲害。

「三姪女……」王英越想要掙扎，只是，已經挨了好些鞭子的他，並不是王晴嵐的對手。

「小八叔，別動。我們不是商量好了嗎？一定要把臉蛋保護好，不然，留了疤，你不好娶媳婦，我也不好嫁人。」王晴嵐吸了吸鼻子，壓在王英越的背上，小聲地說道。

王英越只是個十歲左右的孩子，即使再聰慧早熟，獨自面對這件事情，心裡怎麼可能不怕，那打在身上的鞭子又怎麼可能會不疼？剛開始能忍著，是因為他知道，無論是心裡的害怕還是身上的疼痛，都不會有人和他分擔。

只是現在不一樣了，他忍不住帶著哽咽地「嗯」了一聲，低著頭，任由眼淚簌簌地往下流。

侍衛拿著鞭子站在一邊，等著康天卓的命令。

「繼續。」聽到這兩個字，王晴嵐非但不害怕，反而鬆了一口氣。這代表著皇帝已經默認了讓他們一起承擔五十鞭，痛一點總比沒命好。

只是，這他媽的哪裡是痛一點，明明是非常痛好不好！每一鞭甩下來的時候，她都有種要暈過去的錯覺，可火辣辣的疼痛卻不打算放過她。

心裡不斷咒罵這變態的規矩，甚至把皇帝連同他的祖宗十八代都罵了一遍，嘴上卻不斷地小聲地催眠自己。「不痛的，不痛的，一點也不痛……」

王晴嵐從來沒有覺得時間那麼漫長過，以為自己已經挨了好多下鞭子，實際在她到的時候，已經打了將近四十鞭，直到結束時，她也就受了十幾鞭。

一結束，王英越就倒在地上。「小八叔，你沒事吧？」

王英越疼得渾身都不能動彈，只得衝她眨了眨眼睛，表示自己還有氣。

王晴嵐跪在他身邊，把眼淚抹掉，真正的戰鬥現在才開始。「接下來交給我就可以了，你休息一會兒，很快就好。」

「你們有何冤情，現在可以說了，朕會為你們作主的。」康天卓看著兩人，開口說道。

王晴嵐衝著龍椅的方向跪好，正準備說話，卻被搶先。

「皇上，這不合規矩，如若開此先例，以後百姓紛紛仿效，豈不亂套？」

死賤人，詛咒你生個兒子沒屁眼。王晴嵐在心裡憤憤不平，臉上卻是一臉的驚慌失措。

「皇上，不是說挨過五十鞭子就能申冤的嗎？」

康天卓掃了一眼那個站出來的言官。「祖宗定下的規矩，可有說這五十鞭子一定要一個人承受？」

言官無言，因為規矩上並沒有這一條。

「不過，你說得也並非無理，今天算是例外，也算他們運氣，以後在規矩上加上這一條。」康天卓都這麼說了，那位言官也只能夠不甘心地退下。

「說吧。」

「是，皇上。」王晴嵐很乖巧聽話。從一開始，她和小八叔就商量好了，走可憐、博同情的感性路線，雖然這樣看起來挺慫、挺沒骨氣的。

雖然，王晴嵐心裡對皇帝很不滿，甚至認為既然他們家這樣都會被連累，那麼吏部尚書被砍頭的事情，皇帝也是逃脫不了干係。因為按道理來講，皇帝和吏部尚書的關係更親密一些。

哼！吏部尚書貪污，弄死他就可以了啊！王家和曹家連親戚都算不上，她奶奶一個離開了那麼多年的奴婢，難不成還能成為對方貪污的幫凶？

若這麼遠的關係都要被問罪，那皇帝的錯就更大了。曹家這個吏部尚書可是皇上讓他坐上去的，這責任不比她奶奶一個奴婢要大啊？

可是，她有什麼資格和皇帝講道理？她倒是很想有骨氣地像好些小說女主角那樣，和皇帝硬碰硬，她也有把握能夠贏的。只是，這樣的蠢事或許是剛穿越過來的她會做的，想著一家子受冤，皇帝就應該給他們作主，還他們清白。

但如今，她不會再那麼衝動，以後他們一家子都還要生活，惹得皇帝不高興，弄死他們只是分分鐘的事情。

在二伯他們的教育下，她早就知道這裡是個什麼樣的社會，面對上面坐著的終極老大，有委屈得憋著，有不滿得忍著；再說，只要能救親人，慫就慫，在這個社會，應該沒人會覺得在皇帝面前沒骨氣是丟人的事情。

這麼一想通之後，王晴嵐跪在那裡，模樣就更可憐了。「皇上，我就是不明白，為什麼我爺爺、奶奶那麼好的人，也會被砍頭？」

康天卓一愣。這孩子的話他怎麼聽不明白？

王晴嵐抹掉眼淚，鼓起勇氣抬頭，看了一眼龍椅上的康天卓，隨後就低下了頭。這次倒不是裝的，皇帝真的很威嚴，她差點被嚇尿了。

「小叔說，皇上是個很好的皇上，就是因為皇上，我們村子裡的人才過上好日子的，肚子餓了有飯吃，天氣冷了有衣服穿。」王晴嵐的聲音不大，不過，坐在龍椅上的康天卓聽得清楚。不同於官員文謅謅的語言，她所說的話直接得很，內容也很新鮮。

「我們家，奶奶睿智慈祥，懂很多村子裡的人都不懂的東西。」王晴嵐看似說的都是些無關緊要的東西，只是皇帝沒有出言打斷，她就知道，他們制定的路線是正確的。

原本有幾分作戲的王晴嵐，說著說著，自己都沈浸其中，可憐兮兮的小臉現在被幸福的笑容所取代。

不知道什麼時候，她已經這麼幸福了。

沈默寡言、在村子裡很有地位的爺爺；總是喜歡端著老大架子卻衝動好騙的大伯；腹黑摳門、喜歡擺弄花花草草的二伯；老實自卑、腳踏實地的親爹；有些經商頭腦卻懶得要死的四叔；才華橫溢但二十歲還是光棍的小叔；悶葫蘆又喜歡黏著奶奶的小八叔；幾個有小心思卻顧家的伯娘、嬸子；頭腦簡單卻力氣驚人的親娘；聰明努力、有責任感的兩個堂哥；機靈可愛又調皮搗蛋的弟弟、妹妹們……

王晴嵐說得很慢，康天卓聽得津津有味。原來普通百姓的生活是這樣的啊，瞧著這小丫頭臉上幸福的笑容，這說明她剛才誇獎的話是真心的，看來他這個皇帝做得還挺成功的。

站在底下的官員，有的聽得一臉笑意，有的是滿臉不耐煩。但皇帝沒出聲，無論抱著什麼樣心思的，都沒人敢出聲打斷。

「皇上，我一直覺得，我們家的幸福日子會一直持續下去，可是……」王晴嵐臉上的笑容隱沒。「奶奶用了兩碗綠豆湯，把我和小八叔藥倒了。醒來之後，才知道奶奶他們都被抓了，我和小八叔沒有二伯他們聰明，所以被丟下了。我們知道，奶奶他們是為了我們好。」

一直以為自己的心堅硬如鐵的康天卓，聽到這話，奇蹟似的有些心疼。

「我和小八叔去了縣城，租了馬車，一路跟著爺爺、奶奶。他們不想讓我們受苦，我和小八叔又怎麼能眼睜睜地看著他們受罪？所以，到了蘇城後，我們雇了鏢師，儘可能地製造偶遇的機會。天氣熱，中午就多熬些消暑的綠豆湯，所有人都喝不下了，總會分給爺爺、奶奶他們一些。」

這一路，她和小八叔不容易，爺爺、奶奶他們也不好受。「晚上，其他人睡著後，我和小八叔才敢偷偷地給他們送吃的。」

接下來的事情，她是一件都沒有隱瞞，也不敢撒謊，因為她知道大康有一個比明朝錦衣衛還要厲害的特務機構。以前他們是小炮灰，不容易引起注意，所以沒人查，可今天過後就說不準了，所以在制定計劃的時候，就把這個情況考慮在內了。

「皇上，我知道，我和小八叔做的許多事情都是有罪，我們願意受罰。只是，我就是想知道，像我家人這樣，做的最大的壞事就是打了一對不守信用、寡廉鮮恥的夫婦，讓他們半個月下不了床。」說完這些，王晴嵐鼓起勇氣看著康天卓。「皇上，我就是想問，他們到底犯了什麼大罪，才會被砍頭？」

康天卓看著底下的小丫頭。「刑部尚書，你來回答她的問題。」

刑部尚書站出來，嘴巴發苦。對於這一家子，他是有那麼一點印象的，原以為只是無關緊要的小蝦米，沒想到會鬧出這麼大的事情。

「啟稟皇上，他們一家人和前吏部尚書曹雲有些關係。」

「什麼關係？」康天卓聽到這話，心裡冷笑。

刑部尚書的一顆心往下沈。在這之前，凡是和曹雲扯上關係的，皇上都沒有過多詢問，如今怎麼就變了？只是，再怎麼樣，他都沒有膽子欺騙皇上，只得硬著頭皮說道：「曹老夫人的婢女多年前嫁到了王家。」

他的話剛剛落下，就有人忍不住開口。「皇上，這事太荒唐了！一個出嫁的婢女，能和曹雲的案子有什麼關係？若真是那樣都會被牽扯進去的話，我們這些人恐怕全都得進大牢了。」

好人啊！王晴嵐在心裡點頭。

然後，很明顯的，朝堂上的大人們似乎憋了許久，開始你一言、我一語地爭論起來。幫他們的人身分她不知道，可敵對的，她心裡多少有猜測的。

第四十一章

「行了，吵吵嚷嚷像什麼話。」康天卓不悅地開口，朝堂上瞬間安靜了下來，他看著欲言又止的小丫頭。「王小姑娘，妳來說。」

王晴嵐眨了眨眼睛，小心翼翼地問道：「皇上，我能知道曹尚書是犯了什麼罪嗎？我奶奶曾經跟我說過，曹老夫人是世上最好的主子，沒有曹老夫人就沒有現在的王家，那麼好的主子肯定是個很好的人。」

康天卓看著王晴嵐，很快就明白她的意思。這姑娘心真大，不僅想要替自家人求情，還想要替曹家說話。該說她是感恩之人呢？還是愚蠢得沒腦子呢？自身都難保了還管閒事。

其實這也是計劃中的一環，會因為皇上的英明程度而變化。

「皇上，我知道有些機密事情，不是我們這些小民能夠過問的。不過，若是因為蝗災的事情，我們願意獻出我們家所有的積蓄，求皇上饒過曹尚書他們一家的性命。」說完，王晴嵐眼巴巴地瞅著康天卓。

朝堂上的官員都無語地看著王晴嵐。就她剛才的描述，他們家所有的積蓄拿出來有什麼用，還不夠吃一頓飯的。

只有康天卓認真地看著王晴嵐，沒說話。許是官員們嘲諷的目光太明顯了，這小姑娘一臉通紅，緊張地用手指頭揪著袖子。

「皇上，剛才我也說了，我四叔有些經商天分，四年前就開始開鋪子，賺了不少銀子。」彷彿是怕他不信，王晴嵐瞪大眼睛，急急忙忙地解釋。

康天卓卻在心裡感嘆，這小丫頭的四叔哪裡是有些經商天分，簡直就是奇才，孔家的那些人估計都比不上。

「王小姑娘，妳還是先擔心一下自己和家人吧。」終於，有個老大人看不下去了，好心地提醒道。

「為什麼要擔心？既然事情已經說清楚，皇上那麼英明，我們一家人肯定不會有事的。」說完，王晴嵐還一臉期待地看著皇上。

本來康天卓在知道具體情況後，就打算把無辜的人放了，不過現在，他更關心這丫頭後面說的事情。「你們家那點東西，對蝗災沒什麼用，帶回去好好過日子吧。」

王晴嵐鬆了一口氣。皇上沒有反駁，就是默認了她剛才的話，讓她整個人都輕鬆了起來。「皇上，相信我，我家四叔真的很厲害。」

把這些東西捐出去，不僅是因為要報答曹老夫人的恩情，而是經過今天的事情，他們家的百貨鋪子肯定會暴露在皇上面前，即使皇上英明，不貪這些東西，等到四叔和孔家約定的七年時間一到，第一個動手的恐怕就是孔家。

既然怎麼樣都保不住，還不如主動捐出去，一舉兩得。

於是，她說完這話，手就伸進王英越的懷裡拿出一疊紙來。因為太著急，順帶的把裡面的兩塊玉珮也帶了出來。

掉到地上，發出清脆聲音的那塊是她故意的；另一塊掛在王英越脖子上的，是無意間勾到紅繩被扯出來的。

這兩塊玉珮，讓站在前面的兩個人都變了臉色。

康天卓坐在龍椅上，高高在上地看著其中一人。即使對方現在已經恢復正常，可他依舊十分愉悅地在心裡幸災樂禍。

他倒是要看看，這個老狐狸這一次要怎麼收場。

「皇上，您看看這些，我四叔真的很能幹的。」

另外一個人的表情就直接多了，在其他人驚訝的目光下，幾個大步奔到王晴嵐和王英越跟前，撿起地上的玉珮。「這是哪裡來的？」

就是心中有準備的王晴嵐都嚇了一跳，更何況是躺在地上的王英越，如果不是強撐著，早就暈過去了，饒是如此，額頭上也是冷汗如雨。

「我的，還給我……」

王晴嵐擋在王英越面前，抬頭看著面前的男人。和她想像中即使不是滿臉橫肉，也應該是強壯魁梧的不一樣，面前的這位氣質儒雅、相貌堂堂，完全是一位魅力十足的中年大叔。

人就是那麼奇怪的生物，作為一個殺敵無數的大將軍，剛才眼睜睜地看著兩個孩子挨鞭子，心裡沒有半點感覺，如今知道這很有可能是自己救命恩人的親人後，看著兩個孩子身上交錯的傷痕，心疼得不行。「你們受苦了。」

「不苦的。」王晴嵐將聽到這句話差點就飆出來的淚水憋了回去，對著南宮晟搖頭，笑著說道：「大人，這是我爺爺給小八叔的，說關鍵時候或許可以保命，您能還給我嗎？」

「妳爺爺叫什麼？」南宮晟開口問道。

王晴嵐眨了眨眼睛。難道說了這麼久，她都沒有提起過爺爺的名字嗎？真是失策。

「王大虎。大人，您要相信我，我爺爺真的是個好人，他很厲害的。」

南宮晟點頭，整個人激動得都有些失態了。「他在哪裡？」

大殿上的皇上、大臣還有王晴嵐都滿頭黑線，心裡同時腹誹：南宮將軍，帶腦子了沒有？這麼蠢的問題都能問出來。

「行了，南宮將軍，有什麼私事你們私下裡解決。」康天卓一個眼神過去，南宮晟不得不回到原來的位置。另一邊，立刻就有太監下去，將王晴嵐手裡的東西呈上去。

即使有了苗鈺的情報，康天卓還是有些驚訝。「這些賣身契……」

「四叔說，那是現在各地負責百貨鋪子管事的賣身契。」王晴嵐老實地回答。

康天卓點頭，接著看著一張張地契，嚴肅的臉露出一絲笑容。「這些圖又是什麼？」

「糧倉的位置。」原本嘲笑他們的官員，也聽出了皇上問話裡的愉悅，一改自蝗災以來的陰沈。難不成這一家小蝦米還真能幫上忙？

「為什麼建糧倉？」康天卓再一次疑惑地問道。

「我不知道。」

即使知道，王晴嵐也不會說。她現在只是個十一歲的小姑娘，好些知道的事，都應該是從大人們那裡聽來的，這樣才正常。

「皇上，這些夠了嗎？」

「妳確定要用這些來換？要知道，沒有了這些，你們家可就窮了，以後的日子可能苦了。」解決了心頭大事，康天卓的心情很好，笑著問道。

「不怕，我們家人很厲害，再掙就是了。曹老夫人對奶奶恩同再造，我們是不能不報的。」王晴嵐很肯定地說道：「求皇上饒過曹大人他們的性命。」

康天卓不說話了，站在下面的官員卻急了。王晴嵐一家的生死無關緊要，可曹雲不一樣。

因此，立刻就有人站出來反駁，有反駁的自然就有支持的，大殿上再次爭論起來。

「皇上，這些事情我一直不耐煩管的，但我覺得，只要曹雲沒有做勾結外地、謀逆造反、結黨營私這樣罪不可赦的事情，饒他們一家性命也沒什麼不可以。」南宮晟一開口，聲音就壓過在場所有的人。

「臣同意大將軍的話。」接下來是一連串不怎麼發言的武官附和聲。

曹雲的罪名有幾分真假，康天卓心裡再清楚不過了，貪污是肯定的，但其他罪名大多都是政敵誣陷的。「王小姑娘，朕同意，並不是因為這些東西，而是感動於妳的一片赤誠。」

「多謝皇上。」王晴嵐笑著說道，即使覺得皇上心口不一，她也不會傻得去戳破。

「父皇。」

聽到這兩個字，康天卓一個冷眼甩過去，站出來的青年將所有的話都吞了回去，在場所有人都知道，皇上心意已決。

「王小姑娘，別高興得太早，朕只同意饒過他們性命，再想當官是絕對不可能的。」

「這樣就可以了，皇上，謝謝您！」

王晴嵐高興地說道，這已經是她和小叔計劃中最完美的結局了。

只是她臉上的笑容很快就僵住了，一直抓著她衣服的手忽然鬆開了。

王晴嵐回頭，果然看見王英越臉色慘白，整個人像死了一般地倒在那裡。

「小八叔！」

她趕緊伸出手指，用力地按在小八叔的大動脈上，感覺到那裡不停地跳動，緊張的心才放鬆一些。然後，兩眼一黑，自己也跟著倒在王英越的身上。

「皇上，請允許我帶著這兩個孩子離開。」

南宮晟跪在地上。另一個人也是心頭一緊，卻硬生生地止住了上前的腳步。

康天卓點頭，心裡也不由得感嘆，這兩個孩子也太實誠了，硬是要撐到把曹雲一大家子都救了以後才暈倒。

剛才那丫頭說，曹老夫人是最好的主子，他卻覺得，曹老夫人有天底下最好的下人，能在自由這麼多年後，依舊願意傾家蕩產地營救舊主。他的奴僕有多少能做到呢？

「趕緊帶回去吧，朕讓太醫隨後就到你府上。」

「謝皇上。」

南宮晟和兒子上朝，卻抱回來兩個血淋淋的孩子，立刻引起了南宮府上上下下的注意。

「蘇太醫，怎麼樣？」南宮晟緊張地看著隨之而來的太醫。

蘇太醫早已經得了康天卓的命令，即使兩人的傷勢看起來嚇人，卻連筋骨都沒有傷到，不過，他還是要按照皇上的要求來說。「兩個都沒有性命之憂。不過，這位小公子的傷很重，一定得注意，得好好地養著，不然會留下病根。」

南宮晟點頭。「這小姑娘呢？」

「她的傷還好，養傷小半個月應該就能下床了。」

「會不會留疤？」男人的關注和女人不一樣，南宮夫人見老爺這麼關心這一對孩子，開口問道：「蘇太醫，你得想想辦法，她是個姑娘家，身上留了疤，以後要怎麼辦？」

蘇太醫搖頭。「這傷口太深了，我沒有辦法。不過，南宮夫人或許可以問問第二家的大小姐。」

說完，蘇太醫才驚覺自己說錯了話。誰不知道南宮家和第二家是死對頭？

果然，南宮家所有人都沈默了。

等把太醫送走，南宮晟讓人看著王晴嵐和王英越，才出了房間。

「老爺，這兩個孩子是怎麼回事？怎麼受這麼重的傷？」

南宮晟在主位上坐下，看著身邊的妻子和下首的兒子，把玉珮拿了出來。「我從來沒想到，會在這樣的情況下再看到這枚玉珮。你說說，他們是不是傻啊，發生這麼大的事情，都到了京城了，也不知道來找我！」說到這裡，南宮晟有些鬱悶。「非要用那樣遭罪的法子，今天要不是那兩個孩子輪流挨鞭子，估計這御狀告不成不說，恩人一家子被砍了腦袋，我還啥也不知道。」

「爹，你別急，我覺得現在最重要的事情，就是去牢裡把他們接出來。」南宮晟最小的兒子南宮松笑著說道：「我覺得這中間說不定有什麼誤會。」

南宮夫人在一邊點頭，既然是老爺的救命恩人，她自然是心存感激。「老爺，你放心去吧，我會照顧這兩個孩子的。」

「嗯。」南宮晟點頭，起身離開。

此時，和南宮府只相隔一條街的第二府，家主第二昌匆匆忙忙地進門。

「爹，你回來了。」第二月笑著迎接。

第二昌看也沒有看她一眼，就從她身邊走過。

「老爺。」府裡最得寵的姨娘嬌柔地叫道，看著第二月的目光帶著得意。

只是，第二昌依舊沒有理會她，直接朝著後院佛堂奔去。

姨娘的臉色比第二月更難看。倒是第二月和第二嬌直接跟了上去，因為第二昌去的方向，是找她們親娘。

「姨娘，我們也去看看。」第二仙扶著自家姨娘小聲地說道。王姨娘即使不甘心，也知道，現在不是賭氣的時候。

佛堂所在的院子很簡陋，裡面的布置也是如此。第二昌走進去，就看見穿著樸素的夫人靜靜地跪在蒲團上，敲著木魚。

咚咚聲讓他心裡很煩躁，不過想到夫人心裡的苦，嘆了口氣。這些年，他又何嘗好過？

「夫人，別敲了，我今天很有可能見到朗兒了。」

這話一落下，第二夫人的動作果然停止了，回頭看著第二昌。「老爺，你沒騙我？」

「這麼大的事情，我騙妳做什麼。」第二昌的聲音帶著喜悅和激動。「那孩子跟月兒和嬌兒長得很像，妳還記得周歲生辰時，妳送給他的玉珮嗎？那孩子脖子上掛著的就很像。」

「那他在哪裡？」第二夫人已經是滿臉淚水，急切地問道。

「爹，你說的是真的，弟弟找到了？」

第二月和第二嬌心裡是真高興。第二昌點頭，一家四口在裡面驚喜萬分，但第二仙和王姨娘就笑不出來了，站在佛堂外的兩人悄悄離開。

即使和南宮家是死對頭，他們還是決定去一趟。為了確認那孩子是不是心心念念的嫡子，受點委屈、看點臉色又算得了什麼。

此時的第二月心裡高興，前世她太傻，直到死時才知道，弟弟走丟就是第二仙設計的。虧她之前還信了第二仙不是故意的話，甚至在親娘要處置第二仙的時候幫著求情，也因此直接寒了娘的心。

重生回來的時候，事情已經發生，如今能找到弟弟，對她來說是再好不過的事情了。

大牢裡，王家人一直提著心，焦急等待著，聽到腳步聲便伸長脖子看了過去。結果，夏雨霖母子都一臉失望，這人他們並不認識。

南宮晟離家以後，先去了皇宮，得到了聖旨之後，才到監牢。他站在門口，仔細地盯著王大虎，是記憶中的模樣沒有錯，才笑著問道：「大虎，還記得我不？」

王大虎點頭。「南宮校尉。」

「是南宮將軍。」一邊的獄卒看著南宮晟並沒有生氣，小聲地提醒道。

南宮晟一聽這稱呼，就知道兒子所說的誤會在哪裡了。原來他還不知道自己現在已經當將軍了。

「大虎，我記得你們家在富饒的蘇省，你不是有個兒子在讀書嗎？怎麼連我五年前打了勝仗，當了將軍的事情都不知道？」

王英文兄弟三人無語。南宮晟當將軍的事情，他們是聽說過，可他爹和他們講當兵時候的事情，一直是以南宮校尉來稱呼的，他們哪裡能想到爹口中的南宮校尉叫南宮晟。

王大虎自從回到了王家村，就一心一意地和夏雨霖過日子，加上他沒什麼好奇心，也不愛打聽，所以，他是真不知道南宮晟當將軍的事情。

「將軍，我兒子和孫女沒事吧？」王大虎開口問道。

「沒什麼大事，受了點傷。」南宮晟看著牢房裡的人，讓獄卒開門。「快些出來，皇上已經下旨，你們沒事了。」

王大虎六人這次是真的高興，站起身往外走。

一出了監牢，王家人就跟著南宮晟直奔南宮府。雖然南宮晟說得風輕雲淡，可不見到兩人，他們心裡還是放心不下。

於是，等到第二昌一家四口出現在南宮府門口時，正好與南宮晟對上。「第二昌，你來做什麼？」

南宮晟的語氣直接表明了他的不歡迎，臉上的敵意甚至都沒有掩飾。有些仇，無論過了多久，他都不會忘記的。

「南宮將軍，我們進去說吧。」第二昌笑著說道，他在心裡對自己說，不跟這不懂禮的武夫計較。

從馬車裡出來的王家人，聽到第二昌這個名字時，眉頭也皺了起來，瞪大眼睛看著面前的四人。果然是長得人模人樣，不過，就算心裡有再多的不滿，他們也不會像南宮晟那樣表現出來。

「大將軍，我們想進去看看孩子。」王大虎沈默寡言，南宮晟是個外男，夏雨霖不好開口，所以，王英文站了出來。

「進去吧。」說著，南宮晟帶著王家人就要往裡走。

「等等，你們就是收養朗兒的人吧？」第二昌笑著問道。

「大人，草民聽不懂你在說什麼。」王英文一臉疑惑。

「第二昌，你要是想找碴，就衝著我來。」第二昌還想問，直接被南宮晟擋了回去。

「大虎，我們進去，不管他們。」

王大虎一行六人點頭，匆匆地走了進去。南宮晟是最後一個進去的，然後，南宮府的大門就這麼關上了。

「老爺。」

第二夫人看著緊閉的大門，萬分焦急。兒子很有可能就在裡面，她卻見不到，這對於一個當娘的人來說，是何等煎熬。

「娘，妳不要著急。」第二月說完，得到的是第二夫人的冷漠眼神，她也不在意，心想，只要找到弟弟，這一切都會改變的。「爹，我們進宮。」

「嗯。」第二昌點頭。「夫人，妳和嬌兒先回去等消息。」

「不用，老爺，你快些去，我就在這裡守著。」兒子已經丟了一次，她怎麼還敢離開，第二夫人一臉堅持地說道。

沒有辦法，第二昌只得留了人在這裡陪著夫人。「嬌兒，照顧好妳娘。」

「爹，放心吧，你和姊姊快去快回。」

第四十二章

南宮府裡，王家人見過南宮夫人和南宮松後，沒怎麼寒暄，就去看王英越和王晴嵐。

饒是心中有準備的他們，看著整個人都被包著的王英越和王晴嵐，都有些呼吸不過來。

夏雨霖是抓著王大虎的手，才沒讓自己倒下。

南宮夫人倒是能理解他們的心情。「你們放心，太醫看過了，好好養著，就不會留下病根。」

王家人都不笨，聽出了話外的意思。

「夫人，嵐兒的身上會不會留疤？」王詩涵紅著眼睛問道。

南宮夫人嘆了一口氣，讓王家人的心都跟著緊了起來。「太醫說沒有辦法，不過，京城裡的人都知道，大康醫術最高的不是宮裡的太醫，而是第二家的大小姐。」

原本眼睛一亮的王家人，一聽到這個名字的時候，又暗了下去。

「我們家和第二家有舊仇，所以……」說到這裡，南宮夫人是一臉歉意。

「夫人不必為難，這一遭，我們一家人能活著，已經很不容易了。」夏雨霖擦了眼淚，坐在床邊，看著躺在那裡一動不動的王英越。「這樣的大難我們都度過了，還有什麼過不去的。」

南宮夫人點頭，說了幾句就離開了。

「娘，妳說我是不是做錯了？」一直自信的王英卓開口問道。「如果不是我把那麼大的事情交給兩個孩子，他們也不會……」

「英卓，他們做得很好，不是嗎？」夏雨霖笑著反問。

「五弟，這跟你沒關係，你也不要鑽牛角尖了。這仇我們是無論如何都要記住的，第二家又怎麼樣，我就不信他們會一直這麼順風順水。」王英文開口說道。

「五弟，我和二哥能做的有限，報仇多半是要靠你的。」王英奇點頭。

對於第二昌進宮，康天卓絲毫不意外。「這事朕幫不了你們，南宮晟什麼樣的性子，想必你心裡也清楚。」

「皇上。」第二昌沒想到皇上會拒絕，他只是想看兒子而已，這過分嗎？

「行了，事情朕會跟南宮晟說的，不過，你也該好好反思一下了，曹家的事情，朕可不信你沒有插手。」

第二昌臉色一變，想要解釋，卻被皇上阻止了。

「你放心，曹雲的事情到此為止，朕沒打算再追究，畢竟現在最重要的還是蝗災的事情。不過，朕還是想要提醒你一句，有些事情不要做得太過了，否則，會有報應的。」

第二昌哪裡會不明白皇上的意思。若那孩子真的是他兒子，那麼，他今天挨的鞭子，其實他這個親爹也有份。想到這裡，第二昌驚出一身冷汗。幸好王家的小姑娘來了，不然，他兒子有可能就在他眼皮子底下被活活打死。

他無法想像，當那孩子變成一具屍體後，他再看到那塊玉珮，那會是怎樣的噩夢。

他在慶幸的時候，第二月也是同樣的心情，甚至她所受的驚嚇更甚。不管是什麼樣的原因，讓王家人現在依舊安然無恙，可她現在只為這結果高興，因為，她的人之前若真的得手，是不是就意味著她殺了自己的親生弟弟？

帶著同樣的心情，父女兩人沈默地回到第二府。他們都覺得要好好想想，接下來該怎麼做。

「小姐，這是好事啊，恭喜小姐。」綠蕪笑著說道。

「現在還不能確定。」第二月話雖然是這麼說，可臉上的笑容出賣了自己的好心情。

「小姐，少爺雖然找到了，可有些事情能發生第一次，恐怕就會有第二次。我覺得王姨娘她們肯定不會什麼都不做的。」紅袖沈穩地提醒道。

聽到紅袖的話，第二月似乎整個人都被黑暗所籠罩，散發著陰冷冰涼的氣息。「紅袖，妳讓人看好王姨娘和第二仙，任何舉動都不要放過，我等著她再次出手。」

「是，小姐。」知道小姐心裡已經有了計劃，紅袖便不再多說。

半夜時，王英越和王晴嵐開始發燒，並且越來越嚴重，小臉紅得嚇人。王大虎一家人分成兩批守在床邊看著他們，在大夫沒來之前，不斷地用他們能想到的土辦法給兩人降溫。

同樣是發燒，叔姪倆的表現卻完全不一樣。王晴嵐是噩夢一個接著一個，胡話一大堆，一會兒叫著這個快跑，一會兒又吼著那個別出來，中間還夾雜著淒厲的哭聲，呼痛的聲音。聽得難過的王詩涵眼淚就沒有斷過，王英文和王英奇兄弟兩人陰沈著臉，嘴上卻不斷溫柔地安撫著她。

比起她房間裡的熱鬧，隔壁的王英越那裡就安靜許多。只是，從那孩子嘴裡時不時地冒出一個細小的聲音，可憐兮兮地叫著家裡的人，特別是那聲「娘」聽得夏雨霖是心如刀割。

等到大夫看過，餵了藥，退了燒，天已經快亮了。

「將軍，夫人，給你們添麻煩了。」王大虎對著後半夜也沒怎麼睡，幫著他們請大夫的南宮晟和南宮夫人說道。

「大虎，你別那麼客氣，我昨天不是就說過了嗎？把這裡當作自己的家，有什麼事情就指使府裡的下人。」南宮晟笑得一臉不在意。

南宮夫人看著天色。「老爺，你該上朝了。」

「不去，反正朝廷裡的那些事情我也插不上手，吩咐人請假就是了。」南宮晟打了個哈欠，說完這個，看著王大虎又補充了幾句。「你們這些日子受了不少苦，好好休息，別這兩個孩子還沒好，你們就把自己的身體弄垮了，那才得不償失。大難不死，必有後福，知道不？」

王大虎點頭，送走兩人之後，看著兩個孩子已經睡沈了，王家人留下年輕力壯的王英卓和王英奇守著，其他四人就去休息了。

只是，誰也沒有想到，快到午時的時候，皇宮來人，說是宣南宮晟和王家兄弟三人進宮。

若是以往，王家人恐怕會擔心不已，可現在經歷了這麼多，意外之餘很快就冷靜下來，也想到了皇上找他們是為了什麼事情。

昨天，王家人從牢房裡出來，一身狼狽地就去看兩個孩子，晚上雖然收拾好了，但所有人的心思都在兩個發燒的孩子身上，直到現在，南宮晟才真正地打量起王家的三個姪兒。

兄弟三人站在那裡，鎮定內斂的表情，舉止有度，聽見皇上召見也不慌張，南宮晟是越看越喜歡。難怪王家的兩個小孩都敢告御狀，這一家子似乎除了大虎是個老實性子外，其他人都不簡單。

王英文兄弟三人自然不會因為第一次進皇宮就激動得理智全無，到處亂看，他們跟在南宮晟身後，目不斜視，一臉認真地往前走。等真正見到皇上後，規規矩矩地行禮，聽到皇上叫起身後再起來，微微低著頭，安靜地站著。

「南宮將軍，你先坐會兒。」康天卓對南宮晟瞪第二昌的動作視而不見。

「是。」南宮晟在第二昌的對面坐下，那模樣、眼神，恨不得把第二昌吃了一般。

康天卓這才正眼打量著王英文兄弟三個。果然和情報上說得差不多，完全沒有普通人見到他時的誠惶誠恐，大大方方地站在那裡。

「朕有幾個問題想問你們。」康天卓笑著開口說道。

「皇上請講。」作為三人之長的王英文回話。

「你們家其他的人呢？」

「回皇上的話，出於一些原因，把他們送走了。」王英文覺得這個回答太敷衍，皇上肯定不會滿意，又補充道：「近幾年來，草民感覺總有人在針對我們家，為了家人安全，就想著舉家遷移。」

聽到這話，康天卓不著痕跡地掃了一眼第二昌，這事他是知道的。

「為什麼你們家會有那麼多糧食？」

「前幾年存糧，是為了保險，後面這一年是因為天氣。去年，草民的大哥就時常說天氣熱得有些不對勁，草民也經常聽到村子裡的人說，特別是去年冬天，暖得有些不可思議，村子裡的人都很憂心，老人說明年可能會有災害。」事關性命，他們做的每一件事情，都已經想好了理由。「我和四弟所開的鋪子，跟好些人有協議，若遇上災害，會給他們活下來的基本口糧。」

王英文後面的話，康天卓沒放在心上，因為前面那一部分，已經讓他笑著的臉黑了下來。「你的意思是，對於這一次的蝗災，你們在去年就有預感？」

「回皇上的話，是。」王英文老實地回答。

「放肆！這麼大的事情，你們為何不提醒當地的官員？」康天卓看著王家的三兄弟。「據朕所知，王英卓還是個舉人，一個沒有半點報國之心的舉人，讓朕很失望。」

王家三兄弟齊齊地跪下，南宮晟也顧不上第二昌了，開口就想求情。不過，被冷著臉的康天卓一個凌厲的眼神阻止了。

「回皇上的話，去年夏天，我就把這件事情告訴縣令大人了。當時他答應我會把事情往上報，我娘也曾想過，給曹家老夫人請安的時候，把這事告訴曹老夫人，可不巧的是，曹老夫人不在蘇城。」王英卓開口說道：「況且這事畢竟只是猜測，別說村子裡的人，就是我也有著僥倖之心。」

南宮晟聽著他的話，在心裡狂點頭，這樣沒有發生又不能確定的事情，還是這麼大的事情，誰敢亂說，一個妖言惑眾的罪名就能要人命。

「為了以防萬一，我們把家裡所賺的銀子都拿來買糧食，想著就算是發生了災害，我們的糧食也能撐一段時間。」

康天卓也知道他的責怪沒有道理，該死的是欽天監和大司農那些人，吃著朝廷的俸祿，連普通的百姓都能覺察到的事情，他們竟然沒有上報，簡直是該死。

這麼一想，再看著地上跪著的三兄弟就順眼多了。多好的子民啊，知道王家人所做的事情後，他就明白，蝗災發生到現在已經有一段時間了，各地依舊平靜如常；恐怕是他們在支撐。

「起來吧。」

「謝皇上。」王家三兄弟齊齊地說道。

「照常理來說，你們傾家蕩產地幫助災民，為朕分憂，朕不應該再要你們的百貨鋪子；只是，朕對你們提出的保險一事很感興趣，準備專門設立這麼一個機構，負責此事。」康天卓很難得地解釋道。

「回皇上的話，您能寬恕曹大人一家，草民感激不盡。不怕實話告訴皇上，草民的四弟懶惰成性，就算沒有發生這次的事情，也最多再開兩年鋪子，他一開始就想著掙足了夠花的銀子，就回家享清福。」

即使是說著這樣的話，王英文也很認真，一本正經的樣子。

可聽在康天卓和南宮晟耳朵裡，卻覺得很不像話。他們一大把年紀都還沒有享清福，這年紀輕輕地不做事，享什麼福。

「王英奇。」皇上點名，王英奇開口說道：「草民在。」

「你兄長說的可是真的？」

「是，草民是這麼打算的。」王英奇從不否認自己的懶。

康天卓一時間不知道該說些什麼，不過，心裡卻打算，一定要給這小子找點事情做。享清福？作夢。

接下來，康天卓又著重地詢問了保險，以及他們到底有多少存糧的事情。前者利國利民，康天卓不由得滿意地點頭，而後聽到他們所說的糧食數量時，卻差一點失態了。

他終於明白，為何苗鈺會在情報上說王英奇是經商奇才了。

處理完正事，康天卓再次開口說道：「朕叫你們來，還有另外一件事情。朕且問你，王英越可是你們的親弟弟？」

若是剛才皇上的問題，他們都有準備，才能不慌不忙地回答，那麼現在，他們心裡是驚訝的，不過面上沒有表現出來。

「回皇上的話，英越是草民的親弟弟。」

第二昌好不容易等到皇上終於詢問自己最關心的問題，沒想到得到的是這樣的答案。

「你胡說！」

康天卓也沒想到，他剛才還看好的人，竟然敢在他面前撒謊。

王英文沈默以對。

「王英卓，這個問題，朕希望你能考慮清楚再回答，欺君之罪，可是要掉腦袋的。」康天卓這話明顯是在提醒對方，他已經知道事情真相。

情報上說，這幾個兄弟之中以王英卓最聰明，那麼，他應該能聽明白他話裡的意思。

其實，不僅是王英卓聽得明白，就是王英文兄弟兩人也清楚。「回皇上的話，英越就是我的親弟弟。」

「你娘親生的？」

「是的。」

冥頑不靈！康天卓有些生氣，這三人怎麼就這麼不識好，想到他們的功勞，他還是決定再給他們一次機會。「現在，有人告訴朕，你們家英越是他失散多年的兒子。」

「第二昌，哈哈，你不會以為英越那孩子，是你的親生兒子吧？」南宮晟看著焦急不已的第二昌，再聽皇上的話，一瞬間明白過來，像是聽到極其好笑的笑話。

康天卓沒有錯過王家三兄弟聽到南宮晟的話時，身體細微的變化。果然如苗鈺所說，這是一齣好戲。

「回皇上的話，人有相似，這並不奇怪，不過，英越確實是草民的親弟弟。」王英文繼續欺君。

「皇上，我想見見那孩子，是與不是，到時候自然一清二楚。」對於這個有可能是失而復得的嫡子，第二昌說什麼也不會放棄。

「你們怎麼說？」

王英文同樣不鬆口。「回皇上的話，英越昨晚發燒，如今在養身體，不管這位大人有多心急，草民希望能讓那兩個孩子安心養傷。」

「我就是看看他。」

「等小八傷好了再說。」王英文鬆口。

第二昌退步。「需要多久？」

「一年。」

第二昌聽到這兩個字，一下子就火了。「你們別欺人太甚！」

「英越是我的親弟弟。」王英文用力地說出親弟弟三個字。

「那是我兒子。」

「大人想必身分不低，昨日的事情應該都看在眼裡，你若是他親爹，怎麼會眼睜睜地看著他受罰？」王英文抬頭，一臉嘲諷地看著第二昌。「皇上，誰是英越的親人，一目了然。草民敢用人頭作保，不說我那陪著英越挨鞭子的三姪女，我們王家任何一個人都能為了家人犧牲。這『家人』自然就包括英越在內，大人，你敢嗎？」

康天卓看著王英文，心裡說沒有一點震動是不可能的。

「你這是在胡攪蠻纏。」第二昌還真是不敢正面回答他的話。嫡子是重要，可還沒有重要到讓他不顧性命的地步。

「我退一步來說，不說大人你們家的人，畢竟以大人的身分，肯定有不少庶子、庶女，大人不敢保證我能理解。不過，大人，你自己能做到嗎？」王英文嘴上說著退一步，實際上卻是步步緊逼。在皇上面前，他就賭第二昌不敢輕易點頭。「只要大人你說你能做到，看在你一片愛子之心的分上，就算我知道英越真的不是你的兒子，我也讓你即刻就去見他，了你一樁心事。」王英文再一次說道。

康天卓看著完全沒有剛才老實恭敬的王英文，面對第二昌時，絲毫沒有掩飾自己的敵意，更是言辭犀利地逼得第二昌無話可說。這一家人，果然有趣。

至於第二昌的表現，一點也不會出人意料，因為這在他看來才是正常的。

「哼，他本來就是我的兒子，為什麼要你同意？再說，我兒子之前是為了救你們才挨鞭子的。」第二昌一副「你們為他不要命」也是理所當然的模樣。

「大人，因為你不敢，所以，你不會明白這樣的感情。英越和我姪女明知道告御狀會挨打，依舊沒有退縮，他們不怕嗎？不，他們怕得很。他們只是兩個十來歲的孩子，大人都不敢做的事情，他們怎麼能夠不害怕？你更不會知道，為什麼小八會在告御狀之前把我姪女迷暈，而我姪女會不要命地跑過來挨打，都只有一個原因，我們是真正的一家人。」

「事實是怎麼樣，不是你三言兩語就能夠扭轉的。皇上。」第二昌再次懇請康天卓允許他去看兒子。

孬種，這是南宮晟在心裡對第二昌說的話。

「行了，第二昌，你先回去吧。這事不著急，等到王英越養好傷再說吧。」康天卓不耐煩地說道。因為無情，所以才正常。可出現個不正常的之後，他哪怕知道真相，也覺得王英越這孩子是王家的人更好一些。

「皇上。」第二昌看著康天卓的表情，只能把還想說的話吞了下去，有些頹廢地退了下去。

第四十三章

「好大的膽子，王英文，你們竟敢欺君。」康天卓看著王英文說道。

對此，王英文兄弟三人並不意外，跪在地上。「皇上，是不是親生的對於我們來說並不重要，英越就是我們的家人。」

這話等於間接地承認王英越並不是他們親生弟弟的事實。

「這是你們的私事，朕並不想插手，不過，既然第二昌已經求到朕面前，朕也不能不管。」

「皇上。」南宮晟看著康天卓。他沒想到那孩子真的是第二家的人，完全不像啊，不過那是個好孩子，南宮晟真心不希望他回到第二家。

「我和第二昌都是您的大臣，我現在也求您，別讓那孩子回去了，您可別偏心。」這樣的話也就南宮晟敢說。

「朕偏心過嗎？」康天卓笑著說道：「既然南宮將軍替你們說話，那朕就不偏不倚地秉公辦理。你們和第二昌就算說得天花亂墜也沒有用，關鍵還在那孩子身上，他若是想要認回親生父母，朕不能攔著，也不允許你們攔著。」

「可小八要是不想呢？」王家三兄弟同時抬頭，看著康天卓。

「那麼，他就永遠是你們王家的孩子。」康天卓沒有再為難三人。

想到那份有九成把握的情報，雖然陰差陽錯地讓這幾個孩子斷了和他的關係，可這並不妨礙他在國事之外，將他們當成晚輩看待。

皇帝垂眉，眼裡盡是殺機。第二家是上梁不正下梁歪，寵妾滅妻，膽大包天，如果沒有第二嚴的欺君罔上，他的皇后又怎麼會是一個低賤女子？

更慘的是這三個孩子的母親，明明應該是一國之母，卻因為第二嚴的私心，當了那麼多年的奴婢。想到這裡，他就更憐愛面前的三個孩子了。

「多謝皇上。」三人開口說道，心裡明白，這話雖然看起來挺公正，實際上卻是偏向他們的，誰讓小八現在跟他們在一起呢？

「王英卓，好好準備，朕希望在明年的會試上能看到你上榜的名字。」康天卓開口說道。

王英卓再次謝恩。皇上這話透露了一個訊息，今年因為蝗災而停辦的會試，明年將會再次舉行，比起再等三年，這確實是個好消息。

王家兄弟三人回到南宮府，兩個孩子還沒有醒。

夏雨霖、王大虎還有王詩涵並不關心其他的事情，他們的重心完全在王小八的身分上。

「這麼說，小八極有可能是第二家的公子？」

兄弟三人點頭。

「這事你們做得好。那第二昌並不是個好父親，不管是昨天在大殿上，或今天在皇上面前的表現都說明了一切。雖然我們家和第二家比起來差遠了，但至少不會讓小八受委屈。」

想到第一次見到小八時的樣子，夏雨霖就堅持這個觀點，至於兒子的選擇，她一點也不擔心。

「現在還有一件很重要的事情，小八這傷勢估計要養不少的時間，我們也不能一直這麼打擾大將軍。」夏雨霖對著三個兒子說道：「你們抓緊時間，在京城打聽一下，租一個不用太好，我們一家子能住下的院子。」

「嗯。」王英文點頭。這事他們都贊同，至於銀子的事情，有四弟在，租個小院子的錢根本就不用擔心。

王晴嵐醒來時已經是傍晚了，身上疼得難受，渾身也沒有一點力氣。不過，看著守在床邊看書的小叔，她直接咧開了嘴，笑得傻兮兮的。

「小叔，我們是不是都沒事了？」

「嗯。」王英卓點頭，笑著問道：「有沒有哪裡難受？」

「渾身都難受。小八叔呢？」

「隔壁呢，他傷得可比妳重得多，不過沒大事，養養就能好。」王英卓放下書，看著王晴嵐。「嵐丫頭，這次多虧妳了。」

「嘿嘿，其實我也沒做什麼。」一被誇獎，王晴嵐反而不好意思起來。「對了，這裡是哪裡？」

「將軍府。」

「哦。」王晴嵐聽到這三個字並不奇怪，還想要問她暈過去之後的情況，肚子卻咕嚕地叫了起來。

「妳等等，我去給妳端點吃的。」

再次進來的卻是王詩涵。「涵姑姑，妳瘦了。」

「很快就會吃回來的。」之前為弟弟和姪女掉了很多眼淚，如今見王晴嵐醒過來，她開心得很。「妳也是，多吃點。」

第二夫人對於自家兒子是望眼欲穿，心急如焚；然而，老天爺卻像是故意折磨她一般，心心念念了這麼多年的兒子，好不容易有了消息卻見不到人，這不是要她的命嗎？

接著又從下人口中知道兒子告御狀挨鞭子的事情，直接就去了半條命，如今正病懨懨地躺在床上。

「娘。」第二嬌守在她身邊，看著母親神不守舍的模樣，跟著掉眼淚。

「朗兒。」第二夫人嘴裡念叨著兒子的名字。這些年一直吃齋唸佛，長期不出門的她很清瘦，臉色也蒼白，如今這一病，看起來就像是病入膏肓的垂死之人。

「娘，妳別嚇我。」第二嬌握著她的手，一臉擔憂害怕。

第二月處理完下人進來，就看見這樣的一幕，難受的同時，心裡也增添了幾分煩躁。「嬌兒，妳哭什麼？」

「大姊，我害怕。」第二嬌流著眼淚，十分老實地說道。

第二月看著臥床的娘，也愁得不行。她明白娘完全就是心病，只要一看見朗兒，肯定百病全消。關鍵是現在弟弟在將軍府，再加上這段時間風聲有些緊，她真的不敢冒險。

不過，娘現在這個樣子，她也不能不管。她想了想開口說道：「娘，再等等，我來想辦法，一定會讓妳見到朗兒的。」

第二夫人眼睛一亮，看著第二月問道：「什麼時候？」

第二月的心情複雜得很。這幾年，她從來不理會自己，如今倒是願意跟自己說話了。不過，想著在家裡生悶氣、準備撒手不管的爹，心中嘆氣。「娘，妳好好養身體，就這幾天。」

王英文兄弟的速度很快，沒多久就找到一個不錯的院子，收拾好後就準備搬出去。離開前，夏雨霖和王詩涵做了一大桌子菜，感謝南宮將軍的幫忙和收留。

酒喝得差不多的時候，王大虎就把第二天要搬出去的事情提了出來。

「王大叔，是不是家裡的下人怠慢了你們？」南宮松第一個想到的就是這個。

「不是，都挺好的。」王大虎連忙否認。

「大虎，到底是為什麼？你不說出個理由來，我絕對不會同意的。」南宮晟很強硬地說道：「在這裡住得不是挺好的嗎？搬什麼搬。」

王大虎是老實人。「將軍，我們一大家子這樣實在是太打擾了，再說，我們房子都找好了。」

「你——」

南宮晟聽到這話，氣得都不知道該說什麼好了。以前王大虎雖然對他有救命之恩，但還是他手下的兵，他可以命令他；可現在不一樣了，雖然他是大將軍，王大虎是百姓，但他總不能用這樣的身分和權勢強迫他吧？

「王大伯，你要搬出去，小姪心裡多少有些明白原因，只是，可否讓我們先去看看你們找好的房子？其他的先不說，環境是否安全是最重要的。我想我爹若是不能確定這一點，肯定不會安心的。」南宮松開口說道。別人家再好，也不可能比得上自家方便自在。

南宮晟點頭，不給他們反駁的機會，直接拍板。「就這麼說定了，要麼讓我滿意，要麼你們就繼續住在這裡。」

因此，下午時，王英文兄弟帶著南宮晟父子去看他們找好的房子。找房子的時候，安全問題就是王英文他們著重考慮的，地方距離將軍府很近，環境也挺好的。

只是看到房子後，南宮晟父子兩人的臉一下子就黑了。這麼破舊，怎麼能住人？

在他們眼裡看著破舊的房子，在王家兄弟看來卻是非常不錯。雖然看起來年代有些久，可也是一個完好無損的小院子，裡面什麼都不缺。他們找了兩天才找到這麼滿意，價格又能接受的房子，挺不錯的。

「走，跟我回去！你們要是住在這裡，我立刻就讓人把這屋子給拆了！什麼破地方，你們怎麼能讓你們爹娘住在這裡。別忘了，還有兩個孩子在養傷，這樣的環境，實在是太糟心了。」南宮將軍說完就直接往外走。

王英文兄弟三人很少反對長輩的意見，只是把目光集中在南宮松身上。

「三位兄弟，別這麼看著我，你們這地方，別說我爹，就是我都覺得太破了。我們家下人住得都比這個好，你覺得我爹會同意讓自己的救命恩人住在這種地方嗎？」南宮松搖頭。

「這裡挺不錯的。」王英文開口說道，王英奇和王英卓跟著點頭。「我們家除了比這裡大點，還沒這兒好呢。」

他們說的是實話。這小院子除了比他們家的年代久一些，其他的都比自己的家還要好，用那麼低的價格能租到這裡，已經很滿足了。

只是，這話不說還好，一出口，原本走出幾步的南宮晟又殺了回來，氣勢洶洶地叫道：「王英奇！」

南宮晟瞪大眼睛，滿臉怒火。「好啊你，我原本以為你是個孝順的孩子，沒想到你竟然還敢說，你爹娘住的地方比這兒還要爛？你掙那麼多的銀子，為什麼不給他們建好房子？」

想到王英奇享清福的事情，他心裡的火氣更甚。

「南宮將軍，你誤會了。我們村子裡，除了村長家的院子，就是我們家的院子最好了。」王英文連忙解釋道。

「最好的還比不上這裡？」南宮晟一臉鄙夷。

王家兄弟也不知道該怎麼說了，他們明顯階級不一樣，所以標準也不一樣。他們要是真的在村子裡建一幢能入了南宮將軍眼的房子，那才是腦子有病。

「行了，我不跟你們說了，回去我跟大虎說。我告訴你，這房子你們想都不要想，走吧。」說完，南宮晟轉身就離開。

南宮松想了想。「房子的事情交給我就好，我知道你們的心思，放心，肯定會讓你們搬出去的。」說完，顛顛地跑到南宮晟身邊，小聲地嘀咕了好一會兒。

跟在後面的三人明顯感覺到這位大將軍的怒火小了許多。

南宮晟沒有回南宮府，而是直奔皇宮而去。

皇宮裡，康天卓好不容易將正事處理完，正準備找個漂亮的妃子去逛逛御花園，舒緩一下身心，南宮晟就這麼不識相地出現了。

「皇上。」

康天卓看著苦著一張臉，要哭不哭模樣的南宮晟，眉心一跳，趕緊阻止。「有事就說。」

「皇上，您也太沒有良心了。」南宮晟跪在地上，突然說了這麼一句。

他接著演。「王家人慘啊！滿是蜘蛛網，到處漏風的房子，他們竟然還覺得不錯，準備搬進去住，微臣只要一想起來就覺得心酸不已。」

「他們不是在你家住得好好的嗎？」康天卓聽出了重點，皺眉問道。

南宮晟點頭。「我都說了，讓他們把我家當自己的家，可他們非要搬出去。說什麼小八養傷要好長一段時間，還有老五明年要考試，他們至少要明年下半年才能回他們那個破村子，哪裡好意思打擾我這麼久。皇上，您說，他們那麼見外做什麼，我說讓他們當自己的家住，這就是我心裡的意思，我是那種虛頭的人嗎？」

好囉嗦，康天卓在心裡如此說道。

「今天我去看他們找的房子，好傢伙，看得我嚇一跳，那是人住的地方嗎？王家那幾個不孝子還說，他們村子裡的房子比那裡還差。皇上您說說，他們掙那麼多的銀子，都捨不得給爹娘建個好房子住，是不是很不孝？」

南宮晟又是好一陣數落。

「行了，朕知道你的意思了。」康天卓沒好氣地拿起手邊的聖旨，扔到南宮晟面前。

「朕早就準備好了，可沒你說得那麼沒有良心。」

南宮晟跪在地上，拿起聖旨，打開一看，頓時眉開眼笑起來。果然是皇上，這想得也太周到了。「皇上英明。」

「還有事？」康天卓斜眼看他，意思表達得十分明顯，沒事就趕緊滾。

「微臣告退。」

南宮晟是高興了，不過一看到聖旨，王家人卻是傻了眼。皇上賜給他們家一套府邸，和將軍府在一條街上，據說是某位貪贓枉法的大官被砍頭之後空出來的。

老大和老三家一人一個農莊，在京城郊外；老二和老四在家裡待命，沒說什麼事情，不過，每個月都有俸祿可以拿，似乎還不少。

除此之外，聖旨還特意強調了，讓他們一家子都留在京城，家裡其他的人不久之後也會來這裡，很隱晦地表達了他們在京城，屬於天子腳下，只要不違法亂紀，就會受天子保護；至於京城之外，就不敢保證了。

「這不是挺好的嗎？」南宮晟笑著說道。

「嗯。」王大虎點頭，看向夏雨霖，見她的表情沒什麼不對勁，才放下心來。

「所以，以後我們都要在京城生活了？」王晴嵐問著王詩涵。

「嗯。」

王晴嵐沒覺得什麼，倒是王詩涵，回自己房間睡覺時，看著床上多出來的十幾床被子，沒有驚訝地收拾好，只留下一床，安靜地蓋在身上，閉眼睡覺。

接下來的日子，王家人就頻繁地來往於南宮府和他們的新家之間。王家的新府邸很大，夏雨霖做了規劃，收拾的時候幸虧有將軍府的下人幫忙，不然他們還有得忙。

「娘，這房子是挺好的，就是太大了些，不好收拾。」王詩涵說完，又覺得自己有些得了便宜又賣乖的嫌疑。

「以後各自的院子各自收拾，懶得收拾的，就自己花錢請下人伺候。」說著這話的時候，夏雨霖是笑看著四兒子說的。

王英奇也跟著笑。「娘，我是個懶的，可我家媳婦很勤快啊，不用請下人。」他懶是懶了些，可只要一想到自己的家裡像將軍府那樣奴僕成群就很不自在。

「夫人。」

這天，王家六人從自家出來，要進將軍府時，被一個模樣嬌俏的姑娘攔住，看著她直接跪在面前，嚇了一跳。

「姑娘，妳先起來。」夏雨霖看著面前的姑娘，趕緊說道。

第二嬌，也就是那位姑娘直接搖頭。大姊說只要幾天，卻一直拖了半個多月都沒有動靜。娘現在的情況是越來越不好，她找大姊詢問，大姊只說再等等，去問爹，爹也是一臉不耐煩。

沒辦法的她，只能一個人偷偷溜出來，等了好幾個時辰才等到他們。

「夫人，我求求妳了，讓我見見我弟弟吧。」第二嬌開口說道。

果然還是來了。只是，沒想到隔了這麼些天，來的竟然是這麼一位小姑娘。

對此，王家人對第二家的印象就更差了。

夏雨霖想了想，對著王英文說道：「你先進去問問南宮夫人的意思。」

「好。」

夏雨霖這才轉過頭，看著第二嬌。「妳先起來。這裡是南宮府，我不知道你們家和南宮府有什麼糾葛，可若是南宮夫人不想讓妳進府，我也沒有辦法。」

第二嬌一聽，眼淚流得更凶了。

「妳先別哭。」夏雨霖皺眉。怎麼說第二家的家世應該十分顯赫，怎麼一個女兒狠毒，另一個卻是個淚包，這到底是怎麼教育的？

「聽我把話說完。這個月底，我們就會搬家，到時候我會讓妳看英越的。」

「真的？」第二嬌一臉驚喜。

「真的，妳先起來吧。」

更驚喜的情況還在後頭。南宮夫人並沒有阻攔她，進去的時候，第二嬌好好地整理了一下衣服，再拿出鏡子，照了照自己的臉，笑嘻嘻的模樣讓王家人感嘆，這姑娘倒是個天真性子。

「第二姑娘，朗兒就在房間裡，不會跑。」夏雨霖看著她著急的模樣，阻止道：「我有些話想先跟姑娘說說。」

第二嬌乖巧地點頭。「夫人，妳說。」

與此同時，王英越的房間裡，王英文兄弟三個外加王晴嵐都看著他。

「二哥，你們有事？」王英越開口說道。

兄弟三人拖了這麼久，知道現在是時候把事情告訴他了。

他們挑選著話語，以非常委婉的意思告訴他。王英越自然聽得明白，本來就沒有養好的臉色又白了幾分，看得他們都有些心疼。「二哥，我……」

「小八，別怕。」王英文開口說道：「我們永遠都是一家人。」

王英越所有的記憶都是關於王家的。至於第二家，在他心裡就是仇人，可怎麼也沒有想到，第二家的人竟然會認為自己是他們的兒子，這實在是太荒謬了。

王晴嵐也震驚得不行。她記得書中關於第二朗的事情，都是來自女主和第二家的回憶，他在年幼時走丟，後來好不容易有了線索，可第二朗已經病死了。

對了，好像也是這一年，收養第二朗的夫婦走投無路之下，把第二朗的玉珮當了，然後被女主找到，那一家子據說因為沒有照顧好第二朗，和他們王家一樣，一大家子都被炮灰掉了。

再看看面前的小八叔，這也太巧合了吧，就算書中收養第二朗的那對夫婦似乎也在蘇省，可他們家遇上小八叔的機率真的好低。

仔細想想，她總算找到理由了，不就是蝴蝶效應造成的嗎？如果不是剛穿過來的她攛掇著家人分家，折騰那一通後，奶奶把親爹送到縣城，在親爹回家的那一天遇上小八叔……

「小八叔，我看就是那第二昌胡說八道，他們想要兒子自己生去，你是我親叔叔，誰敢搶我就跟他拚命。」果然不是一家人，不進一家門，瞧瞧王晴嵐這假話說得跟真的一樣，和王英文在康天卓面前的表情都是一模一樣。

然後，她的額頭就被小叔敲了一記。「妳一個姑娘家家的，別沒事就想著跟人拚命，像什麼話。」

「哦。」王晴嵐的氣焰一下子就弱了下去。

「二哥。」王英越被這麼一攪和，有些亂的心竟然穩定了下來。

「嵐丫頭雖然不著調，不過，她這話說得沒錯，只要你想，你就永遠都是親的。」王英文並沒有想瞞著王英越，後面這句話既表明了他的態度，也說明了事情的真相。

這一次，王英越沒有半點猶豫。「那肯定就是真的。」

第四十四章

外面，第二嬌瞪大眼睛看著夏雨霖，聽著她訴說第一次遇見王英越時的樣子，心疼得又開始掉眼淚。

從弟弟走丟以後，她便想過他會吃很多的苦，卻沒想到會那麼苦。

「第二姑娘，我看得出來，妳是個好孩子。」雖然眼淚多了一些。夏雨霖笑著又遞上了手絹。「小八沒有之前的記憶，看見我就叫娘，雖然在我們家，他可能沒有錦衣玉食的生活，可我能保證，我們家不會讓他受半點委屈。」

「夫人，這話是什麼意思？」第二嬌並不傻，她知道對方還有後話。

夏雨霖同樣挑揀地把二兒子在皇上面前所說的話說了一遍。「第二姑娘，有時候幸福開心與否，跟家裡有多少銀子，有多大的權勢無關。」

第二嬌臉色發白。她想要反駁，可張嘴卻說不出話來，因為她清楚爹的為人。她知道爹在意弟弟，可是，比起王家人，就差得遠了。

「我跟妳說這麼多，是因為知道妳是個好姊姊，我由衷地希望妳能夠設身處地的為妳弟弟考慮一下，沒有之前記憶的他，回到你們府裡，真的會開心嗎？」

夏雨霖承認她有些自私，甚至是卑鄙，可關係到自家的小八，她不絕對有什麼不對的。

再說，她說得也沒錯。

開心？第二嬌一臉迷茫，弟弟會不會開心她不知道，可她自己在第二府都鮮少開心。

「第二姑娘，我希望妳能好好想想，怎麼樣才算是真正地對小八好。」說完這話，夏雨霖站起身來。「走吧，去看看他吧。」

之前一直惦記著弟弟的第二嬌，聽到這句話時，突然躊躇起來。弟弟已經把他們都忘記了，現在有了全新的生活，她這樣去打擾，真的好嗎？

「沒關係的，小八雖然話少了些，卻是個十分善良的孩子。」夏雨霖溫柔地安撫。

第二嬌站起身來，再次整理了妝容，跟上夏雨霖的步伐。當她在房間外聽到小姑娘歡快的笑聲時，她的心也跟著緊張起來。

她的親弟弟就在裡面。

「娘。」看著夏雨霖走進來，王英文兄弟同時喊道。

「奶奶。」王晴嵐的聲音更嬌氣一些，這樣的聲音讓第二嬌完全不能把她和告御狀的小姑娘聯想在一起。

不過，第二嬌的心思還是在床上的王英越身上。看到那張臉，她的眼淚再一次洶湧而出，就算時隔多年再相見，她都能肯定，這就是她的親弟弟。

王家人看著站在那裡掉眼淚的第二嬌，都皺起了眉頭。

第二嬌一顆興奮的心被自家弟弟陌生的目光潑冷，不由自主地開口叫道：「朗兒。」

為了避嫌，王英文三人在第一時間離開。

「第二姑娘，妳有話就說。」

「我、我……我就是想來看看你，看你好不好。」第二嬌憋了半天，說出這麼一句話。

「我很好，多謝關心。」王英越冷著一張臉，禮貌地道謝。

即使之前夏雨霖已經跟她說過了，可面對把自己當陌生人的弟弟，她心裡還是難受得緊，再開口就問道：「你真的不記得我了嗎？」

王英越搖頭，看著從進來眼淚就沒有停過的第二嬌，心裡有些煩，讓他本來就癢得不行的傷疤更難以忍受，伸手就想去抓。

「小八，不能抓。」夏雨霖第一時間握住王英越的手，阻止道。

「娘，難受。」手被抓住，王英越整個人都開始扭起來。今天的事情，就算他的心再大也有些難受，所以，看著娘在身邊，就忍不住開始撒嬌。

「小八叔，別亂動。」王晴嵐也被嚇住了。傷口發癢的感覺確實很不好受，特別是像她和小八叔這樣，背上全是傷口。想到自己難受的時候，奶奶和姑姑都會給她吹吹，她建議道：「奶奶，要不讓二伯他們進來給小八叔吹吹？」

「吹吹？」王英越有些臉紅。「不用了吧？」

「小八叔，很管用的，我試過了。」王晴嵐一副「你相信我」的模樣。

「真的？」王英越開口問道。

夏雨霖看著兒子一副實在很難受的模樣，笑著點頭。「是真的，我和你六姊之前就給嵐兒吹過。」

王晴嵐連連點頭。

王英越木著臉，紅著耳朵看著兩人，聲若蚊蚋。「娘，妳幫我叫二哥。」

「我去。」

真的是很難得看到小老頭似的小八叔這副模樣，王晴嵐有些忍不住笑意。只是，小八叔雖然年紀比她小，可也是長輩，她得給他面子，不能當面笑。所以說完這話，她就跑了出去。

「娘，妳有沒有覺得三姪女活潑開朗了好多？」看著王晴嵐的背影，王英越認真地說道。

夏雨霖點頭。「這些年，嵐兒的壓力也挺大的，現在總算是沒事了，別說她，就是我都輕鬆不少。」

想到屋裡還有個外人，便止住了話題，母子兩人同時看向第二嬌，這姑娘一雙眼睛紅紅的，眼淚還在不停地流。

第二嬌原本有很多話想說，說說母親，說說家人，再說說弟弟小時候，詢問弟弟這些年的情況。這些話題，無論哪一個都能說上好久，只是現在，她一句都說不出口。

「第二姑娘。」

王英越板著臉，把脖子上掛著的玉珮取了下來，遞了過去。

第二嬌有些不明所以，愣愣地接過，看著手心裡的玉珮。「你這是幹什麼？」

王英越垂眸，語氣卻十分堅定地說道：「麻煩妳把這個帶回去，我不需要。」容他任性一回，無論那府裡有沒有真心待他的，他都不想知道。「我過得很好，並不希望你們來打擾。」

「朗兒。」第二嬌整個人有些接受不了這個事實，淚眼矇矓地看著王英越。

「娘。」王英越卻沒有理她，開口喊夏雨霖。

「沒事，娘在這裡，你做什麼，娘都支持。」比起一邊哭得一臉傷心的第二嬌，夏雨霖自然更心疼自家的小八。「第二姑娘，請妳回去吧，我想我們都說得很清楚了。」

「我……」

明顯感覺到自己不受歡迎，第二嬌心裡更難受。理智上她知道小弟和王夫人都沒錯；可是，朗兒明明是她嫡親的弟弟，以後真的要當成陌生人，她覺得自己真的做不到。

「請吧。」不知何時出現的王英文，笑著說道。

第二嬌知道沒有再待下去的可能，帶著傷心失落的心匆匆離開。

「娘，二哥他們的玉珮，我也要。」好一會兒，王英越才開口說道。

「好，明天娘親自去給你挑選。」

「要一模一樣的。」

夏雨霖笑著點頭，哄好兒子後才離開。

在夏雨霖的安慰下，第二家的事情被拋在腦後。王英越是這麼想的，他現在還小，並且還是病人，就該開開心心地養傷，至於其他的，以後再說吧。

第二嬌是哭著回到第二府的。不過，她雖然是嫡女，但由於性子弱又愛哭，在第二府裡沒什麼存在感，以至於她出去了這麼久，府裡除了她貼身的丫鬟之外，其他人都不知道。

當然，也不能說這麼大的府邸，就沒有人關心她。第二夫人是她的母親，心裡自然是有她的，只是，比起心心念念的兒子，這點關心就有些微不足道了。

至於第二月，重生一次，她要做的事情實在是太多了，能空出關心妹妹的時間並不多，仔細算來，對妹妹的關注，還沒有對王姨娘和第二仙的注意多。

這樣的情況第二嬌並不在意，傷心的她回到自己的房間，狠狠地哭了一通後，才拿著玉珮去了第二夫人那裡。她希望自己的娘看到這個，會好一些。

果然，當第二夫人看著玉珮的時候，眼睛瞪得很大。「嬌兒，這是哪裡來的？」

「娘，我剛剛去了大將軍府，這個是弟弟的那塊玉珮嗎？」第二嬌回答的聲音柔柔弱弱的。

「是的，就是朗兒的。」第二夫人看一眼就知道，這是她當年親自挑選的，怎麼會認錯？她抬頭，激動地看著第二嬌。「這麼說，嬌兒，妳看見朗兒了？」

「嗯。」第二嬌點頭。

「他怎麼樣？」第二夫人一臉期盼地看著第二嬌。

「挺好的。」第二嬌想了想，說出了這三個字。雖然弟弟受了傷，可現在回想起來，確實是像她所說的那樣。「娘，要不，我把現在的弟弟畫下來？」

「嗯。」第二夫人連連點頭，自然會有下人去準備畫具。「妳現在給我說說朗兒吧！」

第二嬌看著母親，有些不忍心把事情告訴她。

「怎麼了？」第二夫人看著女兒的臉色。「是不是出什麼事情了？」

「娘，弟弟不記得我們了。他把玉珮給我，就是不承認他是我的弟弟，他不想當第二家的孩子。」第二嬌一臉難過地說道。

第二夫人有些不敢相信。「怎麼會？」

接著，第二嬌就將她知道的全告訴第二夫人。對於這件事情，她也不知道該如何選擇。她一方面希望弟弟能過得好，另一方面又希望弟弟能夠回到他們身邊。只是，想到府裡的各種爭鬥，她真的不敢保證，弟弟回到府裡的日子會比在王家好。

第二夫人是一邊聽，一邊哭。等到情緒平靜下來的時候，第二嬌已經把弟弟的畫像畫好了。

「朗兒已經長這麼大了。」第二夫人一臉慈愛地看著畫像上的人，開口說道。

沒有人知道，第二夫人因為第二嬌的話心裡所產生的波動，以及這些變化將會給第二府帶來什麼樣的變故。

王家人選了個秋高氣爽的良辰吉日搬家，忙忙碌碌一天後，睡在屬於自己家的大床上，王家人很快就進入了夢鄉。

現在王晴嵐住在三房的院子裡，這不小的院子只有她一個人。早上起來，她穿好衣服就匆匆地往夏雨霖他們所在的院子跑去。

這就是府邸太大的缺點，以前開門就能夠見到親人，現在相當於要跑小半個村子。不過，就當鍛鍊身體好了，好在他們家的人身體素質都不錯。

「嵐丫頭來了。」

這麼大的府邸就住了八個人，除了夏雨霖、王大虎還有王英越在一個院子，其他的五人是每人占據了一個院子，空盪盪的讓他們都有些不習慣。

吃過早飯，沒什麼事情的眾人就開始商量布置自己的院子。搬進來之前，他們只是草草地收拾了一番，如今要長長久久地住在這裡，自然是要用心布置。

王家人深受夏雨霖的影響，一個個心裡多多少少都有些附庸風雅的情調，就算是王英文和王英奇也不例外。以前因為環境影響，能做得很少，現在可不一樣，有條件了，自然不能虧待自己。

夏雨霖深愛梅花，所以，她的院子裡一定要種上些梅樹；王英文依舊熱衷於蘭花；王英奇是個懶人，直接選擇非常好種的月季花；王英卓準備在他的院子裡挖個池子，種些蓮花；王詩涵選擇種桃樹。

王晴嵐自己想了想，她好像沒有特別喜歡的花種。她的印象裡，最熟悉的就是玫瑰和百合，上一世還沒有工作之前，每個情人節，她都會批發大量的玫瑰和百合，賣得特別好。

於是，她想了想說道：「一半種玫瑰，一半種百合。」

負責採購的王英文白了她一眼，低頭拿筆記了下來。

「小八，你的院子裡要種什麼？」夏雨霖問著唯一沒開口的。「雖然要十五歲才能搬進去住，不過，你可以先種上，自己學著打理，等到搬進去的時候，也不至於手忙腳亂。」

其他人說的時候，王英越就在想，見娘問起，毫不猶豫地說了出來。「竹子。」

眾人詫異。

「我想竹子太單調了，除此之外再種些蘭花，一定很好看。」

王英文給了弟弟一個有眼光的眼神。

眾人剛剛討論完，南宮晟就出現在他們面前。「我說，你們到底在幹什麼？」

「大將軍。」眾人齊聲行禮。

南宮晟和南宮松看著王家人。「我叫了那麼久的門，怎麼一點動靜都沒有，害得我還以為你們是出了什麼事情。」

王家人一聽，一頭黑線，他們一點都沒有聽到。看來房子太大，還有另外一個嚴重問題，便是敲門聲無人聽見，這事也得解決。

「這還是我第一次翻牆進別人家。」南宮松笑著說道。

「大將軍，南宮少爺，請坐。」夏雨霖、王詩涵還有王晴嵐退了出去。準備茶水，王大虎父子幾個招待他倆。

「不坐了，英奇，跟我走，皇上召見。」南宮晟想著已經耽擱了不少時間，直接對著王英奇說道。

「哦。」王英奇點頭。

到了皇宮，看到原本應該在富陽縣的孔少爺也在場，他有些吃驚。「皇上，就是他。」王英奇眨眼。他怎麼了？

接下來，王英奇真的很想暈過去，擺在他面前好幾個大箱子的帳本，讓他有種不好的預感。

「朕聽說，令誠每年負責的帳本，你三天就能夠整理妥當。」康天卓笑著問道。

王英奇嘴裡發苦。孔令誠就在他面前，他就是敢欺君也沒用啊，皇上這明擺著準備好了，不過就算是這樣，他還是想要垂死掙扎一下。

「皇上，並不是草民偷懶，不想給皇上分憂，實在是草民的身體不爭氣，不能長時間用腦和操勞。別看我三天就能整理好那些帳本，但那三天的忙碌，就需要一年的時間來休養。」

「你覺得朕會相信？」這話說得也太扯了，別說康天卓，就是一邊站著的南宮晟都不信。

「是真的。」王英奇點頭。「整理帳本最費腦子了。」

「朕會讓人給你準備補腦子的東西。」康天卓看著面前的帳本，心裡也覺得有些多，不過，他並沒有打算因此放過王英奇。「放心，令誠出什麼樣的價錢，朕出雙倍。」

「這不是錢的問題，是草民的身體。」

「一年就這麼一次，令誠的帳本他自己解決。」康天卓再一次說道。

「皇上。」一邊站著的孔令誠哭喪著臉。這過河拆橋來得也太快了吧？

「王英奇，朕需要你在最快的時間將這些帳本整理出來。蝗災看起來是過去了，實際上，現在才開始，朕希望一直到明年秋收之前，朕的百姓都能夠活下來，你明白我的意思嗎？」康天卓依舊是笑著開口。

王英奇是聰明人，知道這事是拒絕不了了，再推托下去，皇上肯定會不高興。所以，他很乾脆地點頭。「成，我一定以最快的速度解決。」

「去吧。」康天卓滿意地點頭。

只是，他滿意了，南宮晟卻不滿意了。「皇上，這本來是戶部的事情，我這姪兒要是把事情辦好了，除了銀子，也應該有其他的獎勵才對。」

對於南宮晟的話，康天卓沒反駁。「等到他把事情辦好了，朕不會吝嗇獎賞的。」

「謝皇上。」王英奇沒有拒絕。

出了皇宮，他就哭喪著一張臉，看得南宮晟都忍不住說他。「你快把你的表情收起來吧，有這樣的好事，你應該高興才對。」

王英奇沒有回答。回到家裡，對王大虎他們說了情況之後，他就開始閉關。這一次，時間比以前要長得多，夏雨霖他們天天好吃地伺候著他，王英奇硬是不見長胖一點。

王家的其他人日子過得和在王家村並沒有太大的差別，除了把逛縣城變成了逛京城之外，王晴嵐的學習生涯在四叔閉關的時候，也接著開始。

第四十五章

這天，王晴嵐和姑姑在城裡最繁華的街上逛著。

「京城就是不一樣，東西的樣式多得看不過來。」從錦繡閣出來，買了不少東西的王詩涵十分愉悅地說道。

王晴嵐跟著點頭，看著來來往往的行人，一個挨著一個的商鋪，她覺得和以前逛商業街沒什麼不同。更好的是現在的她荷包充足，不用苦哈哈地為了買房省吃儉用，想到過了十五歲，就能有一個獨屬於自己的小院子，又沒有被炮灰的壓力，這生活，簡直美好得不能再美好了。

「等到過些日子，大伯他們來了京城，涵姑姑，我們再出來逛逛。家裡人多，要添的東西肯定不少。」王晴嵐建議道。

王詩涵自然是不會反對。

心情愉快的姑姪看到家裡缺的就買，臉上的笑容也越來越燦爛。王晴嵐只是個沒長開的姑娘，再漂亮也會受年齡限制；可王詩涵不同，二十歲在古人眼裡雖然是大姑娘了，但不能否認，這是她最好的年華，本就出眾的容貌因為這笑容更讓人眼前一亮。

於是，在她們沒注意的時候，對面兩個長得還算不錯的公子哥兒對視一眼，就朝著王詩涵走來，像是專心聊天並沒有注意周圍的模樣，左邊一身白衣白褲的公子直接朝著王詩涵撞上去。

這樣的事情，他們並不是第一次做，原本以為十拿九穩，結果這一次卻遇上了意外。

王詩涵感覺到不對勁，第一時間拉著王晴嵐閃到一邊。然後，就看見沒有剎住的白衣公子就這麼倒在地上。

「宇文兄，你沒事吧？」另外一位身著藍色長袍的公子上前，關心地問道。

「無事。」宇文樂站起身來，拍了拍身上的灰塵，目光停留在王詩涵身上。

「這位姑娘，宇文兄和妳無冤無仇，妳怎麼能絆倒他？」藍衫公子語氣帶著不滿地指責道。

宇文樂搖頭，笑得一臉風度翩翩。「沒事，我想這位姑娘不是故意的。」

聽著他這麼說，王晴嵐和王詩涵的臉色更黑，好心情全都被破壞了。真當她們是無知少女啊，這樣的紅臉、白臉，唱得也太沒有技巧了。

「涵姑姑，我們走。」

沈穩許多的王晴嵐知道，現在鬧起來，對她們並沒有好處。就算拆穿了對方的把戲又如何，至少在這樣的情況下，對男女名聲的傷害是絕對不平等的。

王詩涵點頭，姑姪倆轉身就想離開。

「妳們怎麼能這樣，撞完人就想離開？」藍衫公子自然不會放過她們。

王晴嵐從袖口裡面掏出十兩銀子，扔到兩人面前。「就算這位公子再弱不禁風，無緣無故地倒在地上，我想這些也夠他的湯藥費了吧？」

不僅藍衫公子被噎住了，宇文樂也瞪大眼睛看著面前的銀子，彷彿沒看過一般。向來只有他們用銀子打發別人的分，如今他們成了被打發的人，感覺可不是那麼好。

只不過，等到兩人回神時，已經看不見王詩涵她們的影子了。

緣分有時候就是那麼奇妙，轉過一個彎，打算從小胡同進入另一條街道的姑姪倆，又看見那一對白藍組合。只見兩人堵著一位漂亮的姑娘，一看就在幹壞事。

王晴嵐看著他們身邊並沒有下人的身影，第一時間拉著王詩涵退出了小胡同，走進旁邊的雜貨鋪。「老闆，來兩個麻袋。」

既然這是老天爺給她的機會，那她一定得珍惜，把那湯藥費三個字坐實了。

王詩涵聽著姪女在她耳邊一陣嘀咕，面色古怪地接過麻袋，想了想以後說道：「放心，我不會讓妳那十兩銀子白花的。」

她會贊同姪女的做法，第一是剛才那人的眼神實在噁心，第二就是想到娘以前的教導，她覺得自己要是退縮的話，會給姪女留下被欺負都不知道反抗的認知。她可不想姪女以後變成那樣。

然後，王晴嵐和王詩涵一人手裡拿著一只麻袋，悄悄地走到兩人背後，以迅雷不及掩耳之勢將兩人的腦袋套住，身高不夠的王晴嵐更是直接跳了起來。

套住以後，事情就簡單多了，很粗暴的一陣拳打腳踢，直到她們覺得心裡滿意後才停下。藍白組合已經暈了過去，姑姪倆抹了一把額頭上並不存在的汗水，看著地上同樣暈死過去的姑娘，王詩涵上前把她安置好，姑姪兩人才離開。

蕭久平目瞪口呆地看著兩人離開的背影，吞了吞口水。不愧是小小年紀就敢告御狀的人，瞧瞧人家這套麻袋揍人的架勢，作為紈褲的他覺得應該好好反省一下。

然後，就帶著一副「我很失敗」的頹廢表情離開。至於那被套麻袋的人之中有一個是蕭府的人，蕭紈袴表示，跟他有什麼關係？

這天晚上，苗鈺出現在皇上面前，什麼情報也沒給，只是冷著臉說道：「皇上，我想收拾兩個人。」

「誰？」康天卓笑著問道。

若是普通人，苗鈺根本不會跟他彙報，不過就算如此，他還是很好奇。

「宇文樂和蕭久輝。」苗鈺說出兩個人的名字。

對於這兩個人的名字，康天卓沒什麼印象，不過，姓氏卻熟悉得很。「和宇文皓、蕭博遠什麼關係？」

「宇文皓的嫡親弟弟，蕭博遠的庶子。」

康天卓挑眉，沒想到來歷還真的不算小。他想了想說道：「一個庶子而已，隨便你怎麼處置都行，倒是這個宇文樂有些麻煩。宇文皓能力不錯，朕還需要他替朕做事，最重要的是，這小子腦子很聰明，朕每天都很忙，不想給你收拾爛攤子，你明白嗎？」

苗鈺點頭，領會了意思，點頭。「放心，我不會留下任何痕跡的。」

第二早朝，康天卓早朝的時候，果然沒有看見宇文皓，也很快就知道為何了。昨晚被惦記的兩個小子，不知什麼原因，一覺醒來，眼睛就看不到東西了。他一臉關心地詢問太醫，看太醫也無能為力，就不再過問。

宇文府和蕭王府卻因為這件事情而鬧開了。

蕭博遠陰沈著臉，側妃傷心的聲音不斷傳來，他心裡也難過得不行。「爹，我打聽過了，丞相府的宇文樂和三弟的情況是一樣的。」

「你想說什麼？」蕭博遠看著面前玉樹臨風的兒子，想著已經瞎了眼的小兒子，整個人都要氣炸了。

蕭久睿沈默不語。

「這事絕對不能就這麼算了。」蕭博遠陰沈地說道。

蕭久睿點頭。

「蕭久平那個畜生呢？怎麼沒看到？自家弟弟發生這麼大的事情，他都不知道來看看！」對於這事，別看蕭博遠掛著個王爺名頭，實際上什麼職務都沒有。他是先皇的老臣，當初站錯了位，現在的皇上能保留他王爺頭銜、沒算舊帳，他就已經很滿意了。

蕭博遠嘴上雖然說著不會就此了事，實際上卻知道，他是一點法子都沒有。敢對蕭王府和丞相府的人下手，地位肯定不一般。

正好因為這樣，在他眼裡，那個不著調的兒子就成了發洩怒火的管道。

「大哥可能是有事要忙。」蕭久睿開口說道。

「忙？整天除了鬥雞走狗、遊手好閒，他還有什麼事情忙，回來一定要收拾他！」

比起蕭王爺的色厲內荏，丞相府的宇文皓臉色雖然是同樣不好，卻冷靜沈穩得多。

「大哥，我是不是真的瞎了？」宇文樂頂著一張豬頭臉問道，心裡一片慌亂。

「不會的，二弟，你冷靜點聽大哥說，有大哥在，我一定會想辦法治好你眼睛的。」宇文皓安慰道：「你現在仔細想想，最近是不是得罪什麼人了？」

宇文樂搖頭。

「你別慌，想一想你有沒有做我不讓你做的事情，惹了我不讓你惹的人？」宇文皓再一次問道。

「大哥，真的沒有，你跟我說過的，我都牢記在心。」宇文皓年紀輕輕就能當上一國丞相，身為同胞弟弟的宇文樂腦子也差不到哪裡去。

「那你的臉是怎麼回事？還有，我收到消息，你的那位小跟班，現在和你是一樣的情況。」

宇文樂聽了之後，就明白大哥為什麼要這麼問。「蕭久輝？他眼睛也瞎了？」

「嗯。」

宇文樂開始認真地思考最近發生的事情。「大哥，你也知道我和蕭久輝經常使用的小伎倆，昨天遇上兩個姑娘，卻沒得手。原本以為是我們的魅力下降，後面又找了個姑娘試了一下，並非如此。大哥你說，會不會是那兩個姑娘的問題？」

宇文皓皺眉。「說具體一點。」

然後，宇文樂仔仔細細地把事情說了一遍。

「我基本可以確定，你和蕭久輝被打是那兩個姑娘下的手，你本身會些拳腳功夫，普通的姑娘是不可能躲得過去的。」宇文皓想了想說道。

宇文樂點頭。

宇文皓看著親弟弟，嘆了口氣。「好好養傷，這件事情我會替你擺平的；不過，以後不要再和蕭家人來往了。」

「嗯，大哥，你準備怎麼給我報仇？」

宇文樂從不懷疑大哥的話，他能夠在京城逍遙自在地生活，就是因為有大哥做靠山。聽大哥的話，不做不能做的事情，不惹不能惹的人，如今雖然出了點意外，但他的想法並沒有改變。

「二弟，要報仇還是要眼睛？」宇文皓看著二弟，半天才開口問道。

宇文樂一愣。「只能選一樣？」

「二弟，既然對方能讓你瞎一次，就能讓你瞎第二次，明白嗎？不解決好這件事情，就算我想辦法把你的眼睛治好了，也沒有用。」宇文皓開口說道。

「要眼睛。」雖然挺憋屈的，不過，宇文樂選擇起來卻是沒有半點猶豫。「大哥，若是很難的話，就算了，反正家裡有下人伺候。我已經這樣了，大哥，你可不能再出事了。」

他知道，這次恐怕是遇上更強的對手了。

「沒事，大哥心裡有數。」宇文皓露出一絲笑容。「別多想，大哥能解決的。」

這邊，王詩涵和王晴嵐打了人後，覺得仇報了，就把事情拋在腦後，回到王府，各自做各自的事情。

套麻袋的事情過了五天後，宇文皓出現在王府門口。

大門一邊寫著「到訪請拉線」幾個飄逸大字，旁邊有一條小拇指粗的紅繩，很是醒目。

「去試試。」

他說完，自然有人上去拉繩。

然後就聽見府內傳來一道清脆的叮噹聲，正在自家院子裡栽種蘭花的王英文放下工具，不緊不慢地走出去。他以為是將軍府的人，試過他們王府特殊的叫門方式後，南宮晟他們要來的話，都會提前一刻鐘派個下人先來拉響門鈴，這樣的時間算得剛剛好，他們一到，王家人就會給他們開門。

宇文皓站在門外，耐心等著。果然，一刻鐘後，小門開了。

王英文驚訝地看著來人，有禮地問道：「請問，你是何人？」

「在下宇文皓。」

雖然不認識人，但一聽到這個名字，王英文馬上行禮。「原來是丞相大人，裡面請。」看著小門，覺得有些失禮。「丞相大人等等，我這就去開大門。」

「不必如此，走吧。」宇文皓率先走了進去，王英文不得不跟上。

原本心裡微微有些不悅的宇文皓，進了王府之後，這點不高興就消失了。因為這院子實在是太空曠，太冷清了。

兩人又花了一刻鐘才走到主院。到了院門口，王英文扯著嗓子吼道：「爹，我們家有客人來了。」

娘的年紀不必在意，可六妹和嵐兒都是姑娘家，得迴避。

帶著溫雅笑容的宇文皓嘴角一抽，可看著完全不覺得有什麼的王英文，又感嘆自己太大驚小怪了。

「丞相大人，請坐。」王英文對有些發愣的宇文皓，笑著招呼道。

「多謝。」宇文皓的笑容既溫和、又親切。

「丞相大人太客氣了。」王英文在一邊坐下，看著他，再想想自家五弟。雖然五弟也很優秀，不過，比起面前這位，還是有好些差距。

「今日前來打擾，是特地來賠罪的。」宇文皓說完，一直跟著他的下人把手裡的東西放到他們面前，看著他們一臉疑惑，笑著說道：「我有一個弟弟，頑劣不堪，遊手好閒，前些日子得罪了兩位王姑娘。我知道這一切都是他罪有應得，可我就這麼一個親人，不管你們有什麼要求，只要我能做到的，絕不推辭，只希望你們能原諒他。」

王大虎一直板著臉，看不出變化，不過，原本笑著的王英文沒有看那些東西，而是收起了笑容。雖然宇文皓說得很隱晦，可一個紈袴子弟得罪兩位姑娘，是為了什麼事情，他能夠想得出來。

原本的好感瞬間消失，他想了想說道：「丞相大人，這事我們並不清楚，你稍等。」說完，他起身走了出去，沒一會兒又進來了，身後跟著一個小姑娘。宇文皓也認識，就是當初告御狀的那位。

王晴嵐在聽到二伯說當朝丞相找上門的時候，心裡震驚不已。誰讓這位是書中的頭號男配，能擔得起這個角色的，基本上可以說是個完美之人。

進門一看，心裡就一句話，哦，長得真他媽的帥！因為這帥氣已經超乎了她的想像，所以，王晴嵐人生兩世中第一次發花癡。

「咳咳。」

看著小姪女那副丟人的模樣，王英文乾咳兩聲，卻沒有作用。他沒好氣地拍了拍她的肩膀，小聲地說道：「嵐丫頭，口水流出來了。」

倒是宇文皓並不覺得奇怪，因為這是姑娘家看見自己時的正常表現。

「不好意思，丞相大人長得太俊了，一時間看傻了眼，失禮，失禮。」恢復正常的王晴嵐臉皮十分厚地說道，眼珠子卻還是沒有從宇文皓身上移開。

這樣的帥哥，多養眼啊，多看看絕對不吃虧。

好吧，宇文皓承認，這姑娘還是有些不正常，只是因為這姑娘之前告御狀的行為，讓他並不覺得反感。

一說正事，王晴嵐就十分理智和務實起來，彷彿剛才發花癡、現在依舊在看帥哥的人不是她。

「丞相大人，你肯定是搞錯了，我們並沒有碰到你弟弟，你可不要亂說。」除去名聲的考慮，王晴嵐更不想把後面套麻袋揍人的事情牽扯出來，所以，堅決不承認此事。

頭號男配之所以幾乎是完美的存在，就是因為他有一個惹是生非的弟弟。不過，作為一個愛護弟弟的兄長，有這麼一個小小的缺點，反而讓人覺得他更討喜，更讓人心疼，沒穿越之前，王晴嵐就是迷妹之一。

「王姑娘，我知道我弟弟該揍。」宇文皓笑著說道：「這些年因為我的疏於管教，才讓他越來越頑劣，只是希望妳能再給他一次機會，年紀輕輕就成了瞎子，他這一輩子就完了。」

那正是普天同慶……不對。

「怎麼會成了瞎子？」王晴嵐驚訝地問道。她和涵姑姑雖然下手很重，但也不至於把人打瞎了吧？

「王姑娘不知道，不僅是我弟弟，蕭王府的蕭久輝也是和我弟弟同樣的情況。」

王晴嵐瞪大眼。蕭久輝，這個炮灰她知道，因為他哥哥蕭久睿也是男配之一，還是被反派大人弄死的男配。所以呢，成功解決了他們一家子被炮灰的事情後，逛一次街、遇上兩個色狼，就牽扯出兩個男配，她未免也太倒楣了吧？

不過，她應該知道是誰做的了。這麼凶殘的手段，除了苗鈺，還能有誰？

第四十六章

「丞相大人，這事真的跟我和姑姑沒有一點關係，你回去問問你弟弟，他可能還得罪了其他人。」王晴嵐不得不睜眼說瞎話。不管這位反派大人出於什麼樣的心思教訓那兩個色狼，都不是他們這些小人物能夠管得了的。

再說，若這事真的和涵姑姑有關，苗鈺為涵姑姑出氣，怎樣她們也不能當白眼狼是吧？

宇文皓不同於其他人，年紀輕輕就能當上百官之首，自然是不簡單。對於王家，別人沒看出來，他卻明白得很，告御狀的時候能活下來，絕對不會是兩個孩子輪流挨打的原因，而是行刑者手下留情了。

而現在，他能夠確定，王姑娘知道是誰做的，只是她不願意告訴他而已。

宇文皓依舊笑得一臉溫和。「王姑娘，我想妳誤會我的意思了。此次前來，只是希望兩位王姑娘能夠原諒我那不成器的弟弟，妳們若是有任何要求，可以儘管提。」

王晴嵐看了看宇文皓，再回頭看著王英文。

「妳自己作主就行。」

「想必丞相大人也知道，我們其實當天就報了仇的。」王晴嵐笑得一臉燦爛。她若是此時照鏡子的話，定然會發覺自己的笑容，和三位叔伯算計起來時的笑容是一模一樣的。

宇文皓點頭，並不覺得意外。

「我的意思是，我們報了仇，其實就算是兩清了；至於原諒二字，我倒是有一個要求，就是不知道丞相大人能不能做到。」王晴嵐笑咪咪地說道。想到那些被宇文樂的面皮欺騙的傻姑娘，阿彌陀佛，她這也算是做了一件好事，積了好多陰德，老天爺一定要給她轉運才是。

「妳說。」宇文皓的表情並沒有多少變化。

「能不能請你管教好你的弟弟，讓他別禍害清白人家的姑娘。」王晴嵐開口道。她會提這個要求，完全是看在前世對這個角色的好感和同情分上。這對丞相大人也是有好處的，要知道他的弟弟，只要改了禍害姑娘這個令人髮指的缺點後，其他的行為還是能夠容忍的。

宇文皓剛要點頭，王晴嵐想到了另外一點。「等等，這樣還不行，你弟弟之前就禍害了不少姑娘。」

「王姑娘，雖然我弟弟是耍了些手段，可不能否認，那些姑娘都是自願的。」

王晴嵐回想起在胡同裡看到的場景，那位姑娘確實是沒有呼救，不過，一個姑娘和兩個男子，她可不信這個時代有那麼開放的姑娘。

「我知道王姑娘心有懷疑，不過，這一點，我可以用人品保證。」宇文皓面對一臉懷疑的王晴嵐，笑著說道。

「那胡同裡的姑娘，你怎麼解釋？」這人的人品，其他時候王晴嵐是相信的，可遇上宇文樂的事情時，就說不準了。

「我弟弟給了五百兩銀子。那也不是一位姑娘，而是寡婦。」宇文皓想了想，接著說道：「這樣吧，只要和我弟弟有關係的姑娘，我都會想辦法把她們安頓好，儘可能讓她們都滿意。」

「成。」王晴嵐點頭，這已經是最好的結果了。他可是丞相大人，寵愛弟弟的男配，從他屈尊親自上門，又和他們這樣的平民聊了這麼久，看著是挺好說話的。

雖然不知道她們的原諒對於宇文樂有什麼好處，但她知道，若是死咬著不放，等待他們的絕對有可能是這位弟控的報復。

實際上，直到那本書結尾，王晴嵐都不知道，在這位男配大人的心裡，女主角和弟弟到底哪一個重要些？

雖然，宇文皓對第二月的欣賞，是從她用醫術救治了宇文樂開始的，後來在女主角報仇的路上幫助她，用的還是償還對他弟弟的救命之恩這個理由。所以，別說王晴嵐慫，若是前幾日她知道被她套麻袋揍的人是宇文樂，可能就沒有那個膽子下手了。

王晴嵐是想做點好事積德，前提是不會影響到她和她的家人。

宇文皓鬆了一口氣。事情既然已經解決，也沒有必要逗留。只是，離開之前，他對著王晴嵐說道：「王姑娘，在這京城之中，有些善良並不算是好事。」

王晴嵐一愣，這次倒是真心感謝。「多謝大人提醒。其實這個機會還是大人你給我的，要不然，我就是想要善良也沒有機會。我也好心地提醒大人一句，一味的寵愛不見得是件好事，這次只是傷了眼睛，或許還能救，大人不要等到你弟弟沒了性命，想救都沒辦法的時候，才後悔自己沒有管教好他。」

果然膽子大。這是宇文皓離開時的想法。

「丞相大人，嵐丫頭的話還請你放在心上。」王英文看在這位大人對弟弟的愛護上，也多了一句嘴。

宇文皓出了王府，溫和的笑容燦爛了許多。只是不知道在這京城之中，這家人的善良熱心能不能一直保持下去？至於二弟，這一次是該吃點苦頭，受些教訓了。

回到丞相府，宇文皓直奔宇文樂的房間。

「大哥，事情解決了嗎？」聽到大哥輕鬆不少的腳步聲，宇文樂笑著問道。

「解決了一小部分。」看著臉上的傷已經恢復了不少的宇文樂。「二弟，接下來你恐怕要吃些苦頭了。」

「大哥，你的意思是……」宇文樂笑容一僵。

「苦肉計。」宇文皓摸著對方的腦袋，吐出這三個字。「大哥也沒有辦法。你眼睛的事情，我估計連皇上都知道是誰做的。」這話裡的意思很多。實際上，宇文皓自己也不太確定，但不妨礙他這麼說，讓二弟知道其嚴重性。「二弟，你能不能答應大哥，這件事情之後，不要再去碰那些清白人家的姑娘？」

宇文樂點頭。「我聽大哥的。」

「這事其實是大哥想得不周到，若是之前就想到了，把它列入你不能做的事情之中，你就不會遭罪了。」

「不怪大哥。」宇文樂搖頭。

兩兄弟之間的感情是真的好。「我讓人準備了鞭子，我親自動手，你忍著，等到事情過了，大哥就請人給你治眼睛。」

「嗯。」

接著，瞎了眼的宇文樂被抽得滿身是血，直到他撐不住的時候，宇文皓才停下。

「二弟，我剛剛也說了，這次的事情我也有錯，所以，大哥也該打。」被打得暈乎乎的宇文樂還沒明白這話的意思時，就聽見鞭子聲音響起。

「大哥！」

宇文樂有些驚慌，卻看不見。

宇文皓自己挨打，也是苦肉計。皇上不在意自己弟弟，卻很重視他，這一點他很清楚；還有，他也想給弟弟更深刻的教訓，當然，也有兄弟有難同當的意思在裡面。

當康天卓看著滿身是傷的宇文皓帶著同樣傷痕累累的宇文樂一起出現在御書房時，明知道宇文皓使用的是苦肉計，也願意成全他。

「去請太醫過來。」宇文皓還沒說話，康天卓就對著身邊的宮人說道。

「謝皇上。」

「行了，朕知道你的意思。」康天卓欣賞宇文皓的才能，也喜歡他對弟弟一片赤誠的兄弟感情，這兩樣綜合在一起，才是康天卓願意重用他的原因。

「這件事情就到此為止。宇文樂，朕希望你能明白你兄長的一片苦心，別再犯渾，否則，直接丟了性命，你兄長就是再厲害，也不能讓你死而復生。」這話康天卓既是對宇文樂說的，也是說給宇文皓聽的。

「草民知錯。」

因為眼睛看不到，身上的疼痛就更劇烈。大哥比他挨的鞭子還多，身上肯定比他更痛，這讓他心裡的難受成倍地增長，第一次後悔自己的行為。

「一會兒朕讓太醫跟著你們回府。丞相，你可要快些把身上的傷養好，朕還有許多事情需要你來處理。」康天卓想了想又補充道：「至於你二弟的眼睛，你也無須擔心。在他養傷的時間，你多陪陪他，用心教導一番，等他傷好了，眼睛估計也能復明了。」

「多謝皇上。」宇文皓這一次是直接叩頭謝恩。

兄弟倆回府的馬車上，宇文樂選擇舒適的姿勢趴好。「大哥，你說，我的眼睛會不會是皇上下的黑手？」

宇文皓優雅地坐在那裡，彷彿身上的傷一點都不疼。「不是。不過，皇上肯定知道是誰做的。」

「那皇上說我的眼睛會好，是什麼意思？」

「自然是為了安撫我，讓我更盡心地辦事。」宇文皓開口說道。

「大哥，皇上這樣也太過分了，他難不成是懷疑大哥你有二心？」

宇文皓看著一臉氣憤的弟弟，笑著說道：「若真是你想的那樣，你就不是眼瞎，而是已經沒命。你也不用生氣，皇上已經很重視我了，我若是想得沒錯，對你和蕭久輝下手的人，關係和皇上非常親密，所以皇上很有可能事先就知道，恐怕也是看在我的面子上，你和蕭久輝才能保住性命的。」

「難道是幾位皇子中的一位？」宇文樂反問。

「不是。」宇文皓否認。

「那是誰？」問完後，宇文樂心裡想到一個人。「哥，不會是那個病秧子吧？」

「真的是他？為什麼？」雖然話是他自己說的，可很快的，宇文樂就自我否認了。「他不是跟我一樣整天遊手好閒的紈袴子弟嗎？」

宇文皓沈默。

「二弟，看人不能看表面。這些年，雖然皇上派了一位太醫常駐苗府，可是京城裡還有一位治好太后頑疾的神醫，為何皇上從沒開口讓他替苗鈺看一看？」

皇上和苗鈺之間的親密是假的……不，宇文樂立刻就否認了。兩年前，他曾經親眼在宮宴上看見過，面對來歷不明的刺客，皇上沒有管皇后和妃嬪，也沒有理會皇子，他最先護著的就是苗鈺。

「可我什麼時候得罪苗鈺了？我們一直都是井水不犯河水。」宇文樂覺得有些委屈。遇上苗鈺，他一直都是躲著，哪怕蕭久輝再攛掇，他都沒有和苗鈺對上過。

「總不可能是因為苗鈺和蕭久平交好，而蕭久輝是我的跟班吧？」這理由有些牽強，再說，他們兩人各自帶著各自的跟班，也不是一時半刻了，怎麼會突然計較起來了？

「在王家那兩個孩子告御狀的前一天晚上，苗鈺特地去了一趟天牢，他和你調戲的那姑娘說了好一會兒話。」

宇文樂委屈的臉一僵，然後一副認栽的模樣。「大哥，若真是這樣，我這次倒也不冤枉。」說完又幸災樂禍起來。「不過，就苗鈺那身世，我一直以為他會孤獨終老呢，這下可有好戲看了。」

「二弟。」宇文皓一臉無奈。「別忘了你答應我的事情，實在不行，等你眼睛好了以後，我就給你安排點事情做。」

「千萬別，大哥，放心，受一次罪就已經夠了。你想想，我哪次答應你的事情沒有辦到。」宇文樂趕緊開口說道。

事實也確實如宇文皓所想的那樣。五天以後，宇文樂一覺起來，眼睛就好了。和他一起瞎了的蕭久輝最後也採取同樣的方法，受了好些罪，眼睛才終於復明了。經此一事，兩人再也不敢隨便調戲別人。

終於，閉關了十二天的王英奇一臉解脫地出現在眾人面前，得到家裡三代女性關懷備至的照顧，這樣的情況就導致他懶出了新境界，和養身體的王英越一個待遇。

康天卓覺得王英奇就是個寶貝，為了避免免這懶漢明年撂挑子，賞賜得非常豐厚。

十一月初，王英武他們戰戰兢兢地出現在京城，等到在城門口看到親人後，一個個跳下了馬車，嘰嘰喳喳地問個沒完。

一大家子單單問候就花去了小半個時辰，王晴嵐瞪大眼睛看著王家包括親娘在內的四個大肚子，高興之餘不由得感嘆，好幾年家裡都沒有添新的人口，怎麼這次又湊到一塊兒去了？

等到王英武他們在門匾上寫著「王府」兩個大字的門口停下時，一家子人除了傻得不太懂的趙氏，其他人都被震驚得瞪大了眼睛。

「爹，娘，這、這……這以後真的是我們的家嗎？」王英武有些不敢相信，問出這話，都有些結巴。

其他人也是動作一致地轉頭，看著王大虎和夏雨霖。

「大哥，那上面是我的字跡，你不會不認識吧？」以前覺得有些傻，有些厭煩的大哥，因為好幾個月沒見面，又經歷了這麼多的事情，王英卓第一次覺得這副傻樣的大哥其實也挺可愛的。

「可這是真的嗎？我怎麼覺得像是在作夢啊！」

宋氏這話簡直說到其他人的心坎裡去了，齊齊點頭，動作還是那麼一致。

直到打開大門，眾人走進去，在宇文皓和南宮晟他們看起來十分空曠、蕭瑟的府邸，在王英武他們眼裡，簡直就像走進了富麗堂皇的宮殿一般。

「我們縣裡最大的宅子，也沒有這麼氣派吧！」王英武感嘆。

一同進入主院，喝著味道熟悉的茶水，王英武他們才感覺這些都是真實發生的，不是作夢。

這麼幾個月沒有見面，一家人有好多的話要說，好在王英奇早就想到了這一點，直接訂了兩桌酒席，中午和晚上的飯菜一下子就搞定了。

「對了，娘，小八的傷是怎麼回事？」身為大哥，王英武是很關心弟弟的。

「說來話長。」夏雨霖開口，將他們這些日子發生的事情說了一遍，聽得王家其他人一個個心驚膽跳。

「我的老天爺！嵐兒，快過來，讓大伯娘看看，沒事吧？」

對上宋氏一臉劫後餘生的表情，王晴嵐搖頭。「沒事。」

「妳和小八膽子可真大，都敢告御狀，要是我，肯定得被嚇尿了。」二伯娘張氏笑著說道：「好在現在大家都沒事，真是菩薩保佑。」

於是，剛到的王家人圍著王英越和王晴嵐好一陣稀罕和感嘆，接著就是一大堆稀奇古怪的問題。

王英越回答得很少，更多的是王晴嵐在說。好奇心多多少少被滿足後，又開始轉到了京城的事情上。

接著，王英武和王英傑聽到皇上賞賜了他們一座農莊，高興得不行。

「英武、英傑，你們也別怪我們自作主張，當初發生那麼大的事情，我們把所有的產業都捐了出去，包括我們自己買的莊子，唯一留下的就是安頓你們的那個莊子。我估計皇上派人去接你們的時候，應該也不再屬於我們了。」夏雨霖開口說道。

「娘，說這什麼話，你們發生那麼大的事情，都是二弟他們陪著，我們一點力都沒出，若是還捨不得這點東西，我們還是人嗎？」王英武連忙表態。

「娘，大哥說得沒錯。」王英傑也是一臉愧疚。

「娘，糧食什麼的可以再種，銀子什麼的，沒有了可以再掙，人沒事就成。」宋氏也笑著說道。她雖然有些愛計較，可不是一點良心都沒有的人。遇上大事的時候，爹娘想著把他們一家人都送走，自己留下來受罪，就這一點，他們其實就很不孝了。

「現在事情都過去了，大家都沒事就是最好的結局。」夏雨霖笑著說道：「我們一家子現在也算是在京城重新開始了，只要我們齊心協力，絕對能夠把日子過得紅紅火火。」

王家人紛紛點頭。

「爹，娘，我和大哥有一個農莊，那二哥他們呢？」王英傑開口問道。

「我和四弟現在已經是朝廷的人，雖然還不知道做什麼，不過，每個月都有俸祿可以拿。」王英文笑著說道。

張氏驚喜地看著相公。

「最好一輩子都沒有事情可做，又有銀子可以拿。」王英奇的願望是很美好的。

陳氏臉上的笑容一直沒有停過。她從來不覺得自己男人是個懶的，在她心裡，就是小叔子都沒有自己男人厲害，村子裡的那些人總是用可憐的目光看著她，哼，那是他們不知道自己男人的本事。

接著他們的目光看向王英卓，意思很明顯。

「明年會重開會試，到時候我會參加。」王英卓開口說道。

得，這又是一個好消息。

第四十七章

第二天，一家人都起晚了。

休息一晚，用過早飯後，王家人都精神奕奕，神采飛揚。

夏雨霖看著這些晚輩，笑著說道：「現在我們住的地方很大，院子也很多，我是這麼想的，家裡凡是滿十五歲，無論成親與否都獨立出來，一個人住一個院子。」

王家人點頭，對這個沒有意見。

「自己住一個院子，就意味著長大成人，從此，每個月須得向家裡交生活費。英卓、詩涵還有詩韻，你們有沒有問題？」

兄妹三人點頭。

「偉業、偉義還有嵐兒都已經過了十歲，你們現在就可以選擇自己的院子，想要怎麼布置，或者有什麼不喜歡的地方想要改一改，都可以在十五歲之前慢慢地進行，等到年齡一到，就搬進去。」

王家人點頭。

「家裡現在的銀子，都是英奇之前給皇上做事，皇上賞賜下來的。」夏雨霖笑著說道：「紅梅，這些銀子我都交給妳，作為我們一大家子一年的伙食費用。當然，這些都算是我們借的，等到一年以後，都要還的。」

「娘，妳這樣就太見外了。」王英奇開口說道。

「要還的。」

王英武贊同，王家的其他人也沒有意見，甚至宋氏幾個妯娌都鬆了一口氣。她們已經習慣了親兄弟、明算帳，各房管著各房銀子這樣的事情。

今天聽到婆婆安排家裡的事情，她們真的很怕改變這樣的生活方式，像村子裡的其他沒分家的家庭一樣，銀子什麼的全都混合到一起用，那才讓人頭痛。

「對啊，武哥說得沒錯。四弟，放心，這帳我會記清楚的。」宋氏也跟著表態。

「其實，除了因為我們現在房子有些大而產生的變化，其他的都跟以前一樣。我還是那句話，能過上什麼樣的日子，全看你們自己努力。娘也不圖你們什麼，把自己的日子過好，一家子和和美美的就是對我最大的孝順了。」夏雨霖開口說道：「接下來的日子，你們都要了解京城的情況。」

「嗯，三弟，明日就去看看我們的莊子吧。」王英武點頭。

王英傑也很贊同。

「娘，我們也得熟悉周圍的環境。」宋氏開口說道。

「大伯娘，京城方便得很，什麼東西都有，妳一定會很喜歡的。」

第二天下午，王英武和王英傑笑呵呵地回來，一個勁兒地誇讚他們的莊子非常大，土質也非常好，比他們之前的莊子好得不是一星半點兒。
「那能一樣嗎？皇上賞賜的，能不好嗎？」宋氏笑咪咪地說道。
趙氏也挺高興的。她從這些對話中已經聽明白了，意思是他們以後也不會缺吃的。
第三天，南宮晟一家三口拎著禮物上門，恭賀他們一家團聚。令人意外的是，宇文皓人雖然沒有來，卻也派人送了東西。
「大將軍。」知道來人身分的時候，王英武很失態。
沒多久，南宮晟就看出來了，這兩個他沒有見過的姪兒才算是真正地地道道的農家人；倒是立志當大將軍的王偉業，一雙眼睛亮晶晶地看著南宮晟，完全沒有他爹的拘束和不自在。
不管怎麼樣，南宮晟和南宮夫人看著這一大家子，心裡那個羨慕。他們也有五個兒子，可待在身邊的只有小兒子，其他的都鎮守邊疆，孫子、孫女更是一個都沒有待在身邊。
「妳真是有福氣。」南宮夫人看著四個大肚婆，非常真誠地說道。年紀看著比她還小，如今就已經兒孫滿堂了。
王家因為王英武他們的到來而熱鬧不已，一家人安頓下來後，有一件事情現在不得不重視起來，那便是王英卓和王詩涵的婚事。
以前不著急的夏雨霖，到現在也有些發愁了。他們在京城人生地不熟的，怎麼找媳婦和女婿？

「娘，五弟的婚事可以再拖一拖，可六妹現在已經是實打實的二十歲了，翻過年，就二十一了。」宋氏同樣皺著眉頭說道。

張氏看著愁眉苦臉的大嫂，笑著說道：「大嫂，其實這也不完全是壞事，起碼在京城，知道六妹以前退過婚的人並不多。」

聽到這話，王晴嵐把腦袋低了下去，說話的聲音也非常地細小。「奶奶，之前告御狀的時候，我有提過這事。」

「不要緊。」王家沒人會因為這個責怪王晴嵐，畢竟在那樣的情況下，能保命是最關鍵的，誰還會考慮其他的。「就算是小涵年紀不小，我也不想隨隨便便地就把她嫁出去。女人嫁人就像是第二次投胎，要是嫁錯了，一輩子就毀了。」

宋氏、張氏和陳氏齊齊點頭。這個問題太深奧，趙氏聽不懂，所以，她專心地吃零嘴。

「娘，也不能乾等著，要不，先託媒婆看看？」

陳氏也覺得小姑子的婚事是個難題，她們都知道小姑子出色得很，可外人不知道啊！王家還有一條女婿和兒子不能納妾的規矩，或許在富陽縣那個小地方好找，可這裡是京城，稍微出色一點的男子恐怕都想著三妻四妾，她們總不能為了這個規矩，就找一個不好的男子吧？

「如今也只有這樣了，紅梅，妳明日準備點東西，我們去一趟南宮府。」夏雨霖點頭開口。

對於王家的規矩，王晴嵐是十分滿意的。可是想到涵姑姑的情況，她也嘆了一口氣，想著要是在她之前那個社會，追涵姑姑的人恐怕多得如過江之鯽。

雖然王府挺大的，現在每房人各自有個院子，可是選擇的時候，他們還是不由自主地選擇離主院最近的。

王英文路過三房院子的時候，看著蹲在地上的王晴嵐，笑著問道：「嵐丫頭在幹什麼？」

「種花啊。」王晴嵐揚了揚手中的小鋤頭。

「蠢姑娘，現在幾月啊？」王英文敲了王晴嵐腦袋一下，才開口說道。

「我前幾日去將軍府，看到鮮花了。」王晴嵐回答得理直氣壯。「二伯，難道那是假花，或者不是種出來的，而是天上掉下來的？」

「胡說八道什麼？見識少就是見識少，人家有專門的溫室，拿小小的一個屋子，就能買下整個王府了。」王英文十分鄙夷地說道。

王晴嵐站起身來，右手拄著鋤頭，抬頭看著二伯，以同樣鄙夷的語氣回答。「二伯，你怎麼就不知道變通呢？真以為我沒有見過那溫室啊，不就是保溫嗎？」終於可以讓二伯吃癟了，王晴嵐的高興一點也沒有掩飾。「你仔細看看，我這是在幹什麼，哼哼。」

王英文聽了也不介意。這些年被打壓得狠了，讓她得意一下也無妨。這麼一想，他深覺自己是一個很體諒姪女的長輩。

不過，他越看就越覺得吃驚。「妳這是準備壘炕？」富陽縣是沒有炕的，不過京城不同，冬天裡冷得很，尋常百姓都會用炕。

「對啊，我還特地看了書。」王晴嵐點頭。

「就算是這樣，冷風一吹，不還是長不出來嗎？」王英文說完，突然想到了另外一個問題，並沒有人說建溫室就一定要用琉璃。「油布。」

王晴嵐驚訝。她可是想了兩天才選擇油布的，二伯怎麼一下子就想到了？這讓她剛升起來的成就感一下子就消失不見。

「二伯果然聰明。」她言不由衷地誇獎。

「既然這樣，種什麼花啊，直接種菜啊！京城裡的富人那麼多，若是成功的話，我們肯定能大賺一筆。」王英文高興地說道。他的俸祿雖然不少，可是對於賺錢，他一直都是很用心的。

王晴嵐癟嘴，整個人看起來像隻無精打采的小母雞，蔫蔫地說道：「二伯，我本來就是打算種菜的，原本打算成功後再告訴你們，給你們一個驚喜。」

看著又受到打擊的姪女，王英文心裡樂得很。看看，果然薑還是老的辣。

這件事情在王家很快就引起注意，只是，這一次發揮才能的並不是家裡的聰明人，很明顯，對於種菜、種糧食，最擅長的就是王大虎、王英武和王英傑父子三人。

宋氏妯娌幾個，除了趙氏也都能說上一二。

「我覺得不用壘炕那麼麻煩。」王英武想了想開口說道：「我也看過大將軍家的溫室，也沒有壘炕。」

王晴嵐對於種植的了解可以說是一竅不通。她前幾天看到鮮花，想到前世的溫室蔬菜，覺得肯定是個賺錢的，才開始埋頭研究。

之所以會想到炕，是她覺得只要保證土地和空氣的溫度跟其他三季差不多，應該就能種出菜。如今大伯這麼說，似乎也挺有道理的。

全家人就用不用炕的問題開始商量，最後決定先不用試試，若是能成功，就能少費很多成本。

雖然全家人對於冬天裡種菜能不能成功都沒有什麼把握，可這並不妨礙家裡人討論種什麼菜。

冬天本就是缺菜的時節，比起能不能賺錢，先滿足自己的胃才是重點，於是紛紛把自己喜歡吃的菜先說了出來，再談論其他的。

怎麼種王英武他們很在行，可種什麼賺錢，還是家裡的聰明人腦子轉得快。

另一邊王家大孫子王偉業拿著毛筆，埋頭苦哈哈地記下家人所說的話。

「種成熟快的。」王英文直接定下基調。

「不管是哪種蔬菜，只要成功了，都能賣出好價錢的，既然如此，在成熟快的條件之上，多種些斤頭重的。」王英卓添了一句。

奸商。雖然王晴嵐也是這麼想的，可來不及發言就被兩位叔伯搶先。

「我說，多種些韭菜最好。過年家家戶戶都要包餃子，韭菜肯定有很多人買，最重要的是，割了一叢很快又會長出另外一叢，方便。」

躺在軟椅上的王英奇在這次家庭會議上第一次發言，又懶又奸的主意，完全符合他的性格。

王家人都是一愣，紛紛點頭。

「這樣吧，我們家地方大，找一塊空地，只要能成功發芽，英武、英傑，你們就去你們的莊子，趁著這一年冬日裡還沒有種植蔬菜的，先賺一筆。」夏雨霖笑著說道。

王英武和王英傑連連點頭，兩人帶著燦爛的笑容與極大的熱情，投入到蔬菜的種植當中。王晴嵐覺得對於溫室蔬菜，她還是了解一些，所以，時不時地去看一眼。

只是，她還沒提出意見，大伯和親爹就用他們認為合理的方式種了十塊地。其中一塊在五天後發出了新芽，王英武和王英傑喜得當天就準備往莊子上趕，被夏雨霖攔住，讓他們休息一晚再離開。

接下來的日子，王英武和王英傑兄弟霸占了家裡的馬車，每天早出晚歸，從他們臉上的喜悅就能夠看出來，事情進行得很順利。

只是，給王詩涵說親事的事情卻一直很不順。不是媒婆沒消息，就是夏雨霖他們都不滿意。

看。

最開始媒婆介紹的人，聽著都挺好，可王英文他們一去打聽，回來時臉色比鍋底都還難

「什麼人啊，我們家小妹能當繼室嗎？」

王家人齊齊搖頭，絕對不能。

「這個更過分，還有個兒子，小涵自己還沒生孩子就當後娘了。」

已經當娘的夏雨霖和宋氏等人直接把媒婆都列入黑名單。

接下來，彷彿是明知道他們有多急，老天爺卻故意拿他們開玩笑一般，不是缺胳膊少腿，要麼有不良習性，要麼家裡人極品一大堆。

別說夏雨霖急了，就是宋氏等人都有些上火。可就算是這樣，王家人也沒打算降低標準，直到王英武他們的第一批蔬菜都成熟了，王詩涵的親事還是半點音信也沒有。

這時已經是十二月中旬，著急的王家人也只能把此事放下。

「娘，不必著急，明年的會試我好好考，就算不能中狀元，只要能進前三甲，到時候六妹就能遇上更好的。」王英卓笑著說道。

夏雨霖點頭。這不是自由戀愛的時代，相親相的就是家庭，相貌、品行都要排在後面。也別說什麼嫌貧愛富，在同等的條件下，她自然是希望女兒能夠嫁到富裕一點的家庭裡去。

「英奇，你大哥和三哥去賣菜容易吃虧，這件事情就交給你了。」

「娘，放心吧。」

王英武和王英傑一人拿著一筐子青菜跟上了王英奇的步伐。第一次並沒有走多遠，去了將軍府，送給門子就離開。

第二目的地同樣不遠，是隔壁一條街的丞相府。他們依舊是走路去的，王英奇同樣是留下青菜和王英武的名字，就直接往回走。

「四弟，這樣就行了？」王英武開口說道。

「不然呢？大哥，你以為我們要推著車子，頂著寒風，去集市上叫賣啊！」王英奇看著有些不信的兄長。「你們就放心吧，等著大把銀子進入口袋就行。」

王英武和王英傑點頭。

果然，第二天，南宮晟就笑呵呵地上門，開口問道：「你們那筐青菜是哪裡來的？」

「我和三弟種的。」面對南宮晟，王英武還是有些緊張，王英傑也同樣如此。

「還有嗎？我都買了。」

王英武有些不知道該怎麼接話，雖然本來就是打算賣錢，可面前的大將軍對他們家有救命之恩。

「大將軍，老大和老三每天都會去農莊，我讓他們每天都給你們家帶一些回來，這樣吃著也新鮮。」王大虎開口說道：「不過，你要是談錢的話，那就算了。」

南宮晟是個爽快人。「那就麻煩兩位姪兒了。」

「不麻煩，不麻煩。」王英武和王英傑齊齊搖頭。

「我們家現在就三口人，你們也別多拿。你爹說得對，這菜啊，還是吃新鮮得好。」南宮晟笑呵呵地離開，雖然沒說錢的事情。

不過，南宮府很快就有人送來禮物。

宇文皓是派管家前來。他們並沒有問價格，直接給了五百兩銀票，希望從明天起整個冬日，給他們丞相府的兩位主子送新鮮蔬菜。

王英武和王英傑哪裡會不答應，很高興地點頭。

管家離開前，還留下一句話。「丞相讓我轉告你們一句話，宮裡雖然有蔬菜，但沒有你們的新鮮，更沒有這麼多品種。」

這話的意思很明顯，王英武和王英傑都能聽明白，只是有些不敢相信而已。

「爹，這意思是讓我們把菜送進皇宮嗎？」

王英武的聲音都在哆嗦。在他和王英傑的心裡，這可是比賺錢更讓他們覺得高興的事情，這是榮耀啊！一想到皇上吃著自家種的菜，美得有些找不著北了。

「應該是這個意思吧？」王大虎也有些不確定。

「就是這個意思。」王英文笑著說道。

「大哥，三哥，送到皇宮裡的菜一定要新鮮，樣式也要漂亮。」王英奇想了想說道：「不能用之前的筐子，算了，明天一大早，你們就去莊子裝兩筐蔬菜回來，留下將軍府和丞相府的，其他的交給我，你們等著收錢就是了。」

「四弟，你不會要收皇上的銀子吧？」王英武驚訝地看著他。

王英奇搖頭。「不是我們收，是皇上會賞賜我們銀子，他可不是小氣的人。」

於是，第二天，王英武兄弟早早地就帶著菜回到王府。兩人先去給將軍府和丞相府送菜，任由王英奇在家裡折騰其他的菜。

夏雨霖他們也參與其中。

等到兩個人回來的時候，看著包裝精美、造型好看又水靈靈的蔬菜，卻瞪大了眼睛。

蔬菜是託南宮晟幫忙送進去的，名義還十分光明和感人。

於是，宮裡的人就看見南宮晟拎著一個菜籃子招搖過市，出現在御書房裡。

康天卓早就聽到消息，看到那籃子裡的蔬菜時，笑著問道：「你這是幹什麼？」

「皇上，這是王英武和王英傑那兩個孩子獻上來的，感謝皇上賞賜的兩個莊子。您看看，這就是那兩個莊子種出來的菜。」南宮晟開口說道。

「是嗎？他們倒是有心了。」對於王家那五個孩子，康天卓多少有些印象。老大和老三平凡得很，絕對想不出這樣的主意，多半是另外三個孩子搞出來的。

不過，就算是這樣，康天卓的心裡還是很高興。

「那是。皇上，您中午的時候嚐嚐，味道挺好的。」南宮晟笑著說道。

「成。」康天卓點頭。

事情果然不出王英奇所料，兩個農莊的菜都被皇宮包下來了。

知道王家人不是奢侈的，所以，皇上給的賞賜大多偏向實用的。

一排排銀子，看得王英武和王英傑有些哆嗦。這可不是一般的銀子，是皇上賞賜的銀子，對於王英武兩兄弟來說，意義可不一樣。

第四十八章

雖然搬了地方，王家人過年要做的事情，依舊是有條不紊地進行著，吃喝玩樂都有。

作為王家第三代，這一年，王晴嵐的紅包是鼓鼓的。趙氏雖然到現在都不明白為什麼銀子能換吃的，但自從銀子和食物畫上等號以後，她手裡只要有一點銀子就會換成食物，家裡能吃完就吃完，不能吃完就存起來。

富陽縣雖然富裕，可和京城比起來，就完全不值一提。比如元宵節的燈會，長長的一條街上，各種各樣的花燈看得人眼花繚亂，這樣那樣的表演精彩至極。

王家人出來逛燈會的不多，家裡的四個孕婦肚子都很大了，估計二月就會生，為了避免被撞出個好歹，還是待在家裡比較好。王英武兄弟四個自然得在家裡陪著。

於是，夏雨霖和王大虎帶隊，王英卓、王詩涵和王詩韻兄妹三人負責安全，後面跟著四個孩子。

「小八，要是累了就跟娘說，我們就去歇歇，千萬不要硬撐著知道嗎？」一起出門的當然還有能下床了，不過依舊在調養身體的王小八。

自從告御狀之後再也沒有出門的王英越，即使性子有些悶，到底是孩子，一直待在家裡怎麼會不難受。

「娘，放心吧。」王英越點頭，板著的小臉難得有一絲笑容。

燈會真的很熱鬧，各種好吃的讓王晴嵐他們吃得肚子都有些撐了。

到了放花燈的地方，看著河裡飄蕩著的花燈，王家人都將心願寫在上面，放進河裡。去年是他們人生中最動盪的一年，希望今年以及以後都能夠平平安安的。

等到花燈放好，一家人正準備離開的時候。

「啊！啊！」尖叫聲響起，還有人高聲叫道：「別擠啦！」

後面的行人倒是停下了腳步。

不過，站在河岸邊上的一個青衣男子，一手拿著扇子，一手拎著一個花燈，臉朝著河面，雙手不停胡亂揮舞，就是穩不住往下墜的身體。

眼看著就要掉下去的時候，王詩韻伸手抓住那人手腕，用力往上一扯。

也許是青衣男子撲騰得太厲害，也許是王詩韻的力氣太大，總之，被扯上來的青衣男子煞不住地撲了上去，就是王詩韻也後退了好幾步，才穩住身形。不過，她很快就反應過來，一拳打在那抱住自己的男子身上。

「登徒子！」王詩韻氣得一臉通紅，她怎麼也沒想到，就是順手拉一把的事情，也會出現意外。

青衣男子被打，痛得一下子就放開了手，捂著眼睛看著王詩韻，賠禮的話卡在喉嚨，露在外面的一隻眼睛裡全是驚豔。

今天晚上，王詩韻穿著一件紫色衣衫，搭配粉色小棉襖，本來就漂亮的臉蛋因為生氣而更靚麗動人。至少，在楊長寧眼裡，再沒有比這位姑娘更漂亮的人了。

那種感覺，讓他想到了爹回憶第一次遇見娘時說的話，一瞬間的山花爛漫，一顆心跳得像是不屬於自己一般。

王詩韻的性子不像夏雨霖和王詩涵那樣溫柔，有點古靈精怪，又有點小暴力。她不是不聰明，經常是懶得動腦子，覺得用拳頭解決更爽快，也更方便。

不過，再怎麼說，她都只是個十八歲未出嫁的姑娘，被一個陌生男子用這麼火熱的目光看著，還是會害羞的。一害羞，她就出拳頭。

然後，楊長寧另一隻眼睛也被打得烏青，當然，理智也跟著上線。

「姑、姑……娘。」好不容易把舌頭捋直了，一抬頭，看到的不是心中美麗的姑娘，而是一張和那位姑娘有幾分相似的陰沈臉孔。

王晴嵐站在一邊，看著楊長寧臉上的兩個黑眼圈樂呵。公子喲，膽子不小，敢在小叔面前調戲他家小姑姑，那就是老壽星上吊啊。

「滾！」

要不是看到楊長寧兩隻眼睛的烏青，知道自家小妹沒有手下留情，王英卓是絕對不會這麼輕易放過他的。

楊長寧也知道，他剛才表現得很差勁，再纏著不是明智之舉。他摸了摸鼻子，朝著王詩韻的方向，彎腰行禮賠罪。「對不起，是在下的不是。」

雖然明知道那姑娘不會回答，可他還是有些失落地轉身離開。

不過，楊長寧不是傻子，走了一段距離後又暗地跟著。燈會的人很多，王家人倒是沒有發現。

而剛才那一幕，落到了另外兩個人眼裡，便是第二月和第二嬌。

第二夫人振作以後，離開了佛堂，重新掌管第二府，以極其狠辣的手段將後院牢牢地控制在自己手裡，然後派人天天在王府外守著。

想到兒子可能會去元宵節的燈會，她早早地準備好，得到確切消息後，就帶著兩個女兒來到燈會所在的街道，不緊不慢地跟在王家人身後。

時隔這麼多年，她終於又見到了心心念念的兒子，這可比女兒的畫像更真實鮮活。看著他和王家人的互動，和爹娘親近，與哥哥、姊姊說笑，照顧甚至比他大的姪兒、姪女，第二夫人的一顆心都化成一灘水。

原本還有些猶豫的她，終於下定決心，兒子過得好，她認不認又有什麼關係？只要時不時地能夠這麼遠遠地看上一、兩眼，她就滿足了。

第二月對於第二夫人帶淚的臉上出現從沒有見過的幸福笑容，心裡酸酸的。若是娘都決定不打擾弟弟的話，那麼，她也可以為了弟弟放棄針對王家人，只要他們不妨礙自己的復仇計劃。

只是第二月沒想到，今日會遇上楊長寧這個大渣男。眼見著妹妹的目光從喜悅到失落，剩下傷心，心想著這樣也好，免得妹妹再和他攪和在一起。

重生回來以後，她不是沒有暗中下手除掉這個渣男，只是，派出去的人每次都會發生意外，讓她不得不多想的同時，也停下對他的動作。

一個小插曲對王家人並沒有多大的影響，不過，看著有些疲倦的王英越，眾人決定回府。

楊長寧看著越走越遠的馬車，心裡空落落的，失魂落魄的樣子和熱鬧的燈會格格不入。

「看什麼呢？」肩膀被拍了一下，楊長寧轉頭，見是同窗好友，只是搖頭。「沒什麼。」

「你剛剛那一副情竇初開的模樣，我可是看得一清二楚。」好友帶著一副「我什麼都知道」的表情說道：「長寧啊，在這裡黯然神傷有什麼用？所謂窈窕淑女，君子好逑，接下來該怎麼做不用我教你吧？」

楊長寧依舊是一臉惆悵。「關鍵是我連他們是哪家人都不知道，怎麼求？」

「我知道啊，你問我啊！」那明晃晃要好處的語氣，楊長寧卻第一次覺得很動聽。「要什麼？」

「嘻嘻，你書房裡的那幅吳大師的『南嶽圖』。」

對於好友的獅子大開口，楊長寧並不覺得意外。這圖，好友可是饞了許久，雖然不是真跡，但它的價值並不低，不然他也不會捨不得。

不過，今時不同往日，想到那張帶著怒火的生動俏臉，楊長寧摸了摸右眼，感覺到疼痛的他反而笑得春風滿面。「可以。」

看到他這麼乾脆地答應，好友倒是有些意外。

「長寧，我跟你說，有些事情要考慮清楚。我之所以會知道他們家，是因為我爹曾特意警告過我，不要和那一家人走近，因為他們就是前些日子告御狀的那家人。」說到這裡，他靠近楊長寧。「這件事情好多人都看出來了，當初就是有人想要置曹家人於死地，全被那兩個孩子給破壞了。現在皇上還注意他們，那些人自然不會動手，只是時間久了，就說不定了……欸，長寧，你去哪裡？」

他的話還沒有說完呢，楊長寧竟然不給面子地離開。

對於王家人來說，元宵節一過，就是這個年也過完了，除了王英奇，都開始忙忙碌碌起來。

開年後第一件要一起商量的事情，就是家裡孩子讀書的問題。他們已經打聽過了，這幾天街上的孩子，要麼進入國子監陪皇子、皇孫讀書，身分地位差點的或者庶子就進入官學，除去這些，京城還有許多的書院。

當然，這些書院水準參差不齊，有非常好的，也有很差的。

王家人選擇的就是進入書院，至於怎麼選擇，他們先詢問了南宮晟。

「肯定是祁山書院啊！就在京城北郊的祁山上，我家小兒子就是從那裡出來的。」說到這個，南宮晟一臉驕傲。「我朝許多的經世之才，都是從那裡出來的，宇文皓那小子也是。」

王家人點頭。他們知道，想進祁山書院必須要通過書院的考核才行，不然誰來說情也沒用。聽說那裡學風很正，先生個個才高八斗，這樣好的書院，再加上南宮將軍的極力讚揚，他們覺得不管成不成，都應該去試試。

於是打聽好書院招收學子的時間後，王英武兄弟五人齊齊出動，帶著王英越、王偉業、王偉義還有小一點的王偉榮趕往北郊。

怕他們怯場，南宮晟父子也陪同他們一起去。

剛剛到祁山山腳下，眾人就下了馬車，看著不遠處氣勢凜然的山門，「祁山書院」四個大字蒼勁有力，山門下是打掃得乾淨整潔的石梯。

「書院有規定，凡是想要進入書院讀書的，都必須親自走上去。這石梯從山腳下一直通到書院，一共有九百九十九階，你們能行嗎？」南宮晟開口詢問。

王家人在出發之前就打聽好這些了，三個姪兒不用擔心，就是有些擔心身體虛弱的王英越。

「沒問題。」王英越笑著說道。

「沒事，小八叔，要是撐不住了就跟我們說，我和二弟可以扶著你。」王偉業開口說道：「大將軍，這個規定沒有寫不能扶著走吧？」

「沒有。」南宮晟點頭。「不過，以前被人扶著上山的孩子都沒有通過審核。這個書院的審核標準，誰也不知道，被淘汰的理由也無從得知。」

「小八，別硬撐，支持不住就算了，書院再好，其實成就還是看個人，沒必要拿身體開玩笑，知道嗎？」王英卓開口說道。

王英越點頭。

一行人開始爬樓梯，走了幾步就發現，這石梯比尋常的要緩，每隔一百階就有一個平臺，旁邊有兩個歇腳的亭子，王英武一行人爬的速度基本上都是一樣的。

等路過第九個亭子的時候，他們便時不時地看著王英越，見他除了氣息有些不穩外，其他都還好，便放下心來，直接走完最後九十九階。

還沒走幾步，王英卓眉頭一皺。「閃開！」說完這話，拉著王英越就閃到一邊。

王偉業兄弟三人雖然不明白發生什麼事情，可第一時間就跳到了一邊。因為是幾個孩子要進入書院，他們一直走在中間，看著一股勁地往上衝的幾個錦衣公子，旁邊的大人倒是不怎麼要緊，可幾個孩子要是閃躲不及的話，估計會被撞傷。

王英卓看著中間的那位公子，眼裡閃過一絲陰狠。

若他沒看錯，對方是直接衝著八弟去的。

南宮晟和南宮松父子對於這一場意外倒不覺得有什麼。第二家的庶子，為什麼針對王英越，理由想都不用想。不過，很明顯，第二輝就是草包一個，完全是拿自己的前程開玩笑，在祁山書院做這樣的事情，第二輝是永遠都別想進祁山書院了。

令他們震驚的是王英卓的功夫，在南宮晟都沒有反應過來的時候，他已經將王英越帶離了危險地方，足以說明他的功夫比自己還高。

之後，南宮晟父子再一次覺得他們小瞧了王家人。這幾個孩子，不僅表面上不比那些世家子弟差，學問什麼的也是非常出色。

自家的四個孩子都通過了審核，王家兄弟五人很高興。但當知道一個孩子一年單單是束脩就要五百兩銀子時，早有準備的他們也不由得心裡打顫。

王偉業想著家裡還有一個弟弟，娘過些日子說不定又要生弟弟；父親很愛面子，除了種地又沒有別的本事，他們這一房單單是自己的學費就會成為很大的負擔。

這麼想著，王偉業決定等到入學後，看看書院裡有沒有什麼活可幹，就算沒有，他也可以學小叔多抄一些書去換銀子，總能分擔一些。

第二輝下山時一直陰沈著臉。這不是他第一次來祁山書院參加考核，因此第二昌只是在山下等他，並沒有陪著上山。

「剛才的事情，你們誰要是敢告訴我爹，我弄死你們！」

「小的不敢。」陪著第二輝的幾個人連連保證。

第二昌看著兒子的表情，就知道事情的結果，心裡說不失望是假的，只是，他身邊如今就這麼一個兒子，也不忍心說他。

「沒事，你在官學好好上，也能有出息的。」第二昌笑著安慰道。

第二輝一臉的愧疚和難過。「爹，你說是不是我腦子笨，明明那麼用功了，為什麼就是過不了書院的考核？」

「胡說。」第二昌笑著說道：「我們家輝兒很聰明的。」

只是，他的話剛剛落下，就看到下山的王家人，見他們笑得那麼開心，這是通過了考核？

若是此時第二昌看到第二輝的表情的話，就會發現他自認為聰明乖巧的兒子，一臉扭曲猙獰。

王家人同樣也看見了第二昌和第二輝。這下，除了王英武和王英傑依舊覺得剛才的事情是意外，其他人都知道是什麼原因了。

而王英越，更厭惡第二府的人了。

上學後要住在書院裡，除了書院放假之外都不能回家，這些事情，王家人都覺得很正常，以前在縣學的時候不也是這樣？

「那我們可以去看你們吧？」

反正家裡有馬車，路途也不遠。

「可以。」王偉業點頭。

知道束脩五百兩銀子後，其他人有些咋舌，夏雨霖笑著說道：「英武，以後你們可得努力掙錢，知道嗎？」

「嗯。」王家五兄弟，包括還沒成家的王英卓都點頭，覺得壓力特別大的是王英武和王英傑。家裡現在還有五個三歲的娃娃，再過兩年就到了啟蒙的年紀，先不說他們能不能通過考核，作為家長，必須得先準備起來，不然到時候孩子通過了，卻因為沒有銀子而無法進去唸書，那就是他們當父母的失職。

正月二十這一天，王家人高高興興地將家裡的四個孩子送進了書院。

他們不知道的是，他們家的這件事情引起了好些人的關注，就是忙碌的康天卓都詢問了南宮晟一句。

第四十九章

第二昌心裡是什麼感覺，沒人清楚。

王姨娘一家三口恨得咬牙切齒，第二夫人母女倒是都挺高興的。第二夫人甚至為了這事回了一趟娘家，希望娘家在書院裡的孩子能夠多照顧兒子一二。

只是帶著笑臉回去的她，回來的時候卻是一臉陰沈，派人把王姨娘一家三口都叫到跟前。

「給我掌嘴。」

她身邊的嬤嬤知道事情真相，下手的時候沒有半點留情。第二月冷眼看著，這事她早就準備好，就算爹來了，也說不出責怪娘的話。

第二嬌是一臉擔心。

第二昌來的時候，王姨娘母子的三張臉已經腫得不能看了。「住手！」

只是兩個嬤嬤並沒有聽他的，在第二夫人沒有下命令之前，繼續開打。

「我讓妳住手！」第二昌再次衝著第二夫人吼道。

不過，第二夫人只是冷冷地看了他一眼。兩人之間的感情，在當年第二朗走丟，第二昌卻沒怎麼處罰第二仙的時候就已經破裂了。

此時看著第二昌，第二夫人連一句解釋的話都不願意說。

她這副模樣，刺激得第二昌想動手打她，可一想到第二夫人的娘家，又慫了。

「妳到底想怎麼樣？」

這話一出，王姨娘三人渾身都在發抖，好在第二昌並沒有真正地拋棄他們。「花朝節的時候，皇后娘娘要舉辦百花宴，她特意點名讓仙兒參加。」

第二月蹙眉。這句話她是第二次聽到，似乎自從她疏遠第二仙開始，皇后姑姑也不再是她記憶中的模樣。

重生以來，她並不想懷疑前世為數不多信任的人，可諸多的蛛絲馬跡表明，姑姑似乎並沒有她表現出來的那麼真心。

第二夫人嘲諷地看著第二昌，掃了一眼因為這一句話而眼露得意的第二仙。「呵，皇后娘娘，我想她現在應該是焦頭爛額才對，把一個庶女加進百花宴的名單，第二昌，你那個妹妹果然和你一樣愚蠢。」

在兒女面前被這麼說，第二昌臉色很不好，不過，他更關注前面的一句話。他們家現在就是靠著皇后娘娘撐著，才勉強在京城算得上一流的家族。這段日子，他不是沒有感覺到，皇上對他是越來越敷衍。

「正宮皇后得有多蠢，才會做出為了一個庶女而得罪全京城的正妻和嫡女，她難道不知道，百花宴上，從來就沒有庶女出席的。」

第二夫人這句話說得再明顯不過了。

第二昌反駁不了，而第二月，此時真的很想打自己一個巴掌。前世的她得有多蠢，才會做出偷偷將第二仙帶去參加百花宴的事，難怪自那次以後，她就被孤立了，到最後落得個眾叛親離的下場。

「看著我做什麼？」第二夫人示意嬤嬤停手，看著王姨娘母女的表情，很愉悅地笑了起來。「妳們恐怕還不知道吧，因為我們府裡的庶女，今年百花宴交由貴妃娘娘主持。」

第二昌眼睛瞪得老大。「這、這……怎麼可能？」

第二夫人真覺得以前是眼睛瞎了，才會看上第二昌，這男人除了一張臉皮之外，真的是蠢得無可救藥。「現在，我再告訴你，你恐怕還不知道，你這個蠢兒子在祁山書院算計別人，卻把自己搭了進去。祁山書院已經出了告示，淘汰名額中就有你家這個蠢貨。」

這打擊比女兒不能參加百花宴更甚，王姨娘的腦袋有些發暈，就是第二輝，也是和第二昌表情一樣，震驚又難以置信。

祁山書院不會公布淘汰理由，但是，每年都會公布淘汰名單，這名單上寫的並不是所有被淘汰的人，能上這名單的只有一個原因，那就是品行不過關。

因為祁山書院的名聲，沒有人會懷疑這上面的人是被冤枉的，也就導致上了名單的人哪怕背景再深厚，也永遠不會被列入錄用名單。

「到底是怎麼回事？」這一次，第二昌就沒有那麼溫柔了，看著第二輝恨不得吃了他一般。

「爹，我……」

第二輝做那件事情的時候，只是一時興起，看到第二朗，他腦子裡就會不由自主地響起姨娘的話，只要沒有第二朗，他就是第二府的繼承人。

「就你這樣丟人現眼的東西，也敢害我兒子？第二輝，日子還長著呢，你慢慢受著吧！」第二夫人說完，讓嬤嬤扶著，心情愉快地離開。

第二月和第二嬌沒有半點猶豫地跟上，徒留第二昌對著王姨娘母子不住地咆哮。

第二夫人進入自己的院子之前，回頭看著第二月。「我不知道妳這些年經歷了什麼，但是我並不希望妳被仇恨迷了心眼，比起報仇，守護和珍惜妳最重要的人，別到事情無法挽回的時候，才知道後悔。」

第二月愣愣地看著親娘，心裡難受得想哭。有些事情要放下談何容易，她現在已經身在地獄，不把以前所承受的全都還給仇人，她覺得就是死都不能瞑目。

「姊姊。」第二嬌看著第二月的表情，心裡有些害怕。

第二夫人看著女兒，也只有嘆氣的分。等到第二月回到自己的院子剛剛坐下，第二夫人身邊的嬤嬤就走了進來，手裡拿著一本佛經。

「大小姐，夫人吩咐，您每天必須抄寫一個時辰的佛經。」嬤嬤笑著說道：「有奴婢監督，從現在開始。」

知道娘是好意，第二月沒有拒絕，拿起毛筆，開始抄寫起來。

把孩子送進書院，夏雨霖等人又開始託媒婆給王詩涵說親。只是，這一次，媒婆倒是找了不少，但許久都沒有音信。

他們不知道，有康天卓這個皇帝在中間插手，只要苗鈺一天沒考慮清楚，王詩涵的親事就會一直這麼拖著的。

正月的最後一天，媒婆上門了。

夏雨霖和宋氏等人都高興不已，等到媒婆將男方的條件說了一遍後，幾個女人覺得若是媒婆沒有太誇張的話，這絕對是這些日子裡最滿意的。

只是，很快她們就愣住了。

「等等，妳是說，楊家來提親的是我們家七妹？」宋氏開口問道，懷疑她耳朵聽錯了。

「是啊，就是你們家七姑娘。」媒婆笑著回答。「有什麼不對嗎？」

還是夏雨霖反應快，沒有立刻拒絕，而是笑著說道：「沒有，這事容我們考慮兩天，妳看成嗎？」

「行。」媒婆倒是爽快。這門親事在她看來，成的可能很高。男方是有意的，不然不會讓她來提親；再說以男方的條件，她覺得王家人也不會拒絕的。

送走媒婆後，夏雨霖覺得有些為難。兩個女兒，手心、手背都是肉，小韻的年紀也不算小了，不能因為小涵的親事就一直耽擱著。

只是先給小韻定下，小涵心裡肯定會很難受的；再者，妹妹訂了親，姊姊還沒有著落，小涵說親會更困難。

想到這些，夏雨霖覺得當初他們揍沈家人就該再狠一些。

「娘，先不著急，我們先去打聽一下楊家的情況再說。」王英文開口說道。

夏雨霖點頭。

等到王晴嵐從親爹嘴裡知道提親人的名字時，瞬間把喝進嘴裡的茶水吐了出來。

「嵐兒。」王英傑有些無奈地看著女兒。

「爹，我沒事。」王晴嵐說完，站起身來，就往奶奶的院子跑去，一路上回想著關於書中描寫的楊長寧這個渣男的內容：忘恩負義，狼心狗肺，道貌岸然，愚孝還對妻子長期冷暴力。

這樣的男人，怎麼能配得上她家小姑姑？

跑進院子的時候，二伯、四叔和小叔都在，看見臉蛋紅通通的她，笑著問道：「這麼急急忙忙的，有什麼事情嗎？」

「沒事，就是聽爹說，有人給小姑姑說親，想來關心一下。」王晴嵐慢悠悠地在一邊椅子上坐下，喝了一杯水才開口說道。

對此，王英文兄弟三人很滿意。

「娘，我們也正要說這事，我看這門親事可以答應下來。」

聽到這話，王晴嵐瞪大眼睛詫異地看著二伯。怎麼會是這樣？

「這幾日我打聽過了，媒婆並沒有誇張，楊長寧的父親是個員外郎，家庭富裕，人口簡單，父母感情很好，為人和善。而楊長寧之前在祁山書院讀書，會參加今年的會試，儀表堂堂，人品和性格都沒有問題，在先生眼裡是德才兼備的好學生，在父母眼裡是孝順的好孩子，在同窗之中的口碑也很不錯。」王英文把自己打聽到的說了出來。

是這樣嗎？畢竟事關小姑的終身幸福，王晴嵐覺得謹慎一些是不會錯的。

王英奇接著說道：「最重要的是，我覺得他們家和我們家算得上是門當戶對。」

「爹，娘，那楊長寧你們也見過。」王英卓一句話，讓王大虎和夏雨霖都愣住了。「就是正月十五那一天，非禮小妹，盯著小妹目不轉睛的登徒子。」

「什麼！」王英文和王英奇同時說道，他們也近距離地觀察這楊長寧，難道看走眼了？

王晴嵐差點被自己的口水噎住。小姑姑這順手拉一把，就拉到一個炮灰。不對，現在下結論還太早，回憶著正月十五那晚的事情，如若不把那個害羞的青年和楊長寧連結在一起，她對他的印象還是不錯的。

「英卓，那只是意外。」夏雨霖笑著說道：「我相信那孩子並不是故意的，至於你說的盯著小韻目不轉睛，也只能說我們家小韻長得好看。」

王晴嵐點頭，贊同她奶奶這話。

隨後，夏雨霖又給王英文兄弟倆詳細地說了一遍那天晚上的事情。「我原先還在想，小韻的婚事我並沒有託媒婆，怎麼會有人上門提親？」當然，不是她覺得女兒差，而是在京城，他們認識的人還真不多。「如今方才明白，原來根在這裡，這就是緣分。」

雖然贊同奶奶的話，可現在聽到奶奶這麼說，王晴嵐又有些急了。「奶奶，要不要再觀察一下？還有，把我們家的規矩跟楊家提一提，這才是最重要的。」

夏雨霖點頭。

「二哥、四哥，關於楊長寧的事情就交給我吧。」王英卓開口說道。

「小叔，帶上我。」王晴嵐急忙開口。

因為她太心急了，還有之前匆匆跑過來的表現，王英卓盯著她。「嵐丫頭，妳是不是知道些什麼？」

王晴嵐並不意外，因為一開始她就打算告訴他們的。「聽了二伯的話後，我也有些拿不准那是不是真的。」

若說在這個社會，除了被家裡人慢慢磨鍊的性子，還有一個讓她很深刻的認知，那就是只要關係到姑娘家的名聲，都必須慎之又慎，否則一不小心，後果就會不堪設想。

「這裡沒外人，妳說就是了，是真是假我們會判斷的。」

「我也是聽到爹說楊長寧這個名字的時候才記起來，他似乎和第二嬌有些關係。」王晴嵐很小聲地說道。

她這一句話讓王家人的眉頭都皺了起來。王晴嵐雖然說得含蓄，但一個未婚男子和不是親戚的未婚女子有關係，在這個時代，基本上就只有一種可能，至少王晴嵐所說的就屬於這一種。

「英卓，先不急著回覆，你好好地觀察一段時間再說。」夏雨霖開口說道。

王英卓點頭。

王家不著急，另一邊一直沒得到回信的楊長寧卻是整日坐立不安，吃飯做事都在走神。楊正仁看著兒子一副為伊消得人憔悴的模樣，臉上帶著吾家有兒初長成的惆悵笑容。一邊的楊夫人同樣笑咪咪地看著，完全沒有心思提醒他，王家人如今正在打探他的消息。

當然，對於王家人的做法，她並不反感。畢竟在答應兒子託媒婆去提親之前，她也把王家人查了個底朝天，特別是關於王詩韻那姑娘，同樣是父母，她如何不理解對方的心情？

「老爺，夫人，少爺。」下人走進來，行禮之後，才對楊長寧說道：「少爺，外面有一位公子送來請帖，指名讓小的交給少爺。」

「哦。」楊長寧情緒不高地接過，打開一看，倏地站起身來。「爹，娘，我有事出去一趟。」

「去吧。」楊正仁笑著說道。

「等等，你換身好看的衣服，把自己好好打理一下。」楊夫人提醒道，就長寧前後判若兩人的表現，他們都知道對方是什麼人。唉，兒大不由娘啊！

邁出腳步的楊長寧聽了這話，直接轉了方向。

於是，王英卓和楊長寧認識了。

第一天回來，王英卓說了四個字。「才華橫溢。」

接下來每天，王英卓對楊長寧的評價都在上升，沒聽到有多大的缺點。至於他們家的規矩，在楊長寧看來壓根兒就不是問題，因為他爹就一心愛護著娘，別說小妾，這麼些年，沒有哪個親人以外的女人分走過爹的注意。

所以，他也沒想過納妾這件事情。

當然，王英卓也有看不慣他的地方。手無縛雞之力，遇上危險的時候恐怕還沒有他家小妹厲害；隨時隨地都拿著把扇子，不熱的時候也會搧一搧，有毛病。

不過總體來說，還是不錯的。

至於第二嬌的事情，王英卓用自己的辦法很隱晦地打探過了，除非這人真是心機深沈得可怕，否則，他想，嵐兒說的都不是真的。

雖然心裡有那麼一絲絲不安，可王晴嵐還是相信三位叔伯的眼光，看著爺爺、奶奶點頭，給楊家回信，準備挑選個吉日把婚事定下來。

對此，最高興的是楊長寧；至於王詩韻，害羞了一會兒，就去陪著王詩涵了。

「六姊。」她能感覺到六姊心裡不是一點感覺都沒有。

「小韻，我沒事。」王詩涵依舊笑得溫柔。

這樣子的六姊，讓王詩韻不知道該說什麼好，難受的同時，想法跟夏雨霖一樣，恨不得回富陽縣將沈家那一家子再狠狠地揍一頓。

王詩韻將腦袋靠在王詩涵的肩上。「六姊。」

「妳能找到如意郎君，我很高興，真的。」

對於王詩涵，王家人都只能在心裡嘆氣，只是這事還真急不得。

王詩涵的心裡肯定是難受的，但那與王詩韻的訂親關係並不大，是她自己的問題。她已經二十一了，別說在王家村是老姑娘了，就是在京城，同樣也是。

再者不管怎麼樣，她都是坐過牢的人，這一點對於許多人家來說，是比被退親更難以接受的污點。

想著這段日子家人為自己婚事所操的心，已經退過一次親的她有種自己可能會當一輩子老姑娘的感覺。

「唉。」坐在房間裡的王詩涵長長地嘆了一口氣，感覺時間已經不早了，起身準備吹蠟燭睡覺。就在這個時候，房間裡的窗戶突然毫無聲息地打開了，一個人影閃過，苗鈺已經端正地坐在面前，桌上的燭火僅僅是晃了一下。

「妳嘆什麼氣？」苗鈺開口問道。

王詩涵張了張嘴，原本想問他怎麼進來的，可想著他已經坐在這裡了，問這個問題似乎沒有意義。他知不知道這是她的房間，他怎麼就這麼闖了進來，還選在這樣的時辰；又想到這人隔三差五地就從她房裡拿走被子的行為，就算她問出來，這人的回答也只會讓自己吐血。

於是，王詩涵選擇另外一個問題。「你來幹什麼？」

「妳還沒回答我。」苗鈺看著王詩涵，固執地問道。

「跟你無關。」

王詩涵想了想，還是在他對面坐下，給他倒了一杯水，推了過去。

房間裡很沈默，苗鈺愣愣地盯著王詩涵，眼睛都沒有眨一下。剛開始王詩涵還有些害羞，慢慢地變成惱怒，想指責他的時候，腦子裡又不由自主地想到姪女說這人是大變態，瞬間蔫了。看吧看吧，反正她也嫁不出去，也不會少一塊肉。

「妳不害怕嗎？」

苗鈺想著，這姑娘膽子可真大；不對，臉皮也挺厚的，深更半夜的，一個陌生男子出現在她的房間裡，就這麼大剌剌地看著她，她竟然都不知道反抗。

「請說正事。」王詩涵端正面孔，看著苗鈺，一本正經地說道。

苗鈺被她這麼一提醒，也沒有再追究這些無關緊要的問題。「我娶妳怎麼樣？」

第五十章

王詩涵的眼睛瞪大，仔細地看著苗鈺，沒發現他沒有一絲開玩笑的樣子。到底是個姑娘家，羞惱得一臉通紅，不過，理智卻沒有因此而消散。「原因。」

「妳若是嫁給其他人，我就不能再拿妳的被子去用了。」苗鈺很實誠地回答。「這樣，我就不能睡好覺了。」

果然答案很奇葩，王詩涵一副了然的模樣。

「還有妳的廚藝很不錯。」這是娶王詩涵的第二個好處，苗鈺也沒有隱瞞。

王詩涵深吸一口氣。一直以來，她都遵循著婚姻大事，父母之命、媒妁之言，可如今有個男子竟然直接對她說要娶她，她真的不知道該怎麼應對。

想了想，她說道：「我退過親。」

「我知道啊。」苗鈺不明白地看著王詩涵。

王詩涵再想，又說道：「我們家沒權沒勢。」

苗鈺的目光更奇怪了。這人怎麼這麼多廢話？

「嗯，我早就知道了，我動動嘴皮就可以讓你們家灰飛煙滅。」苗鈺理所當然地說完，想了想又補充道：「而且是告御狀都不可能改變的那種。」

聽到這話，王詩涵真的很懷疑，她剛才真的不是出現幻聽嗎？這人是說要娶她的人嗎？果然是個大變態。

「我坐過牢。」

苗鈺看著王詩涵的目光更奇怪了。「我記得沒錯的話，我還去牢裡看過妳。」

「我們家有個規矩，就是王家的女婿都不能納妾。」

「這個我也知道。」苗鈺想了想問道：「妳到底想說什麼？」

「我的意思是，你家應該是達官貴人，這事你問過你父母嗎？」這話一落下，王詩涵就感覺房間內似乎一下子變冷許多。糟了，她這是說錯話了嗎？

苗鈺冷著臉，用黑漆漆的目光看著一臉疑惑的王詩涵，再一次確定，這姑娘膽子挺大的。整個京城，敢在他面前提起他父母的，估計除了皇上，也就面前這一位了，其他的都在第一時間被他收拾了。

「這個問題很重要嗎？」沈默了好久，苗鈺才開口。「我答應妳不納妾，自然就不會納妾，我不是出爾反爾的人。」

「可是……」因為知道苗鈺是認真的，所以，王詩涵也認真地考慮。「成親並不是兩個人的事情。就拿我家裡的人來說，若是我娘和幾個嫂子相處不好的話，整個家都會亂套的，你明白嗎？」

苗鈺沒有回答。

「妳知道我叫什麼嗎？」對於這個莫名其妙的問題，王詩涵點頭，回答道：「苗鈺啊！」

「妳不知道我的身世？」

王詩涵搖頭，心裡開始猜測起來，難不成是父母都不在了，他是個孤兒，所以，她剛才提到他的父母的時候，他才會生氣？

然後，苗鈺以非常平靜淡漠的語氣將自己的身世說了一遍，聽得王詩涵整個人都懵了，好久之後才找回聲音。「這、這……這也太荒唐了吧！」

太震驚了，她得喝口水，壓壓驚。王詩涵這麼想著，直接倒了一杯水灌了進去，才好一些。

「所以，妳不願意？」苗鈺開口問道。

「什麼？」剛才王詩涵聽到的那些事情，只能用聳人聽聞四個字來形容。所以，這時候，她的腦袋瓜子反應有些遲鈍。

「我娶妳的事情。」

比起剛才還算是和諧的氣氛，現在的苗鈺說話十分冷硬。

「你現在不會和他們住在一起吧？」王詩涵開口問道。

苗鈺搖頭。

王詩涵突然覺得，這人是大變態一點都不奇怪。「這事有點突然，你給我時間考慮一下，成嗎？」

苗鈺點頭，坐在那裡沒有動。「妳考慮吧，我等著。」

好吧，王詩涵已經有些習慣他不按理出牌的行事，開始認真地考慮起來。

時間一點一滴地過去，直到一個多時辰後，王詩涵才抬頭看著對面的苗鈺。「我願意嫁給你，不過，你能不能答應我一個要求？」

苗鈺皺眉，沒有直接點頭。「妳先說。」

「不管我們成親後是相處愉快，還是因為一些分歧而鬧矛盾，你能不能答應我，你可以生我的氣，但不能牽扯到我家裡的人。」王詩涵開口說道。

苗鈺一愣。原本以為她有什麼要求，沒想到還是為了家人，不過，他很快就又覺得正常。「可以。」

「不是我不相信你的人品，只是我們之間門第差距太大，我有這方面的擔心也很正常。既然你很受皇上寵愛，那麼，能不能讓皇上下一個我剛才那要求的聖旨？」說到這裡，王詩涵有些不敢看苗鈺的目光，她覺得自己有些得寸進尺，可也只有這樣，她才會覺得安心。

「可以。」苗鈺倒沒覺得有什麼，在他看來，這才是聰明人的做法。

「這樣的話，你讓人挑個好日子來提親吧！」既然他這麼乾脆，王詩涵極力掩飾心裡的羞澀，說完又問了一句。「你心裡有人選嗎？」

「這些事情妳就不用操心了。」

對於王詩涵的答應，苗鈺感覺很矛盾。他覺得有些奇怪，又覺得放在王詩涵身上也不算奇怪。所以，其實王詩涵也不是個正常的姑娘吧？

這麼一想，他覺得就說得過去了。

「妳不介意？」臨走前，苗鈺開口問道。

王詩涵愣了一下，才明白他指的是什麼。「我要嫁的人是你，只要你不做那麼噁心人的事情，我就不介意。」

「走了。」

苗鈺離開時，心裡想的是，這姑娘果然不正常。

王詩涵看著空盪盪的房間，坐在床沿上，看看這裡，再瞅瞅那裡，眨了眨眼睛。所以，她的婚事就這麼解決了，會不會有些奇怪？

這也導致她一晚上都失眠。第二天，想到自己私自答應下來的親事，也不敢抬頭看家人的臉。

對此，王家人更擔心了，王詩韻都有不訂親的想法了，只是，她清楚，要是六姊知道是因為她的原因讓自己不想訂親，她只會更難受。

唉，怎麼辦呢？

王詩韻訂親的那一天，楊正仁夫婦帶著楊長寧上門。由於之前就說好了，婚書、信物以及成親的日子等等都在很和諧的氣氛下進行。

這一天，大剌剌的王詩韻姑娘臉上一直是紅通通，乖乖巧巧的樣子，讓楊正仁夫婦都有些懷疑，這姑娘真的是那個將兒子兩隻眼睛都打瘀青了的姑娘嗎？

楊家人對王詩韻很滿意，對她的家人感覺也很好，尤其看見他們家這麼多可愛的小孫子、小孫女，還有幾個大肚子的媳婦時，笑容就更燦爛了。

一聽到他們家還有一個兒子和三個孫子在祁山書院讀書，楊正仁夫婦彷彿看見了不久以後，他們家也會有小孫子到處爬的場景，樂呵呵地笑個不停。

夏雨霖也不停地點頭，主要原因是這一家三口給她的印象都挺好的。

婚事定在會試過後，也就是四月。楊家人對自家孩子很有信心，王家人對王英卓也有信心，因此，對於這個日子，男女雙方都沒有意見。在他們看來，喜上添喜也是妙事一樁。

「妳說什麼？」

第二嬌臉色煞白，嘴唇的血色在這一刻消失得一乾二淨。

貼身丫鬟詩情趕緊扶著她，對著畫意問道：「妳是不是聽錯了？」

「沒有，二小姐，是真的，楊公子今天已經和王家姑娘訂親了。」畫意知道自家姑娘的心思，因此一聽到這個消息，才急急忙忙地跑回來。

「小姐，您沒事吧？」看著第二嬌的表情，兩個丫鬟都有些慌了。

「沒事。」話是這麼說，第二嬌的眼淚卻忍不住地往下流。看著這樣子的她，兩個丫鬟才鬆了一口氣，心想著小姐哭出來就好了。

她們以為小姐不開心，一個準備親自給小姐做點吃食，一個想著大小姐曾經吩咐的話，去把這事告訴大小姐，才這麼一會兒的工夫，就出事了。

第二月一聽到這件事情，心裡就有些慌，眼皮也在不停地跳，幾乎沒有停留地大步趕去第二嬌的院子，心頭有種不好的預感。

越是靠近，這種感覺越是強烈，直到踏進第二嬌的房間，看著吊在半空中的妹妹，一股涼氣從腳底直竄她頭頂。

第二月以最快的速度把第二嬌放下來，右手有些顫抖地為妹妹把脈，感覺到微弱的跳動，整個人長長地鬆了一口氣。只要沒死，她都能救活。

她接過紅袖遞過來的手帕，擦掉額頭上細密的汗水，看著躺在床上雙目緊閉，臉色慘白，脖子上有一圈勒痕的妹妹，表情有些迷茫。「紅袖，妳說我是不是做錯了？」

紅袖看著自家小姐這個樣子，很是心疼，卻也知道這時候，她只需要安靜地站在一邊，小姐並不需要她的回答。

第二月不由自主地想起娘親所說的話。

難道這就是懲罰，懲罰她對妹妹的忽視？

「如何？」第二夫人匆匆趕來，橫掃整個後院的威武氣勢早已消失不見，她匆忙走進房間，問話的聲音都有些顫抖。

「沒事。」第二月看著第二夫人，開口說道：「娘，我讓紅袖在這裡守著，我們出去談吧。」

「嗯。」第二夫人知道她想說什麼。

出了房間，詩情、畫意兩個姑娘齊齊地跪在地上，第二夫人和第二月各自落坐。「到底是怎麼回事？好好的，二小姐怎麼會想不開？」

「是奴婢該死，是奴婢害了二小姐。」兩個丫鬟齊齊地說道。

「該不該死，妳們先把事情說清楚，我自會判斷。」第二夫人目光森冷地看著她們。

詩情和畫意將今天的事情毫不隱瞞地說了一遍。第二月接著開口。「娘，這次的事情，我也有責任。我一直認為楊長寧不會是二妹的良配，因此一直反對這事。」

第二夫人並沒有責怪第二月，比起來，她這個做母親的更應該負責，女兒心裡有人，她竟然不知道。

「我沒想到，二妹竟然會想不開。」第二月不能理解的是，既然二妹聽到這樣的消息會想不開，那就說明她對楊長寧情根深種，喜歡到連命都可以不要的地步，為什麼後來二妹嫁給楊長寧以後，每次見到她，她都在哭？

看著這個女兒，第二夫人再次覺得她作為一個母親，實在是太失職了，早就該教給女兒的東西，拖到現在都還沒有教。「妳們老實告訴我，二小姐和那位楊公子到底是怎麼回事？」

詩情想了想。「最初二小姐是怎麼認識楊公子的，奴婢並不清楚，但奴婢猜測，應該是在六年前大少爺失蹤的那個晚上。」

第二夫人和第二月都是一愣，皺眉回想那天晚上的事情，只是，一點關於第二嬌的記憶都沒有，她們全部的心神都放在朗兒失蹤的事情上。

「那天晚上，二小姐和奴婢們走散了，之後發生什麼事情，奴婢並不知道，只是回來的時候，有些狼狽，身上的衣服也不是原先的那件。」

詩情說完，畫意接著補充。「但自從那天以後，二小姐就會時不時地拿出一個男人的手帕，不開心的時候看一看，二小姐的心情都會好上許多。」

「那天晚上的事情，奴婢們問過二小姐要不要告訴夫人和大小姐，二小姐搖頭說，不想給夫人和二小姐添亂。這以後，二小姐偶爾也會跟奴婢們說起楊公子的事情，那天好像是楊公子救了她。」

聽著兩個丫鬟的話，第二夫人和第二月自然地將整個故事補全。

「二小姐也派人去打聽過楊公子的事情，從那以後，只要二小姐能出府，都會去看楊公子，書院放假的時候，二小姐會在楊公子必經的道路旁邊等著……」

「行了，別說了。」第二夫人打斷兩人的話，只是怪得了誰，最該責怪的就是她自己。

「這事誰也不准傳出去。」

「是，夫人。」

接下來是長時間的沈默。第二月沒有想到，二妹和楊長寧竟然那麼早就認識了，難怪她重生回來後想要阻止都沒能成功。

在第二夫人看來，若是楊長寧沒有訂親，什麼都好說；可現在對方已經訂親，她能做的就是想辦法讓女兒死心。雖然有些痛苦，但她會陪著女兒熬過去的。

詩情和畫意退了出去，房間裡只剩下母女兩人。

「娘，要不派人去打聽一下？楊家和王家訂親的事情，若是他們感情不深……」第二月的話還沒有說完，就被第二夫人打斷。「不行。」

「娘。」第二月對這個妹妹心懷愧疚，總想著補償一二。

「月兒，妳怎麼會這麼想？」第二夫人不贊同地看著第二月。「既然王家和楊家訂了親，那麼，嬌兒和楊長寧就再無可能。就算兩家以後因為其他原因退親，我們家也不能和楊家有任何牽扯，妳別忘了，朗兒現在是王家人。」

第二月皺眉。「可是，二妹這裡……」

「她不會有事的。」第二夫人開口說道：「月兒，我並不僅是為了朗兒考慮，也是為了妳和嬌兒。我知道妳去打聽王家和楊家的親事是為了什麼，但妳仔細想想，就算妳有辦法讓嬌兒如願，但以後嬌兒就會幸福嗎？」

第二夫人又道：「不管楊長寧怎麼樣，但我可以肯定地告訴妳，楊家的父母是絕對不會喜歡嬌兒的。」

第二月再次沈默。因為前世，楊家父母對嬌兒的態度真的是冷淡到完全不像是對兒媳婦。

「再者，月兒，妳千萬不要忘記了這裡是什麼地方。這裡是京城，天子腳下，除了皇上，沒人能保證她做的事情是天衣無縫的。」第二夫人看著第二月，說出的話很語重心長。「京城有很多的秘密都是許多人心知肚明的，只是看他們願不願意戳穿而已。」

第二月雙手握緊，想起前世的事情，整個人冰冷異常。

「月兒，不是所有人都像我們府家那些個蠢貨，京城裡聰明的人太多了。妳千萬不要以為所有人都跟妳爹一樣，蠢得要死，若是被人知道妳插手別人的親事，妳這麼一個未婚的姑娘，名聲就全毀了，以後還怎麼嫁人？」

她壓根兒就沒想過嫁人。

「那王姨娘和第二仙她們呢？也蠢嗎？」第二月忍不住問道。

第二夫人看著女兒。「她們手段高不高明我不知道，不過，她們的目的卻很明顯。」想到朗兒失蹤，雖然有月兒愚蠢的原因，何嘗不是因為她自己的自負。「第二昌那個男人我雖然不稀罕，但只要我在一天，王姨娘都永遠得把腦袋低著；第二仙再美若天仙，也永遠是個庶女。」

「皇后姑姑……」

「就算她幫著第二仙又如何？再這麼做下去，她就只是尊要過河的泥菩薩。」

「為什麼？」這麼問，一是她對皇后還有些感情，二來她更擔心那人。突然，她想起前世臨死前，那個讓人恨之入骨的男人所說的話。
「第二月，我沒得到皇位，都是被妳害的……」
原先她不太明白，如今心裡卻有了一絲絲的猜測。
「蠢的唄。」第二夫人笑著說道，多少有些明白皇上立第二柔當皇后的原因。娘家有地位、沒權力，不用擔心外戚，第二柔又不是個精明的，多好掌控。
就在這個時候，一個溫柔的笑臉出現在第二夫人的腦海裡。她想到自己在朗兒失蹤後，就對第二仙下了絕育藥，再想到多年都無所出的皇后以及婆婆的態度，渾身發冷。
若她這突然冒出來的猜測變成現實，她自己倒是不擔心，可自己兩個女兒要怎麼辦？
「娘，怎麼了？」第二月開口問道。
「月兒，妳見過朗兒現在的娘嗎？」第二夫人開口問道。
第二月點頭。
「妳想一想她的相貌。」第二夫人慢慢地說，腦子轉動得卻很快。朗兒和王家那幾個兄弟站在一起，似乎沒人會懷疑他們是親兄弟，這真的是巧合？
第二月回想著正月十五時看見的夏雨霖。「怎麼了？」
「妳有沒有覺得，她很像一個人？」
第二月有點感覺，但並沒有多想。
這個女兒果然還差一些，看來以後要經常帶在身邊。不對，兩個女兒都要帶在身邊，趁著還有些時間，好好教導一番，不然這麼傻，被算計了都不知道。

「我們府裡佛堂裡的另外一位，還有祁山書院的那位。」說這話的時候，第二夫人把聲音壓得很低。

第二月心頭一跳。她娘說得都這麼明白了，她照著記憶力將三人的長相對比，一臉駭然，說話都有些結巴。「娘，這、這……會不會只是巧合？」

「我也希望是這樣，不過，妳那位皇后姑姑對第二仙的態度就讓這件事情值得懷疑。」第二夫人開口說道。

比起第二夫人的擔心，第二月想得更多，整個人都在顫抖。

「是與不是，佛堂裡的那位我想是最清楚不過的，今天晚上，妳跟我去一趟。」第二夫人看著被嚇得有些傻的女兒，有些心疼，可不得不硬起心腸來。再讓她這麼傻下去，才是真正地害了她。

「別怕，有娘在。」第二夫人握著第二月的手說道。

第五十一章

第二嬌是在一個時辰後醒過來的，看著床邊的娘和大姊，眼淚洶湧而出。

「別哭。」第二夫人趕緊給她擦眼淚。

「娘，我心裡難受。」第二嬌的聲音沙啞。

那一晚發生的事情，她現在想起來都害怕不已，如若不是楊公子出現，她肯定被一群臭烘烘的乞丐給侮辱了。回來之後，朗兒失蹤，原本就算她不受寵但還算幸福的家庭，瞬間分崩離析。

娘住進了佛堂，大姊整日裡都不知道在忙些什麼，爹一顆心都在謀權奪利上，稍微有些空閒時間也全去陪王姨娘母子，每晚從噩夢中醒來，她都只能拿著那方手帕才能安心入睡。

楊公子也從原先的救命恩人慢慢地在心裡發生了變化。她想著，只要能嫁給他，她願意捨棄一切，只是，現在她該怎麼辦？

「沒事，睡一覺就好了。」

第二夫人也發現了，這個女兒的眼淚有些太多了。不過，這個毛病，等她恢復過來再慢慢糾正吧。

「娘，我想見見楊公子。」第二嬌哭著祈求道。

第二夫人搖頭。「嬌兒，聽娘的，我們別再想著那位楊公子了。他已經訂親了，妳要接受這個事實，以後娘給妳找個很好的，好不好？」

「娘，我就要楊公子。」第二嬌哭得越發厲害，整個人的情緒都有些激動。「我知道他訂親了，娘，我可以做小的……」

「啪！」

第二夫人聽到最後這句話，一個巴掌搧了過去，然後，冷著臉看著有些被嚇著的女兒，忍住心疼。「第二嬌，我告訴妳，妳和楊長寧是絕對沒有可能的，妳最好打消這樣的念頭。」

「嬤嬤，妳留下來，給我看好她。」第二夫人站起身來，直接離開。

第二月看了一眼妹妹，嘆了一口氣。在這件事情上，她的想法和娘是一樣的，絕對不會讓二妹做妾。

只是，她和第二夫人還沒走多遠，就被第二嬌院子裡的婢女氣喘吁吁地追上。「夫人，大小姐，二小姐咬舌了！」

母女兩人臉色一變，忙轉了回去，就見躺在床上的第二嬌滿嘴是血，一臉的死灰。第二月忙上前察看，見情況不是很嚴重，而二妹的臉頰被捏出青印，就知道是嬤嬤她們阻止得及時。

看著這樣的第二嬌，母女倆真是氣得想要揍她，可到底不能放任不管，她們知道，若是不能夠打消她的尋死之心，估計這樣的驚嚇天天都會發生。誰還沒有打盹的時候，只要一次成功了，後果就不是她們能承受的。

「妳要死啊妳！」第二夫人氣呼呼地說道。

第二月幫著止血，其實也想罵二妹的，她經歷了那麼多痛苦都沒有想過一死了之，怎麼二妹為了一個男人，就輕易地結束自己的生命？

第二嬌不能說話，只是她的眼神就說明一切，她直直地盯著第二夫人，裡面傳達著沒有楊長寧，她寧願死的意思。

「妳真是！」

面對這樣的女兒，第二夫人真的是束手無策。

「行了，妳給我消停點，我讓妳見楊長寧。」第二月最先妥協，這樣的妹妹，她怒其不爭的同時，又心痛不已。「不過，妳得答應我，無論結果怎麼樣，妳都不能再有尋死的想法。」

「月兒。」第二夫人不贊同地叫道。

「娘，我們還有其他的法子嗎？」第二月並不怎麼在意自己的名聲。她突然想通一點，或許重生回來，不僅是要報仇，債好像也是要還的，就當是她前世欠了妹妹吧！

「這事我來做，妳守著妳妹妹就行。」第二夫人想了想說道。

「娘，還是我來吧，若是妳出手，朗兒會恨妳的。」第二月笑著說道。這是從朗兒走丟以後到現在，她再一次感受到母親的愛。

「恨就恨吧。」

兒子重要，女兒也不能不管。只是，第二夫人的話才說完，人就暈了過去。

第二月第一時間把她扶好，放到床邊。「嬤嬤，我娘沒事，只是暫時暈了過去。」說完，她在第二嬌和房間裡的下人驚訝的目光下站起來。「二妹，等著大姊把楊長寧給妳帶回來。」

第二嬌張嘴，因為舌頭的傷口卻說不出話來，只得眼睜睜地看著大姊帶著紅袖離開。

「小姐。」

紅袖有些心疼自家小姐，對二小姐也有些埋怨。不就是一個男人嗎？用得著要死要活的嗎？反正在她的眼裡，這個二小姐就是吃飽了撐著。

第二月看著手中的手帕。比起妹妹的性命，王家姑娘幸福與否不在她的考慮範圍之內。

「走吧。」

「是，小姐。」紅袖愣了一下，還是跟上了第二月的步伐。

王家這一邊是賓主盡歡。親事定下來後，這頓午飯由王詩韻掌勺，一盤盤色香味俱全的美味佳餚端了上來，吃得楊家三人停不了嘴。

楊長寧沒想到，那個性子有些野蠻的姑娘，竟然還有這麼一手好廚藝。

因為訂了親，男女之防就沒有那麼嚴格，能暗送秋波、眉目傳情什麼的。

王晴嵐在一邊看著，這兩人純情的模樣讓她感嘆不已。

陌生的兩家人變成親家，自然不急著離開，多多了解接觸對於以後兩家的相處都是有好處的。

其樂融融的氣氛被鈴聲給打斷，不太會聊天的王英傑去開門。

第二月的長相和氣質十分符合她的名字，美得令人心悸的同時，又有種讓人高不可攀的清冷氣質。

王英傑突然看見這麼一位高貴的姑娘站在門口，愣愣問道：「妳們找誰？」

在他心裡，這位姑娘肯定是走錯門了。

「楊長寧。」

既然怎麼樣都對名聲有影響，第二月覺得還不如把所有責任都承擔下來。

王英傑瞪大了眼睛。今天是他家七妹和楊長寧訂親的日子，在這個時候，一個姑娘找上門來，他有種不好的預感——七妹不會也跟六妹一樣吧？

王家人看著王英傑帶進來的人，一臉的迷糊。王晴嵐看著第二月，感覺同樣不好。這姑娘的存在感太強，美麗的容顏，清冷的氣質，以及白皙無瑕似嬰兒般的肌膚，清淡的冷梅香味，都讓她想到了女主角大人。

然後，她目光不善地看著楊長寧。

在兩家人打量第二月的時候，第二月也在打量他們，特別是看見夏雨霖和王家人時，對於娘的猜測更信了幾分。

來者是客，夏雨霖招呼第二月坐下後，方才問道：「姑娘有事？」

「我叫第二月，是特地來找楊長寧的。」

第二月坐下後，想著接下來要做的事情，不敢面對王英越，她穩住心神，只得把目光集中在楊長寧身上。她不知道的是，在她說出自己的名字時，王家知道那些事情的人都把眉頭皺了起來。

就是王英越知道面前這個人是他的親姊姊，也生不出半點喜歡，更別說什麼血脈親情了，他是完全感覺不出來。

王詩韻聽了這話，紅通通的臉有些發白。王詩涵的心裡更是擔心得不行，她經歷過的事情，是絕對不想發生在七妹身上。

王家人變了的臉色，楊正仁夫婦兩人又怎麼看不出來？看著自家兒子，今天這件事情若是不說清楚，對兩家人的傷害都不輕。

不過，他們完全相信自己的兒子，絕對不是那種不負責的人。

「長寧，到底是怎麼回事？」楊正仁問著兒子。

楊長寧心裡覺得冤枉，特別是在王家人的目光下，更委屈得想哭，他自己都不明白是怎麼回事。「爹，娘，這位姑娘是誰？我發誓，我絕對是第一次見。」

「那這個呢？」第二月將手帕遞了過去，不慌不忙地問道。

楊家三人都認出來那手帕是誰的。楊長寧更覺得莫名其妙，他的手帕一向是由貼身的小廝看管的，想到這裡，他回頭看著小廝。

楊長寧的小廝被眾人看著，他也不傻，今天的事情若是解釋不清楚的話，好好的結親很有可能會變成結仇。於是，他急忙說道：「老爺，夫人，小的也沒有見過這位姑娘。至於少爺的手帕為什麼會在這位姑娘的手裡，小的真的不知道啊！」

得了，一串廢話。

「第二姑娘，一方男子的手帕並不能說明什麼。」楊夫人相信自己的兒子，笑看著對面的第二月。「還請妳把事情說清楚，若我兒子真的有做對不起妳的事情，我一定會給妳一個滿意的答覆。」

王家人中不乏聰明人，想著第二月之前對他們家做過的事情，夏雨霖他們都不得不懷疑她這一次上門，是不是新一輪地找碴。

第二月沈默不語。不是她不想亂說，而是在這之前，楊長寧很少單獨出行，一般情況下身邊都有小廝跟著，就算是小廝生病，他一個人出門時大多都是和同窗好友在一起。

至少從得到的情報中，她找不出一個合適的時間來編造出一場風花雪月的邂逅。

「第二姑娘？」楊夫人眉頭一揚，開口叫道。

第二月心想，既然編造不出來，那就實話實說吧。「這手帕是我從我家妹妹那裡拿來的。不知楊公子可曾記得六年前元宵節晚上，曾經救過一個姑娘？」

楊長寧一愣，雖然第二月說的時間有些久了，不過因為那件事情他的印象十分深刻，他很快就想起來了，點點頭。

「那是我妹妹。」

楊長寧看著第二月，再一次點頭，等著她繼續說下去。

接下來的話雖然第二月添加了一些，但終究沒有讓事情失真，越是聽到後面，王家和楊家人就越是無語，楊長寧更是把眉頭皺到了一起。

等到事情說完，第二月看著楊長寧。「不知道公子能不能去看一下我妹妹？」

「不能。」楊長寧想都沒想就開口拒絕。無論她把她妹妹的情況說得有多麼淒慘，他都生不出半點同情。明明今天是多開心的日子，就因為她鬧得這一齣，弄得大家心情都不好，還提出這麼無禮的要求，他救人還救出錯來了嗎？

第二月對於他的拒絕，並不覺得奇怪，想了想再一次說道：「你若是有什麼要求，可以提的。請你看在我妹妹還那麼年輕的分上，救救她吧。」

楊長寧依舊是拒絕，第二月還想說什麼，直接被楊夫人給打斷了。

「第二姑娘，能不能請妳不要為難我兒子？今天是他訂親的大好日子，妳不覺得妳提的要求很過分嗎？」楊夫人說話就沒有剛才那麼客氣了。

第二月倒是沒有生氣，誰讓這事她不占理，又有求於他。「紅袖。」

站在她身邊的紅袖，拿出一個精緻的小玉瓶。「這裡面有兩粒養顏益壽丹。楊公子，有了這個，至少能保證楊老爺和楊夫人長命百歲，我希望楊公子你能好好考慮。」

這就是養顏益壽丹？其他的珍貴藥材不說，重點是熬這個用的是女主角空間裡的靈泉，若有她所說的那個效果，看向夏雨霖和王大虎，王晴嵐有些心動。

楊長寧的心裡也在猶豫。父親身體還好，可母親的身體近年來總是有些病痛，一直用心調養都沒有好轉，若這藥丸真的有他聽說的那麼神奇，為了娘的身體，名聲、禮儀、規矩什麼的他都可以不要；只是，他同樣不想讓王詩韻受委屈。

「長寧，我和你爹身體好著呢。」

楊夫人自然明白他心裡的想法。兒子有這個孝心，她心裡就很高興了，至於能不能長命百歲，她還真不在意。

「伯母。」一直沈默的王詩韻突然笑著開口說道：「我聽大哥他們說，楊大哥人很好，對伯父、伯母非常孝順，這世上沒人比楊大哥更希望你們長命百歲的。」

楊正仁夫婦一聽她這麼說，笑容和藹了許多，知道她的話沒說完，也沒打斷她。

「我覺得吧，雖然第二姑娘的要求很不合理，但若是單純地把這件事情看成交易的話，還是挺划算的。」王詩韻小臉的笑容帶著一股機靈。「楊大哥，你大可不必覺得同意這件事情會讓我受什麼委屈，我要是你，就趕緊點頭答應，在我心裡，什麼都比不上父母身體好。」

楊正仁夫婦看著王詩韻，見她說這話的時候，一點勉強的樣子都沒有，不由得又高看了她一眼。

「七姑娘。」楊長寧覺得這樣笑著的王詩韻漂亮極了，一張小臉像是會發光似的。

「既然第二家的姑娘都不在意名聲，你一個大男人，為了爹娘，就算是心裡不願意，覺得委屈也應該能忍的，大丈夫就應該能屈能伸。」

第二月看著距離自己不遠的王詩韻，想起前世的時候，這姑娘嫁給了一位江湖上鼎鼎有名的門派少主。

他們過著的日子是不是像神仙眷侶，她不知道，不過，她曾經遠遠地看見一次這姑娘回京城看姊姊，她相公就屁顛顛地跟在她身後，從兩人之間的互動就能看出來，他們過得很幸福。

「小韻，妳有這份心，伯母就很感動了。」楊夫人笑著說道：「伯母怎麼捨得妳受委屈。」

「不委屈，真的。其實不怕伯母笑話，若是今天這事換成我，我是肯定會答應的。」王詩韻笑著說道，聲音清涼而乾脆。「關係到父母的身體，骨氣、原則什麼的都可以放在一邊；再說，第二姑娘又不是讓楊大哥去殺人放火，從另一個方面來看，這也算是救人一命，是功德一件。」

夏雨霖看著小女兒，眼裡帶著欣慰，王大虎聽到小女兒這麼說，心裡也熱呼呼的。當然，不是所有人都明白王詩韻的想法，就像王英武和王英傑，在心裡暗自著急的同時，又覺得七妹平日裡看著那麼機靈，怎麼關鍵時候卻發傻呢，怎麼能攛掇自家的未婚夫去看別的姑娘？

「七姑娘，妳說得對，是我想得不夠通透。」楊長寧笑得一臉溫柔地說道。

剛剛還口齒伶俐的王詩韻被他溫柔的目光盯著，一下子就紅著臉，把腦袋埋了起來。

「第二姑娘。」楊長寧想了想，這件事情對他一個男人來說，還真沒什麼影響。為了爹娘，七姑娘願意委屈自己，他很感動，可他覺得這不是在心裡感動就可以的事情。「我願意去看妳妹妹，不過，既然這養顏益壽丹是第二姑娘自己配製的，那麼我再多要兩粒，應該不算過分吧？」

楊正仁和楊夫人滿意地看著自家兒子，明白他心裡的打算，也不再擔心這個以前只會讀書的兒子不會過好日子了。

王家人也明白，這多要的兩粒是為了王大虎和夏雨霖要的，看著楊長寧的目光都親近了不少。這其中不僅是因為兩粒藥丸，還是因為楊長寧對王詩韻的用心。

「成交。」想到躺在床上的妹妹還等著人救命，既然不能拒絕，第二月很乾脆地點頭。

「不過，這事希望你們能保密。」

「可以。」楊長寧點頭。「第二姑娘，妳先回去，明日我再登門。」

第二月皺眉。「今天不行嗎？」

楊長寧搖頭。「今天是我和七姑娘訂親的日子，就算妳不在意名聲，可我和七姑娘不得不注意。妳今天並沒有掩飾行蹤，我再跟著妳去第二府，就算什麼也不說，不出一日，也會被京城裡的有心人士傳出各種各樣的流言蜚語淹沒的。」

第二月點頭。她覺得她應該重新認識一下這個楊長寧，明明是個聰明人，前世怎麼會那麼沒用？

「希望你不要食言。」

「不會的，看在妳這四粒藥丸的分上，我會盡最大的努力讓令妹死心，同時打消她尋死的念頭。」說完這話，楊長寧都覺得，其實他若是不讀書考功名的話，說不定會是個很成功的商人。

「若是這樣就最好不過了。」聽到這話，被多要了兩粒藥的鬱悶也消失不少。楊長寧所說的話，也是她最想要的結果。

第二月離開後，楊家人沒待多久，也跟著離開了。

「小妹，妳怎麼那麼傻啊，要是楊長寧看中了那姑娘，妳要怎麼辦？」王英武急得眼珠子都差點脫眶了。

宋氏在一邊點頭。

「大哥，大嫂，他要是那麼容易就變心，這門親事不要也罷。」王詩韻嘟著嘴說道。

「不准胡說。」王詩涵斥責的聲音都帶著幾分溫柔。「大哥，大嫂，你們別著急，這事小妹做得對。畢竟以後小妹是要嫁到楊家的，這事就該小妹主動提起，不然以後楊家伯父、伯母身體不好了，到時候楊長寧就算不怪小妹，他自己心裡總會內疚，不知道怎麼面對父母，對小妹說不定也會產生隔閡。」

「是嗎？」王英武反問道。

夏雨霖點頭。「小涵說得對，今天小韻開口是最好的結果，若是小韻不說，我可能也會說，只是效果不會有現在這麼好。」

晚上，王詩涵獨自回到房間，就看見桌上放著一張紙，上面只有一句話：楊長寧的人品沒有問題。

王詩涵知道是苗鈺寫的，笑著收起來。她自己都不得不承認，因為這一句話，她有些擔憂和不安的心瞬間平靜下來。

第五十二章

第二月一回到第二府，就去了第二嬌的房間，告訴她結果。看著因此而活過來的妹妹，她的心裡有些發酸，又有些擔心。楊長寧真的能做到他所說的嗎？

夜深人靜的時候，第二月扶著第二夫人走進了好幾年都沒有踏進去的偏僻院子。

這個時候，老夫人依舊待在佛堂，木魚的聲音很有節奏地傳來。

聽到腳步聲，她停下手裡的動作，面無表情地看著母女兩人。「妳們有事？」

「給母親請安。」第二夫人的禮儀無可挑剔，第二月也是如此。

「這個時候來，定然是有事。說吧，是第二昌又鬧出什麼么蛾子了嗎？」老夫人說到「第二昌」三個字的時候，冷漠的語氣沒有絲毫變化，彷彿那個名字所指的人不是她的親生兒子一般。

第二夫人想著她剛進門的時候，老夫人對第二昌還是很疼愛的，直到第二昌納了王姨娘且萬般寵愛的時候，老夫人的態度才慢慢地變了。

王姨娘生第二仙時，老夫人身體正好不舒服，而第二昌竟然只守著王姨娘，甚至沒派人去問候老夫人一聲。她知道，那個時候，老夫人就寒了心。

第二輝出生的時候，老夫人或者覺得第二昌無藥可救，直接撒手不管，進了佛堂。

想到這些往事以及接下來要說的事情，第二夫人竟然生出一種同病相憐的感覺。「老夫人，前些日子，我無意間發現一個中年婦女，長得和老夫人還有陳院長都很像。」

老夫人的眼皮一跳，隨後恢復正常。「妳到底想說什麼？」

「朗兒如今就在他們家。」第二夫人說出她關注那家人的目的。

「他們現在在京城嗎？」老夫人沈默了許久，才開口問道。

「嗯，前些日子，因為一些事情，一家子差點被砍了腦袋，還是兩個孩子告御狀給救了下來。」說著這話的時候，第二夫人目光一直盯著老夫人，自然也沒有錯過她的異樣。

「妳猜到了？」

「以前沒往那方面想，只是這幾天發生了一些事情，我想到老夫人對皇后娘娘的態度，以及皇后娘娘多年無所出，加上如今皇后娘娘對王姨娘和第二仙的關注，有了些猜測，所以才深夜前來打擾，想要證實一下。」第二夫人的語氣很緩慢。

老夫人沈默了一會兒，繼續敲木魚，只是混亂的節奏表明，她的心並不像她表現得那麼平靜。

「娘。」第二月小聲地叫著。

第二夫人搖頭，拍了拍她的手，示意她耐心些。

母女倆就這麼站在佛堂裡，靜靜地等著。也不知道過了多久，老夫人才停下動作。「告訴我，她過得好不好？」

「除去沒有富貴的生活，我覺得她挺幸福的，相公很愛護她，兒女孝順，孫子、孫女一大堆。」第二夫人笑著回答。

「那就好。」老夫人扯出一個不太自然的笑容。

「老夫人……」

「我知道妳想問什麼。」老夫人的聲音比第二夫人的更慢，帶著歲月的滄桑。「沒見到人，我並不能確定。不過，妳的猜測沒錯，他們都以為我不知道，可是不是親生的，十月懷胎的親娘能沒有感覺嗎？再者，他們恐怕不知道，在孩子出生的時候我就看過了，她的右手腕上有一塊烏青胎記。」

雖然心裡早有了猜測，可聽到老夫人的話，第二夫人和第二月還是忍不住倒抽了一口氣。這些人膽子也太大了。

「既然他們已經到了京城，妳就準備後路吧。」

第二夫人原本就是這麼打算的，不過，被老夫人這麼直接說出來，面上有些不好意思。

「那老夫人呢？」

「第二昌總歸是我的親生兒子。」老夫人說到這裡，臉上露出一個詭異的笑容。「妳覺得我這麼多年一直熬著，是為了什麼？」

第二夫人一時間說不出話來。她猜想，老夫人做了和她同樣的事情。雖然人在佛堂，可娘家卻不是沒人的，要打壓跟蠢豬一樣的第二昌，真的沒什麼困難，哪怕第二昌明面上有一個當皇后的妹妹也一樣。

「回去吧。」老夫人用這三個字打發了她們母女。

「娘，妳說，老夫人怎麼一點也不激動？」第二月有些不明白。她也曾當過母親，兒女對母親來說是什麼樣的存在，她再清楚不過了。

「月兒，妳沒感覺到，老夫人心裡是高興的嗎？」

第二月搖頭。不過，她現在不關心這個問題，小聲說道：「娘，這事我要不要告訴寧王？我以為是為了寧王好，現在看來，卻是害了他。」

「月兒，妳對寧王……」第二夫人看著女兒，開口問道。

「他對女兒很好。」第二月明白她娘的意思，臉上的笑容淡了許多。「不過，娘，女兒從來沒想過嫁人的事情。這京城，有太多像爺爺和父親這樣的男人，嫁給這樣的男人，還不如孤獨終老。」

第二夫人心一驚。她沒有想到大女兒竟然會有這樣的想法，想著床上還躺著為情自殺的二女兒，再一次懊悔這些年對女兒的不聞不問。

「月兒，妳想得太天真了。我不知道妳那些醫術是從哪裡學來的，不過，自從妳治好太后的病，把養顏益壽丹獻給太后和皇上的時候，就注定了妳只能嫁給皇家人。」第二夫人開口說道。前幾日她也吃了一粒藥丸，那效果，她不信皇上和太后感覺不出來。

第二月停下腳步，她沒想到這一點。

「月兒，不必慌張，與其等到皇上下旨，不如妳自己先考慮好。」第二夫人開口說道：「妳不是說寧王對妳很好嗎？這次的事情，正好可以試探一下他的好有幾分真心。」

第二月的心一抖。在前世，寧王是為了救她才丟了性命的。所以，這個人，說是她心裡唯一的溫暖都不過分，是比娘和妹妹還要重要的存在。

前世以為真心愛護她的姑姑現在已經發生了改變，她真的很害怕，若這人也變了，那樣的話，她是不是真的一無所有？

「娘，我不敢。」第二月老實地回答。

「不敢就算了，我估計這事皇上就算知道了，也會秘密處理。畢竟一個丫鬟所生的庶女成為一國的皇后，這要是攤開了說，皇上的臉面往哪裡擱？到時候妳看他的態度就知道。」第二夫人想了想說道。

「那樣的話，寧王是不是就無緣那個位置了？」第二月開口問道。

第二夫人搖頭。「這可說不準。不過，我們府裡的日子會越來越艱難，卻是可以肯定的。」

第二天，楊長寧上門，對著第二嬌所說的話，那叫一個絕情，讓站在一邊的第二夫人和第二月母女倆的眉頭皺得死緊。第二嬌一開始哭得上氣不接下氣，最後在楊長寧厭惡的目光下，直接暈了過去。

楊長寧面無表情地離開，第二月跟上他。「楊公子，我想問一下，那年到底發生了什麼事情？」

「我知道得並不清楚，只知道一群乞丐圍著她動手動腳，欲行不軌。」楊長寧說得簡單，可第二月能夠想像，當時妹妹有多害怕。她不用查都知道，這件事情恐怕和王姨娘她們脫不了關係。

「楊公子，這事請你務必保密。」

楊長寧看了她一眼，留下一句「我不是多嘴之人」就直接離開。

從第二府出來，他就去了王家，準備把情況說清楚。只是，到了王家之後，他卻沒有機會說，因為趙氏的肚子開始有生產跡象了。

其實，昨天晚上，趙氏的肚子就有些痛了，只是她沒有放在心上。今天上午依舊正常吃飯，和其他幾個妯娌挺著肚子在院子裡打轉。

直到一股水流下來打濕了褲子，劇烈的疼痛傳來，她的臉色才有了細微的變化。

「三弟妹。」

「大嫂，我好像要生了。」趙氏笑著說道，雖然記憶中也有生孩子的畫面，但親身經歷還是第一次，很痛，但更多的是高興。

「爹，娘，武哥，英傑！」宋氏一聽，扯起嗓子就叫了起來。

本來家裡的幾個孕婦都快到日子了，所以，王家人一直提著心，一聽到叫聲，直接跑了出來。

夏雨霖指揮著家裡人幫忙，閒著的王英奇被派去找產婆，出門的時候，剛好遇到進來的楊長寧。

王英傑的房間內，看著一邊痛、一邊笑的趙氏，夏雨霖拍了她肩膀一下。「別笑，存著力氣，好生孩子。」一邊低頭察看趙氏的情況。

即便夏雨霖已經那麼說了，不過，趙氏心裡高興，臉上的笑容更明顯。

「還笑，馬上就要生了，快別笑了。」夏雨霖看了趙氏的情況後，抬起頭來見趙氏一臉傻笑，急得又拍了一下她。見她終於收起笑容，一臉嚴肅認真的模樣，才滿意地對著門口喊道：「英傑，你進來！」

英奇才剛剛出去，小芳的宮口已經全開，很明顯已經來不及了。家裡三個兒媳婦是快臨盆的大肚子，不能進來，兩個女兒還是姑娘家，這樣的場面容易嚇到她們，這麼想著，能幫她的就只有三兒子英傑。

王英傑聽到這話，臉色都有些發白，急急忙忙地推門而入，看到的卻不是腦子想到的恐怖場面。趙氏的表情一本正經，不是說生孩子很痛的嗎？他在她的臉上怎麼一點都看不出來？

「娘。」

自從上次趙氏撞牆以後，這麼多年的朝夕相處，沒有人比王英傑更了解趙氏的白目。所以他看向夏雨霖，在他心裡，娘是最可靠的。

「英傑，你聽著娘跟你說的。」接著，夏雨霖把王英傑要做的事情簡單地說了一遍。「愣著做什麼，快去吧！」

「哦，哦。」

王英傑這才反應過來，按照夏雨霖的吩咐出去準備東西。好在家裡生了不少孩子，開水什麼的王詩涵兩姊妹已經自發地煮了起來，他要做的就是把東西端進去而已。

作為一個生了七個子女、有著十來個孫子、孫女的夏雨霖，遇到這樣的情況並不慌張。「小芳，孩子等不及要出來了，現在妳聽我的話，我叫妳用力的時候，妳就用力，明白嗎？」

「怎麼用力？」趙氏開口問道。

夏雨霖又把自己的經驗仔細地說了一遍。「明白了嗎？」

趙氏點頭。夏雨霖深吸一口氣。「那麼，我們開始了。小芳，吸氣，然後用力。」然後，趙氏認真地按照夏雨霖所說的做，深吸一口氣，用盡最大的力氣一擠。

夏雨霖怎麼也沒有想到，三兒媳婦比蠻牛還要大的力氣，對於生孩子也用得上。就這麼擠了一下，孩子的腦袋便露了出來。她把孩子拉出來的時候都在想，這孩子生得也太容易了吧，讓她都有些羨慕嫉妒了。

她用力拍了一下孩子的屁股。「哇、哇……」一連串孩子的哭聲傳來，還在廚房裡等水開的王英傑有些愣住了。他剛才聽到孩子的哭聲了？

別說他驚訝，王家所有人都有些震驚，這也太快了吧。

「英傑、英傑！快準備剪刀，水沒開就用酒。」夏雨霖衝到房門口說道。

守在外面的王英文和王英卓看著還沒有反應過來的其他人，一人去準備剪刀和酒，一人去叫王英傑。

「娘，肚子裡好像還有。」趙氏開口說道：「我用力了啊！」原來生孩子就是這麼簡單的事情啊，雖然疼，但也不是承受不住。

聽到三兒媳婦還能這麼輕鬆地說話，夏雨霖除了點頭，實在是不知道還能說什麼，她好像也沒幫上什麼忙。

王英文兄弟的速度很快，但依然沒快過趙氏。人家一用力，就能擠出一個孩子來。所以，當王英傑拿過剪刀走進去的時候，就看見三個連著臍帶的小嬰兒。

「愣著做什麼，把剪刀拿來。」夏雨霖笑咪咪地說道：「快過來看看，英傑，你又多了兩個兒子和一個女兒。」

初生的嬰兒還帶著血，皮膚也皺巴巴的，並不好看。不過，湊近去看的王英傑是一點也不在意，樂呵呵地點頭。

楊長寧離開王府的時候，整個人都有些恍惚。他從來不知道，原來生孩子是這麼簡單快速的，就跟母雞下蛋似的。

「長寧，這是怎麼了，是第二府的人為難你了嗎？」楊夫人開口問道。

楊長寧吞了吞口水，回想起看到的三個孩子，跟三隻小猴子一般，雖然長得醜了一些，不過，什麼都軟軟的、小小的，倒是有幾分可愛。「沒有，娘，王家三嫂今天生了，生了三個呢！」

「真的？」

楊夫人腦子裡想著趙氏以及她的大肚子，高興的同時又看著楊長寧。「長寧，等到媳婦過門後，你可要多多努力，你爹和你娘可盼著抱孫子很多年了。」

楊正仁在一邊點頭附和。楊長寧沒有想到他娘會一下子扯到自己身上，紅著臉，不知道該說什麼好。

距離王家不遠的南宮家一得到消息，並沒有等到洗三那一日，當天就拎著東西過去探望。

第二府，佛堂裡的老夫人比第二夫人和第二月先一步知道，抬頭看著面前慈悲的菩薩，虔誠地磕頭，起身去了佛堂一邊的小書房。

丞相府的宇文皓聽了這事以後，把目光集中在宇文樂身上。

「大哥，你看著我做什麼？」

「二弟啊，難道你不想娶媳婦，生個孩子？」宇文皓笑著問道。

宇文樂猛地搖頭。即使答應了大哥不去招惹那些良家女子，但他宇文樂是誰，即使去煙花之地，碰的也是清白還在的女子；至於娶妻納妾這樣的事情，他還沒有考慮。

「你是大哥，再怎麼樣，也是你先娶妻。」

說到這裡，宇文樂對於大哥在女子方面嚴重的潔癖，很是無奈。

「三胞胎？」至於康天卓聽到的時候，只說了一句。「難怪他們要那麼努力地掙錢。」只是，在場的人都聽出了皇帝語氣中的羨慕。

家裡還有另外三個待產的孕婦，所以，給大寶、二寶、三寶的洗三宴，夏雨霖和家裡人商量，覺得還是等到其他三人生了再一起辦，之後的滿月酒也是一樣。

這倒不是節約銀子，而是家裡人手嚴重不足。

接下來的半個月裡，宋氏等人先後把孩子生了下來，兩個雙胞胎，一個三胞胎。於是，家裡一下子添了十個小嬰兒的王家人每天伺候這些孩子、四個月子，就足夠他們忙碌的。

在這一個月裡，就連王家最懶的王英奇也忙得雙腳不著地。自己媳婦和孩子總是要自己照顧，於是，王家兄弟四人的上午基本都在伺候媳婦、孩子，一起蹲在院子裡，一人面前擺著一個大木盆，裡面全是衣服、尿布，兄弟四人一邊洗、一邊聊天，倒是熱鬧得很。

自從他們三房又多了三個弟弟、妹妹後，王晴嵐就覺得致富的道路已經迫在眉睫。大頭、小頭已經四歲，她都打聽過了，京城裡的孩子五歲就要送去啟蒙的。

王晴嵐這邊在算，忙了一天的夏雨霖也坐在床上默默地計算著。原先家裡有十個孫子，如今一下子又添了十個，熱鬧的同時，壓力恐怕也不小。

若是說第一個三胞胎令關注王家的人羨慕的話，那麼接下來的雙胞胎、三胞胎就更讓京城許多子嗣不豐的家族心動不已，他們一心動，就準備行動。

楊正仁夫婦兩個是最高興的，他們家兒子眼光好啊！

然後，趙氏都還沒有滿月，就有媒婆不斷上門。提親的人很多，男方的身分也直接比之前高了好幾個層級。只是，無論對方身分多高，哪怕這中間還有什麼世子、小王爺的，媒婆說得好聽是側妃，但王家人也不傻，側妃兩個字再怎麼好聽，不也是做小嗎？

所以，原本高興的王家人立刻就黑了臉，忍住火氣，拒絕的時候絕對沒有半點猶豫。真當他們傻啊，這個時候來提親，不就是覺得小涵能生嗎？那麼想要兒子，去和母豬提親啊，他們家才不稀罕呢！

就這樣，幾天之後，原本頻繁進門的媒婆不再來了，而那些達官貴人對王家人的印象就是四個字：不識好歹。

正因為這樣，滿月酒的時候，到場的人並不多。除了走得比較近的南宮府和楊家人之外，就只有宇文皓帶著一個管家上門。王晴嵐看著這位丞相大人，依舊忍不住眼睛發直，誰讓他長得實在是太好看了。

客人就只有這麼幾位，最多的就是王家自己人。看著十個胖嘟嘟的孩子，已經到了抱孫子年紀的南宮晟夫婦和楊正仁夫婦心癢得厲害，就是宇文皓都在考慮，要不要讓二弟找個漂亮的姑娘，生個胖娃娃。

「怎麼不請個下人，這樣多累。」南宮晟看著孩子一哭，王家人除了三、四歲的娃娃，其他人都能夠熟練地抱著孩子。包括王英武這些大男人，換尿布那個速度，快得令其他幾位男客傻眼。

「不累的。」王英傑帶著傻笑，回答南宮晟的話。

「我們家不習慣有外人。」王英奇解釋道。

宇文皓和楊長寧卻看出了另外一個好處，他們覺得，這或許也是王家人感情好的原因之一。

——未完，待續，請看文創風1260《我們一家不炮灰》3（完）

2024年5月出版

心有柒柒

文創風 1255～1257

儘管年幼，卻比誰都更加堅忍不拔……
人生嘛，就是看誰能在惡劣的環境下奮戰不懈、尋找出路，
只要留著一口氣，定能等到撥雲見日的一天！

溫馨色彩揮灑高手／素禾

在「吃飽」跟「養一個來路不明又渾身是毛病」的人之間，
柒柒同時選擇了兩者，哪一邊都不打算落下。
先說啊，她可不是看上了慕羽崢過人的俊美外表，
而是深感亂世不易、生命可貴，何況她孤孤單單一個人，
就算他不是條可愛的小奶狗，多個家人也不錯嘛！
為了改善生活條件，柒柒典當母親的遺物、去醫館幹活賺錢，
然而慕羽崢此人的身分似乎有些蹊蹺，
先有追兵搜索，後有神秘的鄰居用心關照，
就在柒柒終於察覺到不對勁的時候，才發現……
她認了多年的「哥哥」，是傳說中手段狠辣的太子殿下！

2024年4月出版

炊出好運道

文創風 1252~1254

鍾記小食肆暖心開張，一勺入魂，十里飄香~~
天馬行空的無國界創意料理不只暖胃，更能療癒身心。
裊裊炊煙中，煨煮出美味的幸福——

不負美食不負愛／商季之

穿越成富商養女，鍾菱的生活看似養尊處優，舒心快活。
誰知某天殘疾落魄的親爹突然找上門認親，
富貴轉眼成空，這劇情走向太曲折了吧！
不安之下，鍾菱選擇了不認祖歸宗，繼續當她的千金小姐，
豈料卻成為權力鬥爭下的犧牲品，淪落身首異處的下場。
人死了之後，她才看透誰是真心對自己好……
追悔莫及的鍾菱萬萬沒想到，
她的穿越人生竟能重新開局一次，回到命運分歧的那一日——
這一回，她選擇和老父回鄉，打算用一手好廚藝養家。
鍾菱憑藉敏銳的味覺和無限創意，嶄新吃法大受好評。
一手打造的小食肆便是她的小天地，
從街頭小吃糖葫蘆到經典國宴名菜雞豆花，
不論甜的鹹的，哪怕菜單上沒有，小食肆應該都點得到。
顧客品嚐料理時幸福的笑，彷彿能療癒一切——

若無相欠，怎會相見／茶榆

2024年4月出版

沖喜是門大絕活

看著書冊上筆畫複雜的字體，他確定自己一個字都認不得，
雖說他有心識這古代文字，可翻開書本才看幾眼他就覺得頭暈眼花，
他從不是個會委屈自己的，既不知該如何解釋秀才成了文盲，
那麼最好的方法就是趕緊棄文從商，先改善家裡的條件，
畢竟一個吃隻雞都要靠老人掏棺材本的農戶，賺錢才是當務之急吧？

文創風 1246 **1**

因為站錯隊，姜家在新皇登基後慘遭清算，一家子被流放北地，
流放路上，為了替生病的母親籌措診金，姜婉寧以三兩銀子將自己賣了，
她一個堂堂大學士家千嬌百寵的千金小姐，突然間成了替人沖喜的妻子，
夫君陸尚出身農家，年紀輕輕就中了秀才，若非病弱，或許早成了狀元，
除了身子不好，他還有一點不好，就是太過孤僻冷漠，對誰都少有好話，
想當然，她這個買來的沖喜妻更得不到他善待，每天只有無止盡的辱罵，
於是她忍不住想著，他怎麼還沒死？可當他真死了，她的處境卻沒改善，
相反地，因為沒了沖喜作用，她時時面臨著被陸家人賣去窯子裡的威脅！

文創風 1247 **2**

詐屍了！死去的夫君陸尚詐屍了！
夜深人靜，姜婉寧獨自在四面透風的草堂裡為病死的夫君守靈之際，
夫君他居然推開棺材蓋，從棺材裡爬出來了！
若是可以，她想頭也不回地逃出去，跑得越遠越好，最好一輩子不回來，
無奈她雙腿早跪麻了，只能邊哭邊四肢並用地往外爬著，
正當這時，身後一聲「救救我」讓她停下了逃跑的動作，
她擦乾眼淚，戰戰兢兢地上前查看，這才發現陸尚他居然復活了！
所以說，她這個沖喜妻莫名其妙發揮絕活，真把人沖喜成功了……吧？

文創風 1248 **3**

不對勁，真的很不對勁！陸尚自從活過來後，就像變了個人似的，
他不再是以前那個自私涼薄的人，不僅對奶奶好，對她這個妻子也好，
最令她不解的是，鄰人求他給孫子啟蒙，他嘴上應下，轉身卻丟給她教，
她學富五車，給孩子啟蒙實在是小事一樁，甚至教出個舉人都不是問題，
問題出在夫君身上啊，因為他復活後突然說要棄文從商，成立陸氏物流！
要知道，一旦入了商籍，之前的秀才身就不作數，且家中三代不准科考，
可他卻說，飯都快吃不起了，還想那麼多往後做甚？
……好吧，既然他這個真正有損的秀才都不著急，她急啥？要改便改吧！

文創風 1249 **4** 完

「我不識字了，妳能教我認認字嗎？」做生意得簽契約，文盲這事不能瞞。
姜婉寧錯愕地看著陸尚，每個字她都聽得懂，但合在一起她卻無法理解，
什麼叫不識字了？他不是唸過好多年書，還考上了秀才，怎會不識字呢？
他說，自打他重新活過來後，腦子就一直混混沌沌的，
隨著身子一天好過一天，之前的學問卻是越來越差了，
最後發現，他開始不認得字了，就連自己的名字都不會寫了！
因為怕說出來惹她嫌棄、不高興，所以他便一直瞞著不敢說，
看他低著頭一副小媳婦模樣，她不禁自責沒能早些發現，實在太不應該！

我們一家不炮灰 2

國家圖書館出版品預行編目資料

我們一家不炮灰 / 白梨著. --
初版. -- 臺北市 : 狗屋出版社有限公司, 2024.05
冊 ; 公分. --(文創風 ; 1258-1260)
ISBN 978-986-509-522-2(第2冊 : 平裝). --

857.7 113004190

著作者 白梨
編輯 張蕙芸
校對 沈毓萍
發行所 狗屋出版社有限公司
地址 台北市104中山區龍江路71巷15號1樓
電話 02-2776-5889～0
發行字號 局版台業字845號
法律顧問 蕭雄淋律師
總經銷 知遠文化事業有限公司
電話 02-2664-8800
初版 2024年5月
國際書碼 ISBN-13 978-986-509-522-2

本著作物由北京晉江原創網絡科技有限公司授權出版

定價290元
狗屋劃撥帳號：19001626
網址：love.doghouse.com.tw E-mail：love@doghouse.com.tw